RUPERT SCHÖTTLE

Querbrater

SEITENSPRUNG Nach der Lösung eines Erpressungsfalls, der im Zusammenhang mit einer Online-Agentur für Seitensprünge stand, bittet das LKA die beiden Chefinspektoren vom Kommissariat Josefstadt um Mithilfe: Ein rätselhafter Mordfall an einer Frau soll sich ebenfalls in diesem Milieu abgespielt haben. Zur besseren Einsicht in die dort herrschenden Verhältnisse tritt Chefinspektor Kajetan Vogel kurzerhand einer solchen Agentur bei und gerät beim lustvollen Recherchieren unversehens in eine höchst fatale Lage. Sein Kollege Alfons Walz stellt unterdessen Untersuchungen über die Liebhaber der Ermordeten an, die, mit Ausnahme ihres letzten Freiers, allesamt identifiziert werden können. Bei ihren Ermittlungen begegnen die Inspektoren einer bunten Vielfalt der Wiener Bevölkerung, die nur von einem Gedanken beseelt zu sein scheint: der lustvollen Ausübung des Fortpflanzungsvorgangs.

Rupert Schöttle wurde in Mannheim geboren. Nach seinem Studienbeginn am Mozarteum in Salzburg wechselte er nach Wien, in die »Welthaupstadt der Musik« – und wurde dort sofort heimisch. Nach seinem Diplom im Konzertfach Violoncello studierte er Musiksoziologie. Dieses Studium erwies sich als schicksalhaft, denn seine Diplomarbeit geriet in die Hände des Verlegers Hubertus Czernin, der Schöttle dazu aufforderte, ein Buch daraus zu machen. So wurde aus dem Musiker unversehens ein Schriftsteller, der inzwischen acht Bücher veröffentlicht hat. ›Querbrater‹ ist sein nunmehr drittes Buch im Gmeiner-Verlag .

Bisherige Veröffentlichungen im Gmeiner-Verlag:
Hausmaestro (2013)
Damenschneider (2011)

RUPERT SCHÖTTLE

Querbrater

Kriminalroman

GMEINER SPANNUNG

Personen und Handlung sind frei erfunden.
Ähnlichkeiten mit lebenden oder toten Personen
sind rein zufällig und nicht beabsichtigt.

Besuchen Sie uns im Internet:
www.gmeiner-verlag.de

Im Ehnried 5, 88605 Meßkirch
Telefon 07575/2095-0
info@gmeiner-verlag.de

1. Auflage 2015

Lektorat: Claudia Senghaas, Kirchardt
Herstellung: Julia Franze
Umschlaggestaltung: U.O.R.G. Lutz Eberle, Stuttgart
unter Verwendung eines Fotos von: © shot99/photocase.de
Druck: GGP Media GmbH, Pößneck
Printed in Germany
ISBN 978-3-8392-1687-3

Für Karin und Mariam

PROLOG

Warum nur hatte er dieser Versuchung nachgegeben?

Sein bisheriges Leben war doch im Großen und Ganzen in ordentlichen Bahnen verlaufen.

Natürlich hätte es in mancherlei Hinsicht Verbesserungsbedarf gegeben. Aber seine Ehe war nicht weniger harmonisch als der Großteil anderer so genannter »glücklicher« Ehen nach 20 Jahren, in deren Verlauf man immerhin so viel zusammen aufgebaut hatte, dass die gemeinsam gesetzten Ziele allesamt erreicht worden waren: Ein schönes Haus am Stadtrand, zwei wohlgeratene Kinder und keinerlei finanzielle Sorgen.

Was war ihm da nur eingefallen?

Wie ein pubertierender Jüngling, der verschämt um einen Sexshop herumstreicht, hatte er sich der Versuchung hingegeben!

Dabei wäre es in seiner Position und bei seinem Äußeren ein Leichtes gewesen, dieses Bedürfnis auf elegantere Art und Weise zu lösen. Zumal seine beiden Töchter, 16 und 18 Jahre alt, unterdessen aus dem Ärgsten raus waren, und seine Frau ihm genügend Raum für seine Freizeitbeschäftigungen zugestand.

Aber nein, bequem wollte er es sich machen, gemütlich von zu Hause aus, ohne seinen Arsch aus dem Sessel heben zu müssen.

Schuld daran war allein das miserable Zeitmanagement seiner Zahnärztin gewesen, die ihn wieder einmal viel zu lange warten ließ. Nur deshalb war er überhaupt auf ein

Wochenmagazin aufmerksam geworden, dessen Lektüre nicht zu seinen Gewohnheiten zählte. Und was passierte? Eine reißerisch aufgemachte Titelstory und sein bislang geruhsames Leben wurde völlig aus den Angeln gehoben.

Dabei hätte er es doch besser wissen müssen, zumal das Magazin bei solchen Themen üblicherweise jeglicher Seriosität entbehrte.

Trotzdem eilte er unmittelbar nach der Behandlung in die nächste Trafik, um sich ein eigenes Exemplar zu besorgen, das er sorgsam vor seiner Frau verborgen hielt, um sich dann, nachdem sie zu Bett gegangen war, eingehender damit zu befassen. Tatsächlich kamen in dem Artikel paarungswillige Damen und Herren in eindrucksvoller Weise zu Wort, die sich dank der Kontakte, die sie auf der Domain *schaudochmal.at* gefunden hatten, glücklich durchs Leben rammelten.

Und er glaubte das auch noch.

Das gewisse Prickeln, das jedes Mal einsetzte, bevor er in verbotene sexuelle Gefilde eintrat, befiel ihn schon, als er sich an den Computer setzte, um sich einfach einmal in diesem Klub umzusehen. Es dauerte nur wenige Augenblicke, bis eine eigentlich viel zu junge Frau Kontakt zu ihm aufnahm und sich durch ein symbolisches Herz sogleich als seine Verehrerin ausgab, obwohl er noch gar nichts von sich preisgegeben hatte. Noch in derselben Minute sendete sie ihm darüber hinaus eine Nachricht, in der sie bekundete, ihn »kennenlernen zu wollen«. Garniert war das Ganze mit einem durchaus reizvollen Bild ihres Hinterteils, das von einem String-Tanga mehr betont als verhüllt wurde.

Entgegen jeglicher Vernunft verstärkte sich das Prickeln spürbar.

Da der Kontakt jedoch erst durch die Anmeldung und Zahlung eines gar nicht so unbedeutenden Beitrags ermöglicht wurde, drückte er den Knopf, der ihm, nach genauer Abfrage seiner Kreditkartendaten, den Eintritt in diese neue Welt gestattete.

Diese Dame, dessen war er sich inzwischen gewiss, war natürlich ein Lockvogel gewesen, auf den er, ungeachtet seiner üblichen Vorsicht mit solchen Dingen, sofort hereinfiel. Klarerweise hörte er niemals mehr etwas von ihr. Tja, das passierte eben, wenn das Blut im Hirn fehlte, weil es gerade andernorts dringender benötigt wurde.

Da er jetzt nun einmal Mitglied geworden war, füllte er sorgfältig sein Profil aus, mit besonderem Schwerpunkt auf die sexuellen Vorlieben, die auch Gebiete umfassten, von denen er bislang gedacht hatte, dass sie nur spezialisierten Randgruppen vertraut waren. Doch glücklicherweise war auch ein Glossar angeführt, in dem er etwa die genaue Bedeutung von *BDSM* erfuhr, einer Praxis, die ihm bislang als *Sado-Masochismus* bekannt war. Diese klickte er nicht an, ebenso wenig wie *Intim-Piercing*, was ihn regelrecht abstieß, oder *Fisting*, bei dem der männliche Sexualpartner anstelle seines Geschlechtsteiles eine Faust in den Unterleib seiner Gespielin schob, ganz zu schweigen von *Kaviar*, das laut Glossar die menschlichen Exkremente zur Luststeigerung benutzte. Schon der Gedanke an die damit verbundene Geruchsentwicklung ließ ihn doch bedenklich schlucken.

Das Prickeln zeigte sich selbst davon völlig unbeeindruckt.

Und verstärkte sich beträchtlich, als nach kurzer Zeit 25 Kontaktvorschläge in seiner Mailbox einlangten, die nach Übereinstimmungspunkten bezüglich der Figur, dem Alter und der sexuellen Vorlieben gestaffelt waren.

Es war nicht unbedingt das Schlimmste daran, dass er seine sexuellen Vorlieben dem Forum preisgegeben hatte – immerhin hatte er ja einen Decknamen gewählt – aber seitdem er Mitglied in diesem Klub war, betrachtete er die Frauen mit ganz anderen Augen. War dieses Mädchen, das ihn vielleicht gerade anlächelte, auch Mitglied bei *schaudochmal* und verbrachte seine Freizeit damit, sich von einem ihr bislang unbekannten Mann lustvoll die Faust in den Unterleib rammen zu lassen?

Seine Sicht auf die Frauen war eine andere geworden.

Das Virus hatte ihn gepackt.

So schaute er jede freie Minute auf seinem Smartphone nach, ob ihm vielleicht nicht doch eine Dame eine Nachricht hinterlassen hatte. Denn Mitglieder des weiblichen Geschlechts mit seinen Vorlieben gab es anscheinend genug, schließlich hatte ihm der Anbieter ausreichend Angebote unterbreitet, die seinen Vorgaben in vielen Punkten entsprachen.

Theoretisch jedenfalls.

Anfangs hatte er sich noch den Empfehlungen des Portals gebeugt und die Aspirantin ausgesucht, die die höchste Anzahl an »Übereinstimmungspunkten« vorwies, die von der Agentur nach einer vollmundig gepriesenen »anerkannten wissenschaftlichen Methode« aufgrund ihrer Profile errechnet worden waren.

Genüsslich schrieb er ihr einen, wie er meinte, raffinierten Brief, der sich mitnichten an die vorgegebenen Textbausteine hielt, in denen die potenzielle Partnerin nach ihren erotischen Fantasien befragt wurde oder schildern sollte, ob sie es schon einmal mit einem wildfremden Mann getrieben habe.

Das schien ihm doch zu platt und seinen Ansprüchen nicht angemessen.

Also verfasste er einen mit Anspielungen gespickten Text, in dem er gerade so viel von sich preisgab, dass seine Identität geschützt blieb. Immerhin verfügte er als alteingesessener praktischer Arzt über eine Vielzahl von Klienten. Alleine der Gedanke, eine Patientin erotisch zu umwerben, die sich tags zuvor vertrauensvoll bei ihm über die sexuellen Unzulänglichkeiten ihres Mannes beklagt hatte, war für ihn schwer vorstellbar. Auch aus diesem Grunde missachtete er die Empfehlung der Agentur und fügte seinem Profil kein persönliches Foto bei.

Doch der ach so liebevoll verfasste Brief blieb trotz all seiner Kunstfertigkeit unbeantwortet.

Anstatt einzusehen, dass ein solches Portal seinen Ansprüchen eben nicht genügen konnte, schrieb er die nächstgereihte Dame an. Diesmal verwendete er keine so große Mühe darauf, sondern offenbarte reichlich unverblümt seine erotischen Avancen, schließlich wollte er wirklich nicht mehr als einen Seitensprung oder höchstens eine lose Bettbeziehung. Seine Ehe wollte er keinesfalls gefährden, denn er liebte seine Frau noch immer, wenn sich auch ihre Beziehung in den letzten Jahren mehr und mehr zu einem platonischen Beisammensein entwickelt hatte.

Auch diese Nachricht blieb ohne Reaktion.

Doch anstatt nun endlich seine Lehre daraus zu ziehen, machte er es sich zur Gewohnheit, jeden Abend eine andere Dame anzuschreiben, stets in variierendem Stil und Inhalt, um seine Wirksamkeit zu erproben.

Als all seine dichterischen Ergüsse unbeachtet blieben, streifte ihn der Gedanke, möglicherweise auf einem falschen Portal gelandet zu sein.

So schaute er sich im Netz andere Anbieter solcher Agenturen an und suchte schließlich eine aus, die ihm seriös genug erschien. Auch dieses Mal wollte er zunächst nur einen unverbindlichen Blick hineinwerfen.

Die dort vorgestellten Damen hielten sich mit der Preisgabe ihrer sexuellen Vorlieben doch eher zurück und gaben allenfalls an, »ein wenig versaut« zu sein, was ihm, Kavalier der alten Schule, auch angemessener schien, als etwa eine zu deutliche Leidenschaft für einen Ring durch die Eichel, der übrigens, wie er herausgefunden hatte, *Prince Albert* hieß. Dem armen Prinzgemahl von Queen Victoria wurde doch tatsächlich unterstellt, sich einen Ring durch die Eichel gezogen und sein bestes Stück mithilfe einer Kette durch die Beine nach hinten hochgebunden zu haben, damit seine Untertanen nicht den Abdrücken des prinzlichen Gemächts ansichtig wurden, wenn er als Oberbefehlshaber des Heeres in engen Breeches vor ihnen stand.

Wie auch immer, diese Website schien ihm doch gleich sympathischer zu sein, und da ihn schon wieder so ein Prickeln befiel, beschloss er kurzerhand, das heißt mit einem kurzen Mausklick, auch diesem Klub beizutreten. Nachdem er wiederum Angaben zu seinem Geburtsjahr und seiner Gestalt eingegeben hatte, erschien ein Fragebogen, auf dem er vermerken konnte, wie seine Wunschfrau beschaffen sein sollte.

Kaum hatte er seine Zahlung geleistet, als schon 50 Frauenprofile auf seinem Rechner erschienen, die offenbar allesamt nur darauf gewartet hatten, dass er endlich diesem Verein beitrat.

Und tatsächlich – bereits nach einem Tag meldete sich die erste Dame bei ihm.

Die Absenderin, eine *Lady 1972*, schrieb ihm, dass sie »ein kleines Experiment mache«, und »anstatt auf Männer zu warten«, die sie anschreiben würden, wolle sie »zum ersten Mal in ihrem Leben selbst die Jägerin sein«.

Mit der Aufforderung, etwas von sich zu erzählen, endete die kurze Mitteilung.

Der Anschaulichkeit halber hatte sie ein Bild von sich mitgesendet, das ihm durchaus zusagte. *Lady* war offensichtlich eine sehr gepflegte etwa 40-jährige Dame mit blonder Löwenmähne, die eigentlich nicht ganz seinem Beuteschema entsprach. Diese kleine Unzulänglichkeit trat jedoch in den Hintergrund, war er doch höchst erfreut darüber, nach so vielen vergeblichen Versuchen endlich einmal angeschrieben worden zu sein.

Mit ihrer Mitteilung konnte er sich identifizieren, schrieb darüber, dass die Götter der Jagd sowohl bei den Griechen wie auch bei den Römern stets weiblich gewesen seien, und sie sich darüber also keineswegs zu grämen brauche, da die Frauen ohnehin das stärkere Geschlecht wären und so fort.

Doch auf Frauenversteher war die Lady offensichtlich nicht aus, daher blieb seine Mühe unbelohnt und der kunstvolle Brief ohne Antwort.

Die nächste Nachricht kam bereits am folgenden Tag, leider jedoch nicht von der so hochgeistig umworbenen *Lady 1972*, sondern von einer *Helena*, die ihn damit lockte, dass sie selbst »nicht ganz glauben konnte, dass sie sich hier eingeklinkt hatte« und ihn ebenfalls dazu aufforderte, etwas von sich zu erzählen.

Auch sie hatte ein Bild mitgeschickt, das eine asiatisch aussehende Dame von Anfang 30 zeigte.

Obwohl auch sie nicht unbedingt zu dem Typ Frau

gehörte, der ihn unmittelbar ansprach, sandte er ihr eine Nachricht zu.

In diesem Falle wollte er sich nicht so intellektuell geben. Ganz davon abgesehen, dass sie möglicherweise des Deutschen nicht allzu mächtig war, interessierte sich die Dame wahrscheinlich nicht deshalb für ihn, dass er seinen Geist versprühte. So schrieb er gerade heraus, was ihn in erster Linie dazu bewog, sie treffen zu wollen und gab gleich die Abende der nächsten Woche an, an denen er frei war.

Leider war auch dieser Vorgang nicht vom Glück begünstigt, denn auch von ihr hörte er nichts mehr.

Etwas frustriert von seinen sinnlosen Versuchen sah er sich weiter im Netz um und stieß auf eine Website, die von den Kunden dieser Agentur eingerichtet worden war. Darin beschwerten sich zahlreiche Geschlechtsgenossen über die »reine Abzocke«, die auf diesem Portal stattfände. Viele zweifelten überhaupt daran, es dort mit realen Menschen zu tun zu haben.

Das gab ihm zu denken.

Sollte er seine wertvollen Abendstunden tatsächlich damit vergeudet haben, irgendwelchen Phantomen hinterherzujagen oder waren diese Beiträge nur von den Männern verfasst worden, die nicht zum Zug gekommen waren?

Zur Sicherheit beschloss er, sich fortan des *Zwinkerns* zu bedienen, das das Portal den Männern anbot, die ihr Interesse an einer der Damen ohne große Umstände bekunden wollten.

Und tatsächlich brachte dieser völlig unverbindliche Werbungsversuch gleich am nächsten Tag den gewünschten Erfolg. Eine, den Bildern nach zu schließen, außerordentlich attraktive junge Dame äußerte in ihrem Brief, der in etwas holprigem Deutsch abgefasst war, Interesse an einem Treffen mit ihm, falls ihr das Foto zusagen sollte, das sie ihn zu schicken bat.

Das Schreiben ließ keinen Zweifel daran erkennen, was die Dame dazu bewog, den Kontakt mit ihm aufzunehmen, war doch eines ihrer Fotos alleine ihren nackten Brüsten gewidmet, die in ihrer üppigen, der Gravitation fast gänzlich trotzenden Pracht den unvorbereiteten Betrachter zu einem erstaunten Ausruf bewegen mussten.

Doch dabei blieb es naturgemäß nicht.

Sogleich schrieb er ihr zurück, legte dem Mail ein schmeichelhaftes Bild von sich bei und gab seiner Hoffnung Ausdruck, dass sie ihrerseits auch Gefallen an ihm fände. Er jedenfalls wolle sie sehr gerne kennenlernen.

Er hielt diesen Brief bewusst kurz und bemühte sich um eine einfache Ausdrucksweise, um jeglichem Missverständnis vorzubeugen.

Die Antwort kam binnen Minutenfrist.

Ja, auch ihr gefalle sein Bild sehr, schrieb sie zurück, wann er sie denn zu sehen wünsche.

Man einigte sich auf den folgenden Mittwochnachmittag, wobei sie den Treffpunkt vorschlug, ein kleines Café im 7. Wiener Gemeindebezirk, das auch ihm bekannt war und den unbestreitbaren Vorteil in sich trug, dass es von außen nur schwer einzusehen war.

An diesem Mittwochnachmittag sollte sich sein Leben ändern.

1. KAPITEL (DIENSTAG, 14. NOVEMBER)

Selbst seine obligate Morgenpfeife wollte ihm heute nicht schmecken.

Ungehalten trommelte Chefinspektor Kajetan Vogel mit den Fingern seiner rechten Hand an die Fensterscheibe seines Büros, das sich im dritten Stock des Polizeikommissariats Josefstadt befand. Missmutig betrachtete er die trostlosen, regennassen Fassaden der gegenüberliegenden Häuser, während sein langjähriger Kollege Alfons Walz, mit welchem er sich das Dienstzimmer teilte, am Computer saß und sich mit dem Verfassen eines »leicht« geschönten Berichts über ihren letzten Fall redlich abmühte, was unschwer an dem gelegentlichen Klappern der Tastatur und den wiederholten, leisen Flüchen zu erkennen war.

Dass sie ausgerechnet jetzt, gerade zu Chefinspektoren ernannt, in ihrem ersten Fall gescheitert waren, ärgerte die Kriminalisten in höchstem Maße. Zwar war diese schon längst fällige Beförderung nicht ihren Verdiensten geschuldet gewesen, sondern lediglich zwei zufällig frei gewordenen Planstellen, dennoch hätten sie diese Sache nur allzu gerne zu einem erfolgreichen Abschluss gebracht.

Was ja im Grunde genommen auch schon geschehen war.

Der Sachverhalt war ganz offensichtlich gewesen, die beiden Zeugen waren einvernommen worden und hatten übereinstimmende Aussagen getroffen, kurz, die Beweislage gegen den Übeltäter war erdrückend, und so war einem erfolgreichen Abschluss eigentlich nichts mehr im Wege gestanden.

Doch just in dem Moment, als alles geklärt schien, waren die Kriminalisten von ihrem Vorgesetzten von diesem eigentlich völlig harmlosen Fall ohne nähere Erklärungen abgezogen worden.

Aus gutem Grund, wie sich bald herausstellen sollte.

Dabei hatte das Ganze ursprünglich nach einer reinen Routinesache ausgesehen.

Im Maurer Wald hatte ein Jäger namens Maximilian Huber am vorletzten Sonntagnachmittag, ohne dass sich das Tier etwas hatte zuschulden kommen lassen, einen frei laufenden Hund erschossen. Als Besitzer eines jagdfreudigen Greyhounds verstand Vogel den verzweifelten Hundebesitzer Herbert Mühlbacher nur allzu gut, der sich nach dem Vorfall mit dem Jäger ein erhitztes Wortgefecht geliefert und ihn in Folge als »schießwütiges Arschloch‹«und »besoffenen Idioten« tituliert hatte. Huber fühlte sich daraufhin nicht nur in seiner Waidmannsehre, sondern auch in seiner Existenz bedroht und hielt seinen rasenden Widerpart mit angelegtem Gewehr in Schach. Das Ganze wurde letztlich von zwei Polizisten beigelegt, die von Passanten zu Hilfe gerufen worden waren, als sie das brisante Geschehen beobachteten. Was die Streithähne nicht davon abhielt, sich gegenseitig bei den hinzugeeilten Kräften der Exekutive anzuzeigen. Der Hundebesitzer, ein bei der Gemeinde angestellter Jurist, beschuldigte den Waidmann der *Sachbeschädigung in einem besonders schweren Fall*, des *Schusswaffenmissbrauchs* und der *gefährlichen Bedrohung mit einer Schusswaffe*, woraufhin dieser nicht zurückstehen wollte und Mühlbacher wegen *gefährlicher Drohung* und *Beleidigung* anzeigte.

Nach der Einvernahme der beiden Kontrahenten und

der Anhörung der zwei Zeugen sah es tatsächlich gar nicht gut für Huber aus, hatte sich der »streunende« Hund doch höchstens drei Meter von seinem Herrn entfernt befunden, was von dem Standpunkt des Jägers allerdings nicht leicht zu erkennen gewesen war, da ihm die Sicht auf den Hundeeigner versperrt war, der sich just in dem Moment seinen Schuh zuband, als der Waidmann des frei laufenden Hundes gewahr wurde. Zudem hatte es sich bei dem Tier um einen sogenannten *Therapiehund* gehandelt, der dank seiner Ausbildung jederzeit abrufbar und daher dem Leinenzwang nicht unbedingt unterworfen war. Als erschwerend wurde gewertet, dass durch die Streuung der Schrotkugeln auch Mühlbacher selbst hätte verletzt werden können, unter Umständen sogar lebensgefährlich, da er sich im Augenblick des Schusses unweit seines vierbeinigen Gefährten in hockender Haltung befunden hatte. Nach dem Treffer, infolgedessen sein Hund winselnd zusammengebrochen war, war der Eigner des Opfers erbost auf den Waidmann zugelaufen und hatte ihn unflätig beschimpft, woraufhin sich Huber bedroht fühlte und seine Waffe auf den Tobenden hielt.

Dieser Tatbestand war von den anwesenden Zeugen geschildert worden, zudem hatte der Jäger auf sie einen alles andere als nüchternen Eindruck gemacht, was anhand einer sogleich durchgeführten Alkoholkontrolle mehr als bestätigt wurde.

Insoweit war die Sachlage geklärt und Huber erwartete aller Wahrscheinlichkeit nach eine Anklage wegen der genannten Delikte, was neben einer saftigen Geldstrafe aller Wahrscheinlichkeit nach auch zur Einziehung seines Jagdscheins geführt hätte, zumal bei den gemessenen 1,8 Promille die Führung einer Waffe schon längst nicht mehr erlaubt war.

Dies war freilich für einen Waidmann vom Zuschnitt Hubers gänzlich unvorstellbar, und so machte er sich offensichtlich seine Erfahrung zunutze, die er mit Politikern aller Couleur im Laufe der Jahre gesammelt hatte.

Denn als Obmann des Wiener Landesjagdverbandes verfügte Huber über die besten Beziehungen, sodass kein Geringerer als der Wiener Landespolizeikommandant die beiden Inspektoren von dem Fall abzog und die Untersuchung kurzerhand zur Chefsache erklärte.

Womit sie erwartungsgemäß zum Erliegen kam.

Denn wenn Justitia ein Auge zudrückt, ist sie gänzlich blind.

»Kannst du mir eigentlich erklären, warum ich plötzlich unter die Märchenerzähler gehen soll und über einen Fall fantasieren muss, mit dem wir überhaupt nichts mehr zu tun haben?«, fragte Walz ungehalten und schlug entnervt auf die Tastatur. »Soll er ihn doch selber schreiben, unser feiner General.«

»Das ist die alte Geschichte, wenn der General befiehlt, hat die Truppe zu gehorchen, und selbst wenn es der größte Irrsinn ist«, brummte Vogel, während er ungerührt ins trostlose Novemberwetter schaute. »Du solltest froh sein dass er von dir nicht verlangt hat, den ganzen Sachverhalt umzudrehen und den Mühlbacher zum Schuldigen zu machen. Wär' der ein gewöhnlicher Mitbürger und kein ausgebildeter Jurist, hätte das sehr wohl so ausgehen können. Aber da er ja bei der Gemeinde angestellt ist, wird seine Nachgiebigkeit vielleicht sogar mit einer vorzeitigen Beförderung belohnt. So hat sich doch alles bestens gefügt. Der Mühlbacher wird eine Entschädigung für seinen Hund bekommen und kann sich damit sogar einen ganz neuen kaufen, der hält ja viel länger … davon kann doch jeder Autofahrer nur träumen.«

»Sei nicht so zynisch, Kajetan. Denk dir doch nur, der Huber hätte deine Emily erschossen …«, entgegnete Walz verständnislos.

»Das will ich mir lieber gar nicht vorstellen, sonst geht mir gleich das Feitel in der Tasch'n auf«, erwiderte Vogel mit verächtlichem Schnauben. »Im Ernst, ich wüsste wirklich nicht, was ich in einem solchen Fall tät'. Nur eines kann ich dir mit Sicherheit sagen:«, rief er und wandte sich endlich seinem Gegenüber zu, während er drohend seinen Zeigefinger hob. »Es wär sicherlich besser, wenn ich in einem solchen Fall meine Puff'n nicht dabei hätt', sonst könnt' ich für nix garantieren.«

»Glücklicherweise scheint der Mühlbacher ja im Gegensatz zu dir ein besonnener Mensch zu sein, sonst wär womöglich der der Schuldige und der Huber das Opfer, was nichts anderes als ein Jammer wäre«, seufzte Walz und drehte sich von seinem Schreibtisch weg. »Es ist leider nicht zu ändern, die Sache wurde wie so vieles andere auch auf Altösterreichisch gelöst. Da unsere Herren Politiker so korrupt sind, wie sie in der zweiten Republik halt immer schon waren, können wir gar nichts ausrichten. Ein generelles Umdenken müsste halt stattfinden, aber so lange solche Wappler an der Macht sind, wird sich leider nichts ändern … Vielleicht weiß der Huber auch zu viel über diese Herrschaften und genießt deshalb ihren besonderen Schutz.«

Langsam ging Vogel zu seinem Kollegen, um sich dessen literarisches Elaborat anzuschauen, wobei er ihn in eine riesige Rauchwolke hüllte.

»Das wird's wohl sein, eine Sexorgie mit Minderjährigen in der Jagdhütte vielleicht oder was ähnlich Unappetitliches. Denen da oben trau' ich inzwischen alles zu. Wer geht denn überhaupt noch in die Politik heutzutage? Genau die, die zu blöd sind, um es in der Wirtschaft oder in der Forschung zu etwas zu bringen. Früher hat man den Dümmsten der Familie ins Kloster abgeschoben, damit der dort was für seine Verwandtschaft ausrichten kann. Heutzutage schickt man das Depperl halt in die Politik, dass es intervenieren kann, wenn der kleine g'scheite Bruder wieder einmal besoffen am Steuer erwischt worden ist, nachdem ihm leider ein unvorsichtiger Passant ins Auto gelaufen war. Und wenn das Depperl sich dann noch brav der Parteiräson gebeugt hat und den Alten immer brav hinten einikrochen ist, dann wird aus dem armen Depperl, das in seiner Jugend schon immer Probleme mit dem großen Einmaleins g'habt hat, plötzlich ein Sektionschef im Finanzministerium, Minister oder sogar Kanzler. Und da ja keiner g'scheiter sein darf als der Oberste, werden dann die noch größeren Trotteln rekrutiert! Das ist nicht einmal mehr das Mittelmaß, das bei uns das Sagen hat, das ist der Ruß, der nirgendwo anders unterkommt. Und wir haben auch noch die heilige Pflicht, diesem Abschaum den Rücken zu decken. Vielleicht sollte ich doch auf Elektrorasur umsteigen, da brauch ich mir morgens net so lang ins G'sicht schaun. Manchmal könnt' ich mich nur noch anspeiben.«

Diese durchaus angespannt zu nennende Lage wurde plötzlich durch ein zögerliches Klopfen unterbrochen.

»Ja, herein«, brüllte Vogel, dessen Laune sich durch den unangekündigten Gast nur unwesentlich zu bessern schien.

Langsam öffnete sich die Tür, durch dessen Spalt der Kopf eines Mittvierzigers sichtbar wurde.

»Entschuldigen Sie bitte die Störung, aber man hat mir unten gesagt, ich soll mich an Sie wenden«, sagte der Besucher schüchtern, den die barsche Begrüßung Vogels offensichtlich erschreckt hatte.

»Na, so kommen's schon rein«, rief Vogel, ungeduldig mit dem linken Arm winkend, während er mit seiner Rechten rasch seine Pfeife in den bereitstehenden Aschenbecher legte, was ihn sichtlich noch mehr verdross.

Vorsichtig kam der Unbekannte der Einladung nach. Mit leicht gebeugtem Kopf und schier auf Zehenspitzen balancierend betrat er, seine schwarze Aktentasche brav unter den Arm geklemmt, scheu lächelnd diesen Hort der Gesetzesmacht, dessen Gewalt er sich scheinbar widerstandslos zu beugen bereit war.

So schien es wenigstens den Inspektoren, die sich angesichts dieses seltsamen Auftritts wohl nicht gewundert hätten, wenn ihr Besucher ihnen plötzlich gestanden hätte, gerade auf einem abgelegenen Kinderspielplatz ahnungslosen Müttern sein unverhülltes Geschlecht dargeboten zu haben.

»Doktor Wolfram Kolb«, stellte er sich mit einer kleinen Verbeugung vor, nachdem er in der Mitte des Raumes angekommen war.

»Was können wir für Sie tun?«, fragte Walz freundlich.

»Das ist eine ziemlich heikle Angelegenheit, von der mein ganzes Leben abhängt«, antwortete Kolb plötzlich mit ungewöhnlichem Ernst.

Es hatte fast den Anschein, als würde er gleich in Tränen ausbrechen.

»Da es sich in diesem Falle um einen längeren Besuch handeln dürfte, wäre es vielleicht sinnvoll, wenn Sie erst einmal Ihren Mantel ablegten, bevor Sie Platz nehmen«, unterbrach ihn Vogel ungerührt und signalisierte ihm mit einer Handbewegung, dass er sich damit gefälligst beeilen sollte.

»Ach ja, natürlich«, murmelte Kolb, während er vorsichtig seine Aktentasche auf den Boden stellte und mit verlegenem Lächeln und unter leisem Ächzen seinen cremefarbenen Staubmantel aufknöpfte, unter dem ein grau kariertes Tweed-Sakko zum Vorschein kam, das sich schon länger in seinem Besitz zu befinden schien, da es um die Hüften schon bedenklich spannte. Darunter trug er ein weißes Hemd mit einer völlig nichtssagenden Krawatte.

Nachdem Kolb es sich bequem gemacht hatte, begann er leise und ziemlich verworrenen seine Geschichte zu erzählen.

»War sie wenigstens gut?«, wollte der unverbesserliche Vogel wissen, nachdem der Besucher mit seinen Ausführungen zu Ende gekommen war.

»Entschuldigen Sie?«, Kolb, nach seiner Lebensbeichte ohnehin den Tränen nahe, legte seinen Kopf schief, als ob er nicht richtig verstanden habe.

»Mein Kollege äußert sich manchmal etwas unüberlegt«, beeilte sich Walz die Situation zu entschärfen, während er seinen Schreibblock zur Hand nahm, »also, jetzt rekapitulieren wir noch einmal das Ganze in aller Ausführlichkeit, damit ich mir genaue Notizen machen kann. Sie haben sich also vor etwa zwei Wochen auf einer Website mit dem Namen *finallylove.at* eingeloggt – ist das soweit richtig?«

»Ja«, antwortete Kolb artig und nestelte verlegen an der auf seinem Schoß liegenden Aktenmappe herum.

»Wie sind Sie überhaupt auf die Idee gekommen, solch eine Agentur zu kontaktieren?«

Kolb räusperte sich und richtete seinen Krawattenknoten.

»Wissen Sie, das war beim Zahnarzt. Dort lag so eine Zeitschrift auf, die üblicherweise nicht zu meiner Lektüre gehört. Auf dem Titel wurde in reißerischer Manier angekündigt, dass Österreich fremdgehe oder so ähnlich. Dadurch bin ich überhaupt erst auf diese Agenturen aufmerksam geworden und habe den Artikel überflogen. Zum genauen Lesen bin ich dann nicht mehr gekommen, weil die Sprechstundenhilfe mich in den Behandlungsraum gerufen hat. Ich habe davor gar nicht gewusst, dass es so etwas überhaupt gibt.«

»Und nach der Behandlung haben Sie sich dann diese Zeitschrift besorgt«, rekapitulierte Walz über seinen Schreibblock gebeugt. »Bezog sich dieser Artikel auf diese bestimmte Agentur?«

»Nein, nein, überhaupt nicht. Er handelte von einem ganz anderen Portal. In einem Kästchen waren aber auch weitere Anbieter genannt, unter anderem eben dieses *finallylove*. Als meine Frau zu Bett gegangen war, habe ich die Reportage noch einmal genauer studiert und mich für dieses Portal entschieden, in das ich mich gleich eingeloggt habe. Ich dachte mir, wenn ich schon einmal so etwas versuche, dann doch lieber in einer weniger beworbenen Umgebung, schließlich will man dort nicht plötzlich einer Patientin begegnen, die man gerade noch vormittags untersucht und ihr zu einem gemäßigteren Lebenswandel geraten hat.«

»Sie sind also Arzt?«

Kolb nickte.

»Meine Praxis befindet sich in der Hermanngasse im 7. Bezirk.«

»Gut, was passierte dann?«, fragte Walz weiter, während er sich fleißig Notizen machte.

Kolb atmete tief durch, bevor er fortfuhr.

»Zuerst habe ich mir einige Profile von den dort angebotenen Mädchen angeschaut, das kann man ja, ohne Mitglied zu sein. Doch schon nach wenigen Minuten ging eine Nachricht bei mir ein, dass sich eine 25-Jährige für mich interessiere. Zwar wunderte ich mich darüber, da ich das Alter der Damen meiner Wahl eigentlich zwischen 30 und 40 angegeben hatte. Weil ich die Nachricht jedoch nicht lesen konnte, ohne dort Mitglied zu sein, musste ich mich erst einmal anmelden und den Aufnahmebeitrag erlegen. Heute ist mir natürlich klar, dass genau dies der Zweck dieser Mitteilung war. Aber in dem Moment war ich viel zu aufgeregt, und, offen gestanden auch viel zu neugierig, um auf diesen eigentlich naheliegenden Gedanken zu kommen.«

Kolb lächelte verlegen.

»Ein klassischer Fall von Bauernfängerei«, brummte Vogel dazwischen.

»Ja, da haben Sie wohl recht«, nickte Kolb, ohne ihn eines Blickes zu würdigen. »Von dieser 25-Jährigen habe ich auch nie mehr etwas gehört, obwohl ich ihr gleich geantwortet habe, nachdem ich dem Klub beigetreten war. Dann habe ich mir die übrigen Damen etwas genauer angeschaut.«

»Wie ist das zu verstehen? Wie sieht denn eine solche Seite überhaupt aus?«, erkundigte sich Walz ruhig.

»Ich weiß nicht, wie es bei den anderen Agenturen ist, aber bei *finallylove* ist die Seite in verschiedene Abteilungen gegliedert. Zuerst gibt man seine äußerlichen Kennzeichen, wie Alter, Größe, Gewicht, Augenfarbe und Haarfarbe ein. Dann kann man seine persönlichen Vorlieben und bevorzugten Sexualpraktiken eintragen. Im nächsten

Abschnitt kommen dann, wenn ich mich richtig erinnere, die Dinge dran, die ich beim anderen besonders reizvoll finde. Schließlich kann man noch seine Hobbys angeben. Und ganz unten gibt es noch ein Bewertungsschema, wo man den Partner beurteilt, nachdem man ihn getroffen hat.«

»No servus«, brach es aus Vogel heraus, »da wird dann beschrieben, wie sich diejenige im Bett angestellt hat?«

»Ja, so in etwa«, erwiderte Kolb mit einem kurzen Seitenblick auf den Inspektor.

Anscheinend hatte er ihm seine despektierliche Frage noch immer nicht verziehen.

»Und wie ging es dann weiter, Herr Doktor?«, mischte sich Walz wieder ein.

»Um einen Kontakt aufzunehmen gibt es verschiedene Möglichkeiten. Wenn man nur sein Interesse bekunden will, kann man ein so genanntes *Zwinkern* schicken. Das ist relativ unverbindlich und kostet nichts …«

»Moment, das heißt, wenn Sie einer Dame, an der Sie interessiert sind, eine Nachricht senden, müssen Sie dafür bezahlen?«, unterbrach ihn Vogel erstaunt.

»Ja, zumindest beim ersten Kontakt. Auch wenn Sie eine Nachricht von einer Ihnen noch unbekannten Frau erhalten, müssen Sie bezahlen, wenn Sie sie lesen wollen.«

»Das geht ja ganz schön ins Geld. Da ist ein Besuch in einer Bar doch sicherlich billiger …«

»Na ja, es kostet nicht allzu viel, außerdem muss man nur beim ersten Kontakt bezahlen«, wiederholte Kolb. »In einer Bar ist die Gefahr doch viel größer, dass man von jemandem gesehen wird. Sie dürfen nicht vergessen, ich bin Arzt und treffe daher eine ganze Menge Leute, die natürlich auch meine Frau kennen, die in meiner Praxis mitarbeitet.«

»Und wie ging es dann weiter?«, fragte Walz, dessen Interesse an dieser Agentur bei Weitem nicht so ausgeprägt zu sein schien wie bei seinem Kollegen Vogel, der den Ausführungen Kolbs mit größter Aufmerksamkeit folgte.

»Am nächsten Tag bekam ich eine Nachricht von einer Dame, die dieses Mal der Altersgruppe angehörte, die ich als die Bevorzugte angegeben hatte. Ich antwortete ihr, leider ohne Erfolg. Am folgenden Tag wiederholte sich diese Prozedur mit einer anderen Frau, diesmal von orientalischem Aussehen. Auch von ihr hörte ich nichts mehr, obwohl ich ihr sofort zurückgeschrieben hatte. Unterdessen bin ich übrigens der festen Überzeugung, dass diese Damen ebenfalls Lockvögel waren, um den Kunden an die Agentur zu binden. Denn diese hohe Frequenz an Briefen ist später niemals wieder erreicht worden.«

»Wie lange waren Sie denn Mitglied in diesem Klub?«, erkundigte sich Walz.

Kolb, der im Laufe des Gesprächs immer mehr an Selbstsicherheit gewonnen hatte und zuweilen sogar den Blickkontakt von Walz erwiderte, fiel plötzlich wieder in sich zusammen.

»Offen gestanden, ich bin noch immer dabei, da meine Mitgliedschaft noch nicht abgelaufen ist«, gab er leise zu und schaute reumütig auf seine Aktentasche, »in meiner anfänglichen Euphorie hab' ich mich gleich für ein ganzes Jahr eingeschrieben.«

»Ja, das ist doch nur allzu verständlich«, räumte Walz rasch ein, um seinem Kollegen zuvorzukommen, der gerade zu einer sicherlich nicht eben harmoniefördernden Entgegnung ansetzen wollte, »wenn man für etwas bezahlt hat, ist es doch nur recht und billig, dass man es auch konsumiert. Und was passierte dann weiter?«

Dankbar schaute Kolb seinen Gesprächspartner an, bevor er fortfuhr.

»Nachdem diese Versuche so frustrierend verlaufen waren, habe ich dann selbst die Initiative ergriffen und erst einmal einige Damen *angezwinkert*, um zu sehen, was dann passiert. Und tatsächlich meldete sich schon am nächsten Tag ein Mädchen und schickte mir sogar einige Bilder von sich, ohne dass ich es darum gebeten hatte …«

»Ach so, man muss also keine Fotos von sich ins Netz stellen, wenn man sich dort anmeldet?«, unterbrach ihn Vogel abermals.

»Nein, das können Sie halten, wie Sie wollen. Die meisten Profile sind ohne Bilder, wobei allerdings angezeigt ist, ob Sie über ein so genanntes *Fotoarchiv* verfügen. Dieses können Sie dann der von Ihnen ausgewählten Person zeigen.«

»Gut, und weiter?«, fragte Walz mit einem ostentativen Blick auf seine Armbanduhr.

»Da mir ihre Bilder gefielen, antwortete ich ihr und schlug ihr ein Rendezvous vor, dem sie sogleich zustimmte. Nach meinem heutigen Erfahrungsstand hätte mich das schon stutzig machen müssen, denn zu solch spontanen Treffen kommt es, wie ich unterdessen weiß, nur äußerst selten. Am nächsten Tag, der zufällig ein Mittwoch war, an dem meine Praxis am Nachmittag geschlossen ist, traf ich sie dann tatsächlich in einem Kaffeehaus im 7. Bezirk, das sie vorgeschlagen hatte. Und nach etwa einer Stunde beschlossen wir, gemeinsam in ein unweit gelegenes Hotel zu gehen. Auch dieser Vorschlag kam von ihr.«

»Um welches Hotel handelte es sich da?«

»*Zum goldenen Mondschein* heißt es und befindet sich in der Mondscheingasse.«

»Das kenne ich gar nicht, du, Kajetan?«

Vogel schüttelte den Kopf.

»Das ist eine ganz kleine und ziemlich heruntergekommene Absteige. Aber mir war es recht, die haben gegen Vorkasse wenigstens keine Fragen gestellt.«

»Handelte es sich bei dieser Person um eine Österreicherin?«

»Nein, sie erzählte mir, dass sie aus Temeswar in Rumänien stammt.«

»Und Sie haben wirklich keinen Verdacht geschöpft?«, erkundigte sich Walz ungläubig, zumal Kolb nicht gerade den Typus Mann darstellte, für den eine junge, attraktive Frau ihre ganze Erziehung vergaß, so marginal sie vielleicht auch gewesen sein mag.

»Nein, ich konnte mein Glück nicht fassen! Damals war ich ja noch ein völliger Neuling auf diesem Gebiet und so naiv, der Werbung für *finallylove* Glauben zu schenken, die ja unterschwellig behauptet, dass alle Frauen nur von dem Gedanken besessen wären, sich dem nächstbesten Mann hinzugeben. Mein Gott, was war ich blöd!«

Kolb schlug die Hände vors Gesicht.

»Und dann sind Sie mit ihr auf dem Hotelzimmer intim geworden«, resümierte Walz nach einer kurzen Pause, die er mit Rücksicht auf den Zustand des Arztes eingelegt hatte. »Ist Ihnen da etwas Außergewöhnliches aufgefallen?«

»Ja, im Nachhinein ist man halt immer klüger … Schon unten beim Portier hatte ich bemerkt, dass die beiden sich anscheinend kennen, habe dem aber keine große Bedeutung beigemessen. Und oben sah es aus wie in einem ganz normalen Hotelzimmer. Aber heute sind die Kameras ja so klein, die können überall gesteckt haben. Allerdings ist mir dann später eingefallen, dass sie mich immer auf die Mitte des Doppelbetts geschoben hat, wahrscheinlich, damit ich besser im Bild bin.«

»Können Sie uns den Portier beschreiben?«

»Was soll ich sagen? Das war ein richtiger Schlurf mit Stirnglatze und langen Haaren, ziemlich untersetzt, etwa Mitte 40 und ausgesprochen ungepflegt. Außerdem roch er.«

Angewidert verzog Walz sein Gesicht.

»Trug er eine Uniform?«

»Wo denken Sie hin? Nein, ein ganz normales Hemd, das er ziemlich weit aufgeknöpft hatte, alles ziemlich halbseiden und schmutzig, genau wie das ganze Hotel.«

»Und blieb es bei diesem einen sexuellen Beisammensein?«

Bitter lachte Kolb auf.

»Material hatte sie ja genug von dem einen Mal. Das, was ich damals für pure Geilheit hielt, war nichts weiter als der Plan, mich in möglichst vielen Stellungen zu filmen … Unter uns gesagt«, verschwörerisch senkte er seine Stimme und beugte sich zu Walz, »die Maria hat Sachen draufgehabt, von denen ich nicht einmal wusste, dass man die miteinander machen kann. Ja, wir haben damals wirklich nichts ausgelassen«, fügte er leise hinzu, wobei er sogar ein wenig lächelte und sich seine Lippen genießerisch kräuselten.

So unschuldig naiv, wie er sich im Gespräch mit den Inspektoren gerierte, war er offensichtlich doch nicht.

»Und wann konfrontierte sie Sie zum ersten Mal mit dem Filmmaterial?«

»Das war drei Tage später, am Samstag. Da hatten wir wieder ein Rendezvous in demselben Kaffeehaus ausgemacht, wo wir uns das erste Mal getroffen hatten.«

»Wie heißt das Kaffeehaus?«, unterbrach ihn Walz und sah von seinem Schreibblock auf.

»Das war das *Caffè Latte* in der Neubaugasse.«

»Das kenne ich, und was geschah dann?«

»Dieses Mal kam sie nicht alleine, sondern brachte ihren *Cousin* mit, wie sie mir erklärte. Als ich diesen Kleiderschrank mit Sonnenbrille an ihrer Seite sah, wurde mir schlagartig klar, dass ich mich in einer ausweglosen Lage befand.«

»War das auch ein Rumäne?«

»Ich nehme es an, da sie rumänisch miteinander sprachen.«

»Von dem haben Sie aber keine Fotos?«, wollte Vogel wissen, während er die von Kolb mitgebrachten Aufnahmen seiner Herzensdame betrachtete, die dieser vor dem Gespräch seiner schwarzen Aktentasche entnommen und auf den Tisch gelegt hatte.

»Nein, ich könnte ihn aber beschreiben«, antwortete Kolb.

»Die Karteien können wir dann später durchgehen«, schlug Walz vor, »erzählen Sie uns bitte zuerst, was die beiden genau von Ihnen wollten.«

»Als sie Platz genommen hatten, teilte mir dieser sogenannte Cousin in ganz ruhigem Ton mit, dass sie unser Beisammensein gefilmt hätten, und meine Frau doch sicherlich nichts davon erfahren sollte. Dann warnte er mich noch davor, die Polizei einzuschalten.«

»Das ist das übliche Prozedere, wie viel verlangte er denn von Ihnen?«

»10.000 Euro für die Herstellung des Filmes, das wäre ja schließlich auch eine schöne Erinnerung, wie er sich ausdrückte.«

Vogel pfiff durch die Zähne.

»Das ist eine außergewöhnlich hohe Forderung, anscheinend haben Sie es ja wirklich ordentlich krachen lassen«, meinte er, womit mit einem Schlag das gerade wieder aufkeimende Vertrauen des Arztes in Vogels Seriosität endgültig passé war.

»Wann war das genau?«, fragte Walz mit einem strafenden Seitenblick auf seinen Kollegen.

»Vor exakt einer Woche, also am 7. November.«

»Und anstatt gleich zu uns zu kommen, haben Sie erst einmal bezahlt …«, sagte Walz mit missbilligendem Gesichtsausdruck.

»Ja, jetzt weiß ich auch, dass das ein Fehler war … Aber was sollte ich denn machen? Sie drohten mir, diesen Film nicht nur meiner Frau zu schicken, sondern ihn auch auf die Website meiner Praxis zu stellen – damit wäre ich ruiniert gewesen! Und sie versicherten mir, dass dies eine einmalige Forderung sei.«

»Was es aber offensichtlich nicht war …«

»Ja, gestern am Abend erhielt ich eine SMS, dass die Produktionskosten doch höher gewesen waren als ursprünglich veranschlagt und sie leider eine Nachforderung von 5.000 Euro zu stellen hätten …«

»Und warum kommen Sie erst jetzt zu uns? Ihnen muss doch klar gewesen sein, dass es nicht bei dem einen Mal blieb.«

Fassungslos schaute Kolb Walz an und schüttelte mehrmals leicht seinen Kopf, gerade so, als trüge er die Schuld an der Misere.

»Ja, was soll ich sagen? Ich hab mir halt gedacht, die verschwinden vielleicht mit ihren 10.000 Euro nach Rumänien, das ist dort ja ein Haufen Geld … Einige Tage nach der Zahlung war schließlich auch Marias Profil von der Website verschwunden.«

»Die können die Erpressung ja auch von ihrer Heimat aus weiterführen. Heutzutage ist das alles kein Problem mehr …«

»Das hab ich halt nicht bedacht«, rief Kolb plötzlich ungehalten aus, »doch anstatt mir Vorwürfe zu machen, sollten Sie mir lieber sagen, was ich jetzt tun soll. Dafür gibt es ja wohl die Polizei.«

»Auf welchem Wege sollen Sie denn das Geld übergeben?«, erkundigte sich Walz völlig unbeeindruckt.

»Wie beim ersten Mal. Zuerst bekomme ich eine SMS mit einem Termin, wann ich mit der Zahlung zu rechnen hätte. Die nächste Nachricht enthält dann eine Transaktionsnummer, unter der ich den Betrag bei Western Union überweisen soll.«

»Damit kann der Empfänger weltweit das Geld abheben, das ist das übliche Vorgehen«, stellte Walz sachlich fest.

»Das mag sein, und den Beleg dafür hab ich dann direkt nach der Transaktion eingescannt und an eine Hotmailadresse gesendet …«

»… Die direkt nach Eingang der Mail gelöscht wird«, brummte Walz verdrossen. »Haben Sie die Adresse noch? Vielleicht sind die doch blöder als die Polizei erlaubt.«

»Natürlich, ich hab Ihnen alles mitgebracht«, antwortete Kolb eifrig, während er in seine Aktentasche griff und eine Klarsichthülle hervorholte, in der sich ein einzelnes Blatt befand, »glauben Sie tatsächlich, Sie können mein Geld zurückholen?«

»Nein«, entgegnete Walz trocken, »das können Sie vergessen. Beträge, die mit einem solchen Geldtransfer-Unternehmen überwiesen werden, sind nicht rückvollziehbar. Der Empfänger muss lediglich die Nummer angeben, dann kann er den Betrag gegen die Vorlage eines in diesem Falle wohl gefälschten Ausweises beheben. Und schon hat sich die Sache.«

Seufzend ging der Inspektor mit dem Papier zum Computer.

Nach einer kleinen Pause ratlosen Schweigens, das nur von Tastaturgeräuschen unterlegt war, erkundigte sich Kolb kleinlaut:

»Und was gedenken Sie, in dieser Sache weiter zu unternehmen, und vor allem, was soll ich nun machen?«

»Wann ist der Termin der Überweisung?«, wollte Walz wissen, während er angestrengt auf den Bildschirm schaute.

»Morgen Vormittag um zehn bekomme ich die SMS mit der Transaktionsnummer…«

»Da können wir leider gar nichts machen, da wir nicht einmal wissen, wo der Betrag überhaupt abgehoben wird. Das kann genauso gut in Rumänien wie in Usbekistan sein. Und die Hotmail-Adresse existiert erwartungsgemäß nicht mehr.«

Walz wandte sich nun wieder Kolb zu und fragte eindringlich:

»Jetzt muss ich Sie einmal etwas Prinzipielles fragen: Wie würde eigentlich Ihre Gattin darauf reagieren, wenn Sie es ihr einfach erzählten? Dies wäre auf jeden Fall der einfachste Weg aus diesem Dilemma. Ihre Website könnten Sie ja einfach abschalten, als Arzt brauchen Sie sie ja nicht unbedingt.«

Kolb legte seine Hände um die Nase und atmete hörbar ein.

»Ich kann es eben überhaupt nicht einschätzen, wie sich

meine Frau verhalten würde, wenn ich es ihr sage. Wir hatten noch nie eine solche Situation. Schauen Sie, wenn sie mir eine Szene machen würde, könnte ich damit umgehen. Da würde ich warten, bis das Gewitter vorbei ist und ihr dann alles erklären. Aber was ist, wenn sie mich einfach nur traurig anschauen und fassungslos nach dem Grund fragen würde? Das wäre nicht auszuhalten. Darüber hinaus haben wir zwei Töchter, 16 und 18 Jahre alt, die mir das niemals verzeihen würden. Die wären dazu imstande, ihre Mutter dazu zu bringen, mich zu verlassen. Und das wäre nicht nur mein finanzieller Ruin, sondern auch eine persönliche Katastrophe, denn, ob Sie es glauben oder nicht, ich liebe meine Familie«, rief er verzweifelt aus.

Walz wiegte seinen Kopf.

»Wenn Sie nicht bis in alle Ewigkeit zahlen wollen, müssen Sie diese Gefahr wohl oder übel in Kauf nehmen … Vielleicht passiert auch gar nichts, wenn Sie nicht zahlen, doch das Risiko bleibt natürlich bestehen. Habhaft können wir solcher Leute nur in Österreich werden, das wissen die auch ganz genau, und deshalb verschwinden die nach getaner Arbeit gleich wieder. Möglicherweise sind Sie aber nicht das einzige Opfer, und in diesem Falle bestünde noch die Chance, dass die sich hier tatsächlich noch aufhalten. Das Einzige, was ich Ihnen anbieten kann, ist, diese Maria in die Fahndungsdatei einzugeben. Falls sie sich noch in Wien befinden sollte, wird sie sicherlich einmal von einer öffentlichen Kamera erwischt, und dann wissen wir, wo sie sich aufhält, und können sie dann ausfindig machen.«

»Das geht?«, fragte Kolb erstaunt. »Also ist es doch kein Gerücht mit dem *gläsernen Bürger*?«

»Wie Sie sehen, haben diese Überwachungsmethoden auch ihre Vorteile«, brummte Vogel unwillig, »zumindest stellen sie in Ihrem Fall die einzige Methode dar, den Aufenthalt dieser Person festzustellen.«

»Falls sie sich allerdings nicht mehr in Österreich befinden sollte, bleibt uns nur noch die Möglichkeit, sie international zur Fahndung auszuschreiben, und das kann dauern, vor allem, wenn sie wieder in Rumänien ist«, fuhr Walz fort. »Das Erste, was wir dazu brauchen, ist der Name dieser Dame. Deshalb bitte ich Sie nun, zu mir hinter den Computer zu kommen und sich in die unerschöpflichen Tiefen unserer nahezu allwissenden Kartei zu begeben, vielleicht sind die beiden bei uns ja schon einmal verhaltensauffällig geworden. Falls dem nicht so ist, führe ich Sie zu unserem Spezialisten, dem Sie den Cousin beschreiben, möglicherweise findet sich dann dort was.«

Nachdem Walz das Foto dieser ominösen Maria eingescannt und das Übereinstimmungsprogramm gestartet hatte, beugte sich neben Kolb auch Vogel erwartungsvoll über den Computer.

»Maria Segatu, da haben wir sie ja schon«, rief Walz schon bald erfreut aus, »so viel Ungemach die neuen Techniken auch über die Menschheit gebracht haben, manchmal sind sie einfach faszinierend. Schau, schau, vorbestraft wegen wiederholter Prostitution ohne Deckel und Betrugs, no, die kennen wir ja ganz gut. Wenn wir Näheres über sie wissen wollen, müssen wir nur den Berger fragen, der hat die damals verhaftet.«

»Kann es also doch sein, dass sie sich noch in Österreich aufhält?«, fragte Kolb hoffnungsvoll.

»Sein kann alles, lieber Herr«, entgegnete Vogel trocken, »aber auch in Österreich müssen wir sie erst einmal finden. Wir können ja nicht jeden Puff nach ihr umdrehen.

Apropos Puff: Ich will Sie ja nicht beunruhigen, Herr Doktor, aber haben Sie damals einen Gummi benutzt? Möglicherweise hatte es ja seinen Grund, dass diese Dame ohne Deckel unterwegs war …«

Vogel schien heute wirklich nicht gut drauf zu sein.

Entgeistert musterte Kolb den Inspektor und sah Hilfe suchend zu Walz.

»Auch wenn es in einem unangemessenen Ton vorgebracht war, wofür ich mich hiermit für meinen Kollegen entschuldigen will, hat er letztlich doch recht. Wir sind natürlich weit davon entfernt, Ihnen Ratschläge erteilen zu wollen, doch vor nicht allzu langer Zeit hatten wir einen Fall, wo sich eine Frau nach einem One-Night-Stand mit HIV angesteckt hatte und infolgedessen ihren einmaligen Liebhaber umbrachte … Es kann also ganz schnell gehen, aber das wissen Sie als Arzt ja besser als wir.«

»Jetzt ist aber genug«, schrie Kolb plötzlich los, dessen Gesicht puterrot angelaufen war, »ich bin nicht zu Ihnen gekommen, um mir Ihre Mutmaßungen bezüglich meiner Gesundheit anhören zu müssen. Ich will jetzt dezidiert von Ihnen wissen, was Sie in meinem Fall zu unternehmen gedenken. Und wenn Sie dazu nicht imstande sind, dann will ich sofort mit Ihrem Vorgesetzten sprechen.«

Wortlos ging Vogel zur Tür und hielt sie dem Arzt auf.

»Bitte sehr, unser Vorgesetzter heißt Michael Mitterwaldner und residiert in Zimmer 201.«

Fassungslos schaute Kolb die beiden Kriminalisten an, packte seine Unterlagen in die Aktentasche und rannte wutentbrannt aus dem Büro.

»Ich glaub', des haben wir nicht sehr g'scheit gemacht, jetzt. Wenn der Mitterwaldner genauso schlecht drauf ist wie wir heute, dann können wir uns gleich was anhören …«, sagte Walz, nachdem er die Türe geschlossen hatte, »dann gehst aber du dran, schließlich hast du das Ganze verbockt.«

Kaum hatten sie sich erneut dem Computer zugewandt, um sich mit den Einzelheiten aus Maria Segatus Vita auseinanderzusetzen, als tatsächlich das Telefon läutete.

Auch ohne Lautsprecheinrichtung konnte Walz jedes Wort verstehen, zumal Vogel den Hörer in geziemenden Abstand zu seinem Ohr hielt.

»Was bilden Sie sich eigentlich ein, Herr Vogel? Sie glauben wohl, nur weil Sie jetzt Chefinspektor sind, können Sie sich die Kundschaft aussuchen. Sie nehmen sofort die Untersuchung auf und ich erwarte mir eine vollständige Aufklärung des Falles. Herr Doktor Kolb hat mir sein Problem zwar nur stichwortartig geschildert, doch scheint es mit einigem guten Willen nicht allzu schwierig zu sein, dieses zu lösen, vor allem nicht für einen Chefinspektor, der seinen Titel erst noch verdienen muss. Haben wir uns verstanden, Vogel?«

Wortlos wartete der Gemaßregelte ab, bis sein Vorgesetzter das Telefon aufgelegt hatte.

»Hast's ja gehört, gleich stehen wir wieder unter medizinischer Überwachung, also benimm dich endlich anständig, sonst holt der Onkel Doktor die Spritze aus seiner Tasche«, meinte Walz augenzwinkernd zu seinem Kollegen, dessen Stimmungslage sich durch das Telefonat nicht wesentlich gebessert hatte.

»Was ich dir noch sagen wollte: Überlass die Gesprächsführung diesmal mir alleine. Auch keine wie auch immer gearteten Kommentare!«, warnte ihn Walz bevor er die Türe öffnete, um Kolb hereinzulassen, der dieses Mal laut vernehmlich geklopft hatte.

Der Arzt hatte sich unterdessen beruhigt und war klug genug, seinen Etappensieg nicht allzu triumphal vor sich herzutragen.

»Ich würde vorschlagen, wir fangen jetzt noch einmal ganz von vorne an und vergessen das, was vorgefallen ist«, sagte er feierlich, bevor er Platz nahm.

»Einverstanden! Das kann der Beginn einer wunderbaren Freundschaft sein«, zitierte der kinematophile Walz den Schlusssatz aus *Casablanca* mit einer leichten Verbeugung und setzte sich hinter seinen Computer.

»Nun, die Maria Segatu hat einen sogenannten Beschützer gehabt, der ebenfalls aktenkundig ist«, erläuterte Walz. »Er heißt Ciprian Iovanescu und schaut, Momenterl, so aus!«

Kolb trat zu dem Bildschirm.

»Das ist er, der Cousin! Gute Arbeit, Herr Chefinspektor«, jubelte der Arzt, »jetzt müssen Sie nur noch herausfinden, wo der untergetaucht ist.«

»Das, mein verehrter Doktor, könnte unter Umständen die härteste Nuss sein, die es zu knacken gilt. Zuerst geben wir den Iovanescu auch gleich in die Fahndungsdatei ein. So. Und jetzt schauen wir einmal im Melderegister nach, ob die P. T. Herrschaften irgendwo einen ordentlichen Wohnsitz haben. Na schau, die Segatu wohnt offiziell in der Triester Straße 49, gemeldet seit dem 4. März 2011, das ist allerdings schon ein Zeiterl her. Schicken wir halt einmal eine Streife hin. Kajetan, würdest du das bitte übernehmen? Triester Straße 49, Tür 6. Und wenn die Kollegen niemanden dort antreffen, sollen's die Nachbarn befragen, an ein so hübsches Mädel werden die sich vielleicht erinnern. Jetzt schauen wir noch nach dem Iovanescu – na, der ist nirgendwo in Österreich gemeldet, bedaure, was aber nicht heißt, dass er sich hier nicht aufhält. Wenn der

der Strizzi von der Mizzi ist, dann dürft er sich nicht allzu weit von ihr herumtreiben.«

Walz, der die ganze Zeit mehr mit sich selbst gesprochen hatte, wandte sich nun wieder dem Arzt zu, der ihn hoffnungsvoll anblickte.

»Mehr können wir im Moment wirklich nicht für Sie tun. Falls sich die Segatu wirklich an ihrem Wohnsitz aufhalten sollte, was ich mir, offen gestanden, nicht vorstellen kann, oder demnächst vor eine öffentliche Kamera läuft, müssten wir Sie nochmals herbitten. Oder haben Sie vielleicht noch ein bisserl Zeit? Die Kollegen von der Streife müssten eh bald bei ihr sein. Ich nehme an, spätestens in einer halben Stunde werden wir mehr wissen.« Begeistert strahlte Kolb den Inspektor an.

»Ich werde Ihrem Vorgesetzten sofort mitteilen, welch einen fähigen Kriminalisten er in Ihnen hat, Sie sehen mich restlos begeistert«.

Mit beiden Händen gebot Walz ihm Einhalt.

»Nur nicht so voreilig, Herr Doktor, jetzt schauen wir erst einmal, ob wir überhaupt Erfolg haben, was ich, wie gesagt, stark bezweifle. Wenn Sie noch einen Weg haben und in einer halben Stunde wieder hier sein würden, kann ich Ihnen mehr sagen. Für ein Beisl ist jetzt nicht die richtige Zeit, aber Sie können auch auf einen Kaffee ins *Tunnel* in der Florianigasse gehen.«

»Den kann ich jetzt dringend gebrauchen, vielen Dank für den Tipp! In einer halben Stunde werde ich wieder hier sein.«

Nachdem Kolb das Büro verlassen hatte, schaute Vogel seinem Kollegen tief in die Augen.

»Mein Gott, kannst du nett sein, das ist ja kaum zum Aushalten …«

»Wenn es einer guten Sache dient. Der Kerl, so verklemmt er auch ist, ist ja wirklich arm dran und der Mitterwaldner geht uns sonst noch jahrelang damit auf die Nerven, bei dem Gedächtnis, das der hat. Du brauchst dir nur vorstellen, was passieren würde, wenn deine Martina dir draufkommt, dass du deine dienstlichen Untersuchungen zuweilen in den diversen Körperöffnungen der Michelle vornimmst. Da wär wohl auch Feuer am Dach …«

»Davon kannst du ausgehen«, sagte Vogel unbehaglich.

»Wie geht's dir denn eigentlich mit deiner Michelle? Ich hab schon lang nichts mehr von ihr gehört.«

»Ja, es geht eh gut … Wenn sie bloß nicht so eifersüchtig wär. Das kann manchmal ziemlich anstrengend sein. Letztens hat sie mich sogar gefragt, ob ich mir vorstellen könnte, meine Familie zu verlassen und mit ihr zusammenzuziehen.«

»O je, du Armer. Und, triffst du sie noch so regelmäßig?«

»Wie am Anfang, meinst du? Nein, ich glaube, das Ganze nähert sich ohnehin langsam seinem Ende. Allerdings hat sie verdammte Qualitäten, und wenn man sich daran gewöhnt hat, tut man sich schwer, das so ohne Weiteres aufzugeben … Und wie sieht es bei dir derzeit aus? Endlich mal was Neues in Sicht?«

»Irgendwie bin ich noch nicht dazu bereit. Das mit der Clara hat gesessen damals, du hast es ja selbst miterlebt. Die habe ich wirklich geliebt. Und nach einer solchen Frau sind die Ansprüche einfach gestiegen. Auch wenn es ungerecht gegenüber den anderen Mädels ist, aber du misst sie immer an der einen. Aber ich hab jetzt eine Bar gefunden, die ganz in meiner Nähe ist, dort seh ich schon manchmal jemanden, von dem ich mir denke, dass es langsam wieder an der Zeit wäre …«

»Ein neues Jagdrevier im 6.? Das klingt gar nicht schlecht …«

»Das *Tanzcafé Jenseits* gibt es zwar schon ewig, aber irgendwie hat es mich noch nie dorthin verschlagen. Es liegt halt ein bisserl versteckt, in einem ganz kleinen Gassel bei der Mariahilferstraße. Dabei ist es völlig schräg dort … Gehen wir halt einmal zusammen hin. Zu zweit sind wir eh unschlagbar.«

»Ja, wie der Sellerie und der Spargel«, warf Vogel lachend ein.

»Den versteh ich jetzt nicht«, sagte Walz mit schief gelegtem Kopf.

»Na, sagt der Sellerie zum Spargel: ›Komm gehen wir Weiber aufreißen – du siehst gut aus und ich hab die Potenz …‹«

Walz lächelte säuerlich.

»Und wer ist jetzt wer von uns?«

»Na, ich bin beides und du zeigt mir das Beisl«, antwortete Vogel vergnügt.

In dem Moment läutete sein Handy.

Nach einem kurzen Gespräch, dem unschwer zu entnehmen war, dass Vogel mit überraschenden Neuigkeiten konfrontiert wurde, wandte sich der Kriminalist verdutzt an seinen Freund.

»Du wirst es nicht glauben, o du mein Walz, das waren die Kollegen von der Streife. Die haben die Segatu tatsächlich in ihrer Wohnung angetroffen. In 20 Minuten werden sie mit ihr hier sein.«

»Nein, das ist ja wirklich unfassbar! Und was lernen wir daraus? Gott sei Dank gibt's tatsächlich immer noch Leute, die dümmer sind, als es die Polizei erlaubt. Das ist auch gut so, denn sonst wären wir ja arbeitslos … Jetzt bereiten die ihren Coup so professionell vor, machen alles richtig und dann stolpern sie über einen Anfängerfehler.«

»Das nennt man natürliche Auslese, die gehören allein schon wegen ihrer Blödheit in den Häfn.«

»Und was ist mit dem Iovanescu?«

»Von dem haben die Kollegen nichts gesagt«, sagte Vogel gut gelaunt, »aber wenn man den Wurm hat, ist der Vogel nicht weit ...«

»Wobei es in deinem Falle immerhin noch eine Rolle spielt, ob der Wurm rot, schwarz, blond oder braun ist ...«

2. KAPITEL
(DIENSTAG)

»Sollten wir nicht den Kolb anrufen und ihm Bescheid sagen? Dann wird ihm sein Kaffee sicher gleich viel besser schmecken. Außerdem braucht er eigentlich gar nicht mehr herkommen«, murmelte Walz, bevor er sich nochmals in die Akte vom Iovanescu vertiefte.

»Lass ihn ruhig antraben. Wenn wir ihn eh schon da haben, kann es nicht schaden, wenn er die Segatu identifiziert«, murmelte Vogel, der gerade damit beschäftigt war, seine Morgenpfeife wieder in Gang zu bringen. »Nichts ist peinlicher, als wenn es in einer solchen Sache zu irgendwelchen Verwechslungen kommt. Ich mag immer noch nicht glauben, dass das alles so einfach war. Außerdem kann er dann gleich zum Mitterwaldner gehen und ihm mitteilen, was für ein tolles Team wir sind!«

Mahnend hob Walz seine Hand.

»Bei aller Wertschätzung – dass er das tun wird, daran hab ich so meine Zweifel. Auch wenn es jetzt ganz hart für dich ist, mein lieber Kajetan, *wenn* der Kolb zum Mitterwaldner geht, wird er sich alleine über *meine* Fähigkeiten lobend äußern, bestand doch dein Anteil an der Klärung des Falles in erster Linie darin, dass du mannhaft deinen Mund gehalten hast.«

Zerknirscht blickte Vogel seinen Kollegen an.

»Das ist mir schon schwer genug gefallen, das kannst du mir glauben ... Dessen ungeachtet bin ich zur tätigen Reue entschlossen, gepeinigt vom schlechten Gewissen, meine Pflichten als Kriminalbeamter sträflich vernachlässigt zu haben. Daher gelobe ich hiermit sofortige Besserung!«, schmetterte er feierlich, wobei er theatralisch seine Rechte auf das Herz legte.

Kaum hatte er sich wieder hinter seinen Schreibtisch begeben, als es klopfte und Kolb hereintrat.

Sofort sprang Vogel von seinem Sessel auf und eilte, die rauchende Pfeife noch im Mund, auf den doch einigermaßen verblüfften Arzt zu.

»Verehrter Herr Doktor, wir haben ausgesprochen gute Nachrichten für Sie!«, rief er freudig aus, während er sein Rauchutensil möglichst unauffällig in den Aschenbecher entsorgte, »in einigen Minuten werden Sie hier jemanden treffen, den … wie sag ich das jetzt am geschicktesten? Na, egal, Maria Segatu wurde tatsächlich in ihrer Wohnung angetroffen und wird in Kürze hier sein. Wir bitten Sie nur um eine kurze Gegenüberstellung, damit wir auch ganz sicher sind …«

»Das heißt, ich kann die ganze Geschichte vergessen?«, rief Kolb euphorisch aus.

Beschwichtigend hob Vogel die Hände.

»Das würde ich so nicht sagen, denn bislang haben wir nur den weiblichen Teil des Duos gefunden, der Iovanescu war leider nicht dabei. Da er aber sicherlich in Kürze erfahren wird, dass sich seine angebliche Cousine unserer gerühmten Gastfreundschaft erfreuen darf, wird er möglicherweise von weiteren Aktionen Abstand nehmen … Trotzdem bleibt er natürlich zur Fahndung ausgeschrieben. Für alle Fälle werden wir, wenn Sie nichts dagegen haben, ihr Handy überwachen, damit wir den Aufenthaltsort vom Iovanescu ermitteln können, falls er wieder mit Ihnen Kontakt aufnehmen sollte.«

»Natürlich, tun Sie das!«, rief Kolb begeistert aus. »Das

sind ja großartige Neuigkeiten, Herr Chefinspektor! Wenn Sie damit einverstanden sind, werde ich nachher zu Herrn Mitterwaldner gehen und ihm erzählen, welch ein großartiges Team er mit Ihnen hat!«

Vogel konnte sich einen triumphierenden Blick in Richtung seines Kollegen nicht verkneifen, bevor er antwortete.

»Nach dem vorigen Missverständnis wäre das sicherlich hilfreich, vielen Dank, Herr Doktor.«

»Das ist doch selbstverständlich«, tönte Kolb jovial, »und, ist die Frage opportun, ob ich dann auch mein Geld zurückbekomme?«

Zweifelnd wiegte Vogel seinen Kopf.

»Das vermag ich nicht zu sagen, aber ich fürchte fast, das ist in den unendlichen Weiten des globalen Finanzsystems versickert.«

»Na ja, hab ich halt Deppensteuer gezahlt … Hauptsache, der ganze Spuk ist vorbei. Wann wird die Maria denn hier sein?«, fragte er mit einem kurzen Blick auf seine Armbanduhr.

Just in diesem Moment klopfte es an der Tür und zwei Beamte brachten eine zierliche Frau in das Büro, der man trotz ihrer winterlichen Vermummung ansah, dass sie außergewöhnlich hübsch sein musste. Ihre rote, wattierte Jacke hielt sie so weit geschlossen, dass von ihrem Gesicht nur das obere Drittel zu sehen war. Doch der makellose Schwung ihrer Augenbrauen, die hochgestellten Wangenknochen und ihre tatsächlich grasgrünen Augen reichten völlig aus, dass Vogel in ernste Gefahr geriet, auf der Stelle seine Selbstkontrolle zu verlieren. Ohne die Streifenbeamten überhaupt zu beachten, stürzte er auf die Verdächtige zu und glitt behände hinter sie, um ihr mit einer gemurmelten Höflichkeitsformel aus der Jacke zu helfen. Diesem eigentlich ehrenvollen Vorhaben stand allerdings der Umstand entgegen, dass die offensichtlich kälteempfindliche Rumänin sämtliche verfügbaren Knöpfe und Reißverschlüsse ihrer Windjacke geschlossen hatte, was Vogel in seiner Raserei völlig entgangen war, so dass er sie in seinem Übereifer fast umriss. Mit einem unsicheren Lächeln beeilte sich Segatu, die verschiedenen Verschlüsse zu öffnen, damit Vogel sein Vorhaben endlich durchführen konnte. Nachdem er ihr den Anorak abgenommen hatte, musterte er ihre Gestalt gerade noch so unauffällig, wie es der Anstand gebot. Kolb, dem dies nicht entgangen war, lächelte ihm gönnerhaft zu, wobei es fast den Anschein hatte, als würde in seiner Geste ein gewisser Besitzerstolz mitschwingen.

Walz war unterdessen geistesgegenwärtig zu den beiden sichtlich irritierten Polizisten geeilt und hatte sie nach einem dankenden Händedruck aus dem Büro hinauskomplimentiert.

Derweilen bot Vogel der ihn interessiert musternden Rumänin galant den Sessel vor Walz' Schreibtisch an.

Peinlich vermied sie jeden Blickkontakt zu Kolb.

»Ja, das ist sie«, sagte der Arzt leise und schaute sie verzückt an. »Sagen Sie selbst, meine Herren, ist sie nicht wunderschön?«

Die beiden Inspektoren wechselten nur einen kurzen Blick, bevor Walz sachlich fragte:

»Sie sind sich also sicher, dass es diese Dame war, die Sie erpresst hat?«

»Absolut«, antwortete Kolb und sah sie mit stillem Vorwurf an.

Walz nahm ihn am Arm und geleitete ihn aus dem Raum.

»Gut, wir brauchen Sie jetzt vorderhand nicht mehr. Haben Sie vielen Dank, Herr Doktor. Wir benötigen allerdings noch Ihre Personalien mitsamt ihrer Handynummer. Die können Sie bei unserer Sekretärin Frau Hawranek im Nachbarzimmer hinterlassen. Richten Sie ihr bitte auch gleich aus, dass wir ab sofort Ihr Telefon überwachen werden, sie wird dann die nötigen Schritte in die Wege leiten. Falls noch irgendwelche Fragen auftauchen sollten, müssten wir Sie möglicherweise noch einmal herbemühen.«

Die unverhoffte Begegnung mit Maria Segatu hatte Kolb offensichtlich tief beeindruckt, seine noch eben zur Schau getragene Jovialität war mit einem Mal verschwunden.

Zerstreut schaute er den Inspektor an, so dass Walz den Eindruck gewann, der Arzt hätte ihn nicht verstanden.

»Also, hier ist das Zimmer unserer Sekretärin«, wiederholte er und deutete auf den Zugang zu Hawraneks Büro.

»Ja, natürlich«, entgegnete dieser abwesend.

Bevor er sich jedoch endgültig verabschiedete, öffnete er zu Walz' Überraschung noch einmal die Tür, um einen letzten begehrlichen Blick auf seine schöne Gespielin zu werfen und ihr ein leises »Ciao, Maria« zuzuhauchen.

»Nun zu Ihnen, Frau Segatu«, wandte sich Walz an die an seinem Schreibtisch sitzende Beschuldigte und nahm ihr gegenüber Platz, während Vogel zerstreut in ihren Akten blätterte, nicht ohne sie immer wieder mit verstohlenem Entzücken zu betrachten. »Ich nehme an, Sie wissen, warum Sie hier sind …«

Nachdem von ihrer Seite keine Reaktion erfolgte, seufzte Walz kurz und fuhr fort.

»Herr Doktor Kolb wirft Ihnen und Herrn Ciprian Iovanescu vor, ihn mit einem Film erpresst zu haben, der Sie während Ihres sexuellen Beisammenseins mit Herrn Doktor Kolb zeigt.«

Die junge Frau riss entsetzt ihre grasgrünen Augen auf, erwiderte aber nichts.

»Sie brauchen gar nicht so erstaunt tun, schließlich waren Sie sowohl bei der filmischen Szene, bei der Sie immerhin eine der Hauptrollen spielten, wie auch bei der Erpressung zugegen.«

Nachdem sie wieder keine Reaktion zeigte, schaute Walz Hilfe suchend zu seinem Kollegen.

»Glaubst du, die kann uns überhaupt verstehen?«, raunte er ihm zu, um sie dann in erhöhter Lautstärke zu fragen: »Brauchen Sie vielleicht einen Dolmetscher? Verstehen Sie? Dolmetsch? Übersetzer?«

Als auch dies keine Reaktion bei ihr zeitigte, schüttelte Vogel lachend den Kopf.

»Du scheinst dem irrigen Glauben verfallen zu sein, dass sie schwerhörig ist. Erlaube, bitte! Wollen Sie vielleicht ein Glas Wasser oder einen Kaffee?«, erkundigte sich Vogel mit sanfter Stimme und legte fürsorglich seine Hand auf ihre Schulter.

Dankbar schaute sie den Inspektor an und nickte ihm mehrmals zu.

»Was darf ich Ihnen bringen – einen Kaffee oder ein Glas Wasser?«

»Ein Wasser, bitte«, antwortete sie mit mädchenhaft-unschuldiger Stimme und einem Augenaufschlag, der in seiner Unterwürfigkeit selbst den hartleibigsten Moralisten zu der Überlegung hinreißen musste, wo um Himmels willen das nächstbeste freie Bett zu finden sei.

Vogel ging also zum Wasserspender und reichte ihr mit seinem schönsten Lächeln einen Plastikbecher.

»Gläser haben wir hier leider nicht, aber ich denke, der tut's auch.«

Nachdem sie einen tiefen Schluck genommen hatte, gab sie dem Inspektor dankbar das Gefäß zurück.

»Jetzt geht's besser, nicht?«

»Ja, vielen Dank«, entgegnete sie und schaute ihm offen ins Gesicht.

»Wollen Sie lieber mit mir reden?«

Segatu nickte unmerklich, so dass Walz resignierend die Augen verdrehte und seinen Platz dem Kollegen überließ.

»So, liebe Frau Segatu, jetzt versuchen es einmal wir miteinander. Kennen Sie den Mann, der vorhin da war?«

Die junge Frau schlug die Augen nieder, was von Vogel großzügig als Zustimmung gedeutet wurde.

»Haben Sie ihn letzte Woche in einem Kaffeehaus namens *Café Latte* getroffen?«

Diesmal nickte sie ein wenig, blickte aber noch immer nicht auf.

»Und sind Sie danach mit ihm ins Hotel *Zum goldenen Mondschein* gegangen?«

Sie zog ihre Schultern hinauf und verzog dabei verlegen lächelnd ihren Mund.

»Sehr gut«, sagte Vogel sanft, »und dort sind Sie dann miteinander intim geworden ...«

Verständnislos zog sie ihre Brauen zusammen und legte den Kopf schief.

»Ich meine, Sie hatten dort Sex mit ihm.«

Betreten blickte sie auf ihre Hände. »Gut, bis dahin war ja nichts Verbotenes geschehen, Sie brauchen sich also nicht dafür zu schämen, schließlich sind wir alle erwachsen ... Jetzt aber, Maria, kommen wir zu dem Teil, weswegen Sie hier sind.«

Vogel legte eine bedeutungsvolle Pause ein, bis sie ihn endlich anschaute.

»Von Ihrem Zusammensein wurde ein Film gedreht, auch das ist ja noch nichts Verbotenes, allerdings wurde dieser ohne das Wissen von Herr Doktor Kolb hergestellt, und damit wurde es kriminell. Noch viel schlimmer war es aber, dass Sie und Herr Iovanescu ihn damit einige Tage später erpressten. Haben Sie gewusst, dass Herr Iovanescu Sie beim Sex mit Herrn Doktor Kolb gefilmt hat?«

Es herrschte eine angespannte Stille, die erst nach geraumer Zeit von Segatus Räuspern durchbrochen wurde, was immerhin auf eine baldige Antwort hoffen ließ.

»Dass er ein Film von uns machte, davon wusste ich nichts ... wirklich nicht!«, sagte sie nach einer weiteren Pause und fing an zu weinen.

Offensichtlich verfügte die Verdächtige doch über beachtliche Deutschkenntnisse, denn abgesehen von einem starken Akzent war jedes Wort deutlich zu verstehen.

Nur durch einen warnenden Blick seines Kollegen konnte Vogel gerade noch davon abgehalten werden, ihr tröstend über den Kopf zu streichen.

Ohnehin nahm die Vernehmung eine Entwicklung, die Walz überhaupt nicht behagte. Mit entschlossener Miene schlug er auf den vor ihm liegenden Akt.

»Aha, Sie erfuhren also erst davon, als Ihr angeblicher Cousin Ciprian Iovanescu Ihnen mitteilte, dass er beim nächsten Rendezvous ganz gerne dabei sein wollte, und dort holte er dann zu Ihrer Überraschung eine DVD aus der Tasche und erpresste damit Ihren lieben Wolfram. Und weil Ihr Cousin so stark ist, haben Sie sich nicht getraut, ihm zu widersprechen.«

Mit tränennassen Augen sah die Beschuldigte Walz an.

»Nein, so war es natürlich nicht«, flehentlich sah sie zu Vogel, »aber, Sie müssen mir glauben, Herr Inspektor,

Ciprian hat mir wirklich nichts davon gesagt. So etwas hat er vorher doch noch nie gemacht …«

»Das werden wir herauszufinden wissen«, fuhr Walz unbeirrt fort, während er seinen Kollegen mit einem warnenden Blick in Schach hielt, »eine einfache Anfrage bei *finallylove* genügt, und wir wissen genau, mit wem Sie sich aller schon getroffen haben. Dass Iovanescu den Film ohne Ihr Wissen gedreht hat, das glauben Sie doch wohl selbst nicht! Wo hält er sich eigentlich gerade auf, Ihr Strizzi?«

»Ich weiß nicht«, antwortete sie leise, während ihr Vogel einen weiteren Becher Wasser brachte, den sie mit einem diesmal etwas zerstreuten Lächeln entgegen nahm.

»Ich muss Ihnen leider sagen, dass ich Ihnen kein Wort glaube«, entschlossen griff Walz zum Telefonhörer. »Da wir es überhaupt nicht leiden können, wenn man unsere Intelligenz dermaßen unterschätzt, werde ich Sie jetzt einem Kollegen übergeben, der Ihnen ein hübsches Zimmer zur Verfügung stellen wird, und das gibt's bei uns sogar ganz umsonst. Dort haben Sie dann die Möglichkeit, darüber nachzudenken, ob Sie Ihre lächerliche Märchenstunde fortsetzen wollen. Vielleicht fällt Ihnen bei dieser Gelegenheit auch gleich ein, wo sich Herr Iovanescu gerade herumtreibt.«

Nachdem der Inspektor Segatu einem Beamten übergeben hatte, setzte er sich an seinen Schreibtisch und schaute seinen Kollegen vorwurfsvoll an.

»Danke auch für deine Hilfe!«

»Wieso? Ich hab doch gar nichts gemacht«, replizierte Vogel mit Unschuldsmiene, während er zum Aschenbecher griff, um seine schon zweimal unterbrochene Morgenpfeife erneut in Gang zu setzen. »Immerhin hab ich sie so weit gebracht, dass sie überhaupt zu reden anfing. Aber dir muss ich Respekt zollen, o du mein Walz, ich hab gar nicht gewusst, dass du so bösartig sein kannst«, setzte er anerkennend hinzu und stieß eine große Rauchwolke aus.

»Genutzt hat's leider nichts. Nachdem du sie so angehimmelt hast, musste doch einer Klartext mit ihr reden. Wenn es nach dir gegangen wäre, hättest du sie wohl am liebsten bei einem gemütlichen Abendessen vernommen und ihr hernach die Möglichkeit gegeben, ihre Unschuld in Naturalien unter Beweis zu stellen.«

»Na, hör mal, das ist aber jetzt ungerecht …«, protestierte Vogel, woraufhin Walz nur müde abwinkte.

»Falls unterdessen wieder genügend Blut in dein Hirn zurückgekehrt sein sollte, könntest du eigentlich die Frage klären, ob du dir vorstellen kannst, dass der Iovanescu damit aufhört, den Kolb zu erpressen«, fragte Walz seinen leise vor sich hinfluchenden Kollegen, der gerade seine Pfeife ausklopfte und eine andere aus seinem stets bereit liegenden Etui hervorzog, um diese zu stopfen.

»Warum sollte er? Am Sachverhalt hat sich ja nichts geändert. Und zum Erpressen braucht der die Maria nicht. Da bleibt sogar noch mehr für ihn übrig. Allerdings nehme ich an, dass er sich noch in unserer schönen Stadt aufhält. Und mit viel Glück wird er irgendwann auch vor eine Kamera laufen … Der wird ja nicht so blöd sein, so ein Häppchen alleine zurückzulassen. So was findest du selbst im diesbezüglich reich bestückten Bukarest nicht so leicht. Für das Gestell braucht die einen Waffenschein und dann auch noch diese Wahnsinnsaugen. Zu diesen Haaren! Kein Wunder, dass der Kolb die noch immer anschmachtet. Also, ich würde die auch nicht von der Bettkante weisen.«

Tief seufzend zündete Vogel seine Pfeife an.

»Ob du es glaubst oder nicht, mein lieber Kajetan, das ist auch mir nicht verborgen geblieben«, antwortete Walz trocken. »Auf jeden Fall scheint sie auch auf den Kolb einen bleibenden Eindruck gemacht zu haben – hoffentlich bleibt's beim Eindruck und sie hat ihm nicht auch noch ein Souvenir hinterlassen … Ich würde vorschlagen, wir fragen jetzt wirklich einmal bei diesem *finallylove* an, ob die Maria auch in anderen Fällen tätig wurde. Ich bin fast sicher, dass sie noch einige Typen vom Kaliber Kolb an der Angel hat – es muss ja schließlich einen Grund dafür geben, dass sie sich noch in Wien aufgehalten hat.«

»Das mag schon sein, aber du glaubst doch nicht im Ernst, dass sie diese Anzeigen immer unter demselben Namen geschaltet hat. Die hat sich doch sicherlich bei jedem Kontakt anders genannt und eine neue Hotmail-Adresse benutzt.«

Erstaunt musterte Walz seinen Freund.

»Warum sollte sie? Es ist doch völlig egal, mit wie vielen Leuten sie ein Date ausmacht, die wissen das ja nicht voneinander. Die Bestätigung über die Transaktion läuft sicherlich über eine andere Hotmail-Adresse, aber die interessiert uns jetzt weniger. Vielleicht solltest du es einmal mit einem Kopfstand versuchen.«

Unwillig verzog Vogel das Gesicht und klopfte sich mit dem Zeigefinger zweimal gegen die Stirn.

»Ich verblöde auch schon unter der Hand. Wir sollten trotzdem gleich einmal nachschauen, wo die Geschäftsleitung von diesem feinen Verein zu finden ist … Aha, da haben wir es … Hab ich mir doch gedacht, in unserem heiligen Österreich kann so ein sündhaftes Unternehmen seinen Sitz nicht haben. Die Europazentrale sitzt natürlich im protestantischen Teil Deutschlands, genauer gesagt in der Hansestadt Bremen. Aber immerhin haben sie eine Hotline für Österreich.«

»Und die willst du jetzt tatsächlich anrufen, du Scherzkeks? Glaubst du allen Ernstes, dass dir ein unschuldiges Mädchen im Call-Center mitteilen kann, wie viele Freier die Maria Segatu flachgelegt und danach erpresst hat? Das arme Mädel sitzt wahrscheinlich in einer ungeheizten Baracke im schönen Mecklenburg-Vorpommern und ist darauf eingestellt, testosterongeschwängerten Brunftbullen verbal Erleichterung zu verschaffen. Vielleicht solltest du wirklich kalt duschen, manchmal hilft das.«

Verlegen rieb sich Vogel die Stirn.

»Wie gewählt du dich wieder auszudrücken pflegst, o du mein Walz, und hast auch noch recht dabei. Schauen wir halt einmal im Impressum nach, da wird schon ein Kontakt stehen.«

Und tatsächlich fand Vogel dort die Telefonnummer der Geschäftsleitung, die er sogleich wählte. Nach einer endlos scheinenden Ansage, in der ihm eine weibliche Stimme in verführerischem Tonfall bestätigte, genau die richtige Nummer gewählt zu haben, meldete sich endlich ein Herr Sebastian Köhler, der sich immerhin kompetent anhörte, aber das tun sie ja bald, die Piefke.

Nachdem er Vogel geduldig angehört hatte, der ihm den Sachverhalt ausführlich darlegte, räusperte er sich kurz.

Leider könne er Vogel die gewünschte Auskunft aus Datenschutzgründen nicht geben. »Wir nehmen das gerade in unserem Unternehmen aus verständlichem Grunde sehr ernst«. Er versicherte jedoch, sofort zurückzurufen, wenn ein offizielles Schriftstück der Staatsanwaltschaft oder wenigstens der Polizei bei ihm einträfe.

Kaum hatte Vogel das gewünschte Schreiben verfasst

und es nach Bremen gemailt, als ihr Referatsleiter Mitterwaldner plötzlich im Türrahmen erschien und die Arme in die Hüften stemmte.

»Herr Vogel, wie oft habe ich Ihnen schon gesagt, dass das Rauchen in öffentlichen Gebäuden untersagt ist?«

»Oft, Herr Mitterwaldner, sehr oft«, entgegnete Vogel gemütlich und nahm die Pfeife aus dem Mund, »aber meinen Kollegen Walz stört das nicht, und wenn wir Besuch bekommen, mach ich sie eh gleich wieder aus. Herr Doktor Kolb hatte also keinen Grund zur Klage.«

»Den hatte er wirklich nicht«, gab Mitterwaldner zu, »im Gegenteil, er hat sich in den höchsten Tönen über Sie beide geäußert. Nach dem etwas holprigen Anfang war das ja nicht unbedingt zu erwarten.«

Der Referatsleiter machte eine bedeutsame Pause, wohl um seinen Untergebenen zu signalisieren, dass er dieses Fehlverhalten trotz des Erfolgs nicht vergessen hatte.

»Ja, auch ich wollte Ihnen zur Klärung des Falles Kolb gratulieren – ich hab Ihnen ja gleich gesagt, dass es nicht so schwer sein wird. Und ein bisserl Glück haben Sie ja dabei auch gehabt!«

Und schon war er wieder draußen bei der Tür.

»Trottel. Der wird sich noch wundern, wenn morgen um zehn der Kolb anruft und um Hilfe schreit, weil der Iovanescu die nächste Rate einfordert …«, brummte Vogel, während er sich wieder die Pfeife in den Mund schob.

Es dauerte nicht lange bis Herr Köhler aus Bremen auf Vogels Dienstapparat anrief, der sogleich den Lautsprecher aktivierte, damit Walz das Gespräch mithören konnte.

»Das Ganze ist natürlich sehr bedauerlich, aber ein solches Risiko können wir trotz aller von uns getroffenen Vorsichtsmaßnahmen leider nicht ausschließen. Wir werden dieser Dame zukünftig den Zutritt zu unserer Website natürlich verweigern.«

»Dazu wird sie in nächster Zeit wahrscheinlich ohnehin keine Gelegenheit haben. Was uns in erster Linie interessiert, ist die Information darüber, ob sie neben dem uns bekannten Opfer auch noch andere Kontakte hatte.«

»Ja, da kann ich Ihnen helfen. Ihrem Briefverkehr nach zu urteilen, stand sie noch mit zwei anderen Herren aus Wien in längerem schriftlichem Kontakt, mit denen sie auf ähnliche Weise ein Treffen vereinbart hat. Ich kann Ihnen zwar nicht sagen, ob deren Namen echt sind, wir prüfen das nicht nach, aber ich sende Ihnen sogleich die persönlichen Daten laut Anmeldeblatt per Mail, das ist einfacher.«

»Was heißt, Sie prüfen das nicht nach? Wenn sich die Herrschaften bei Ihnen anmelden, läuft es doch über deren Kreditkarte und damit haben Sie ja schon die Namen«, wandte Vogel ein.

»Das ist schon richtig so, aber natürlich bieten wir unseren Kunden auch die Möglichkeit, die Anmeldegebühr in bar zu überweisen. Das geht dann zwar nicht so schnell, aber so ermöglichen wir dem Mitglied die Bewahrung seiner Anonymität. Nicht jede Ehefrau hat Verständnis dafür, wenn sie auf der Abrechnung der Kreditkarte ihres Mannes unseren Namen entdeckt. Schließlich gehört die absolute Diskretion zu unseren Geschäftsmaximen.«

»Verstehe, und können Sie uns sagen, auf welchem Weg die betreffenden Herren ihren Obolus erbracht haben?«

»Da muss ich rasch nachschauen … Herr Doktor Machatsch hat es über seine Kreditkarte bezahlt, der andere Kunde in bar.«

»Und diese Maria?«

»Frauen müssen bei uns prinzipiell nichts zahlen, auch das gehört zu unserem Service am Kunden.«

»So viel zur vielbesungenen Emanzipation … Sagen Sie, mehr Briefe hat sie nicht bekommen?«, fragte Vogel überrascht.

»Doch, natürlich. Es werden so an die 300 Zuschriften gewesen sein. Soll ich die Ihnen alle schicken?«

»Nein, um Himmels willen. Mich würde nur interessieren, nach welchen Kriterien sie bei ihrer Auswahl vorgegangen ist.«

»Wenn ich mir das so anschaue, hat sie nur den Männern aus dem Raum Wien zurückgeschrieben.«

»Und wie viele sind das etwa?«

»Das werden so etwa 80 sein …«

»80?«, rief Vogel überrascht aus. »In welchem Zeitraum?«

»Warten Sie«, erwiderte Köhler und machte eine Pause, in der von ihm nur unverständliches Gemurmel zu hören war. »Innerhalb von sechs Tagen«.

»Wenn man das hochrechnet, würde das bedeuten, dass jene Dame jeden Tag etwa 13 Briefe geschrieben hat. Das kommt mir doch etwas unwahrscheinlich vor …«

»Nein, nein«, sagte Köhler lachend, »sie hat diese Briefe nicht geschrieben, sondern einen von uns vorgefertigten Text benutzt, in dem sie ihren Verehrer um ein Bild bittet.«

»Ach so, ja dann. Trotzdem seltsam, dass sie dann nur drei davon ausgewählt hat, bei dem Angebot …«, sprach Vogel mehr zu sich selbst, »kommt es eigentlich häufiger zu solchen Vorkommnissen in Ihrer Agentur?«

»Also, ich bin jetzt seit fünf Jahren dabei und mir ist eine derartige Geschichte noch nie untergekommen. Selbstverständlich werde ich sie bei der nächsten Konferenz zur

Sprache bringen und wir werden unser Bestes tun, dass so etwas nicht wieder vorkommt, schließlich haben wir einen Ruf zu verlieren.«

»Das glaubst doch selber nicht«, brummte Vogel, nachdem er das Gespräch beendet hatte. »Hast' gehört, wie flüssig ihm die letzte Antwort von den Lippen gegangen ist? Ich wette, das sagt der jede Woche mindestens einmal. Allerdings würde ich gerne wissen, nach welchen Kriterien die Maria ihre Verehrer ausgewählt hat. Die Schönheit kann's nicht gewesen sein, wenn ich mir den Kolb so anschaue …«

»Das kannst du sie ja das nächste Mal fragen. Was meinst', sollen wir die Burschen gleich anrufen?«

»Wir können's ja einmal versuchen. Das Dümmste, was uns passieren kann, ist, dass sie es einfach leugnen … Hm, der eine, Markus Wurzer, ist 41 Jahre alt und wohnt im 13. Hieb«, konstatierte Vogel, nachdem er die Mail Köhlers ausgedruckt hatte, »und der andere, Wolfgang Machatsch, 47 Jahre alt, wohnt im 19. Offensichtlich hat sich unsere Maria immer die G'stopften ausgesucht …«

»Das ist doch schon einmal ein Anhaltspunkt, wie sie ihre Wahl getroffen hat. Und jetzt machen wir es genauso wie die schöne Maria und googeln die Herrschaften einfach einmal.«

Vogel nahm die Pfeife aus dem Mund und deutete damit auf seinen Kollegen.

»Moment, wie konnte die Maria überhaupt wissen, dass die wohlhabend sind? Das steht ja wohl nicht im Profil und mit ihrem Klarnamen werden die sich auch nicht gemeldet haben. Außerdem wird nirgendwo so viel gelogen wie im Netz.«

»Na, ganz einfach, Kajetan. Du nimmst das Foto, gibst es bei *tineye* oder bei *Google Bilder* ein, und schon hast du, wenn das Bild schon irgendwo im Netz aufgetaucht ist, den echten Namen. Den wiederum kannst dann googeln, und schon weißt du alles über deinen Kavalier …«

Vogel blies die Backen auf.

»Das ist ja unheimlich, dann kann das ja jeder mit deinem Bild machen!«

»Nur, wenn es im Netz schon einmal aufgeschienen ist. Deshalb ist es auch ganz gut, wenn du vorher zum Fotografen gehst oder ein privates Bild benutzt, das haben die Herren halt nicht gemacht. Also, schaun wir mal … Markus Wurzer, und da ist er auch schon. Hm, Rechtsanwalt mit einer Kanzlei am Parkring, Mendel, Wurzer und Partner. Klingt gar nicht so übel. Ich ruf den jetzt einfach einmal an.«

Nachdem Walz die Hürden eines Endlosbandes und einer Sekretärin geduldig genommen hatte, meldete sich Wurzer am anderen Apparat.

»Ja, Grüß Gott, Herr Doktor, Chefinspektor Walz hier, Kommissariat Josefstadt, ich würde Sie einmal ganz gerne in einer etwas heiklen Angelegenheit sprechen.«

»Bitteschön«, antwortete Wurzer nach einer Schrecksekunde.

»Kennen Sie vielleicht eine Dame namens Maria? Es wäre auch möglich, dass sie einen anderen Namen benutzt hat … Es geht um den Klub *finallylove*, in dem Sie ja auch Mitglied sind«, begann Walz umständlich.

»Und?«, zwar hörte man an der erhöhten Atemfrequenz des Anwalts, dass er angespannt war, aber er schien erst abwarten zu wollen, was Walz genau von ihm wollte.

»Nun ja, wir wissen, dass Sie diese Dame getroffen haben und wir wissen weiterhin, dass sie einen anderen Herrn zusammen mit ihrem Komplizen mit etwas delikaten Filmaufnahmen erpresst hat, weswegen sie bei uns angezeigt wurde. Jetzt zu unseren Fragen: Wurden auch Sie erpresst, und wenn ja, wollen Sie sich dieser Anzeige anschließen?«

»Könnten wir das in Ihrem Büro besprechen?«, erkundigte sich Wurzer in sachlichem Ton.

»Selbstverständlich, wir sind heute noch bis 17 Uhr im Kommissariat Josefstadt anzutreffen. Das befindet sich in der Fuhrmannsgasse 5 im 8. Bezirk, Chefinspektor Walz mein Name, Zimmer 312.«

»In 20 Minuten bin ich bei Ihnen!«

»No, das entwickelt sich ja prächtig«, stellte Walz aufgeräumt fest und wandte sich wieder dem Computer zu, »schaun wir mal, was der Machatsch so macht.«

»Brauchst dich net zu bemühen«, beruhigte ihn Vogel, »ich hab scho g'schaut: Der ist Notar und hat seine Kanzlei in der Singerstraße. Ich würde aber erst einmal abwarten, was uns der Wurzer zu erzählen hat. Sonst will der auch gleich kommen und zwei juristisch ausgebildete Lochschwager wider Willen in unserem kleinen Büro, das könnte doch zu handfesten Interessenskonflikten führen, denen wir möglicherweise nicht gewachsen sind.«

»Gut, und was machen wir jetzt während der Viertelstunde, bis der Wurzer kommt?«, fragte Walz ratlos.

»Ich hab eine Idee. Ich logg mich jetzt bei dem *finallylove* ein und schau einmal, was passiert – rein aus Recherchegründen, versteht sich. Am Anfang braucht man ja nichts zahlen.«

Walz lächelte amüsiert.

»Das hätt' ich mir ja gleich denken können, dass dir dieser Fall unter die Haut geht. Aber ich sag dir eines, wenn du einer solchen Schönheit wie der Segatu begegnest, dann ist was faul.«

Treuherzig blickte Vogel seinen Kollegen an.

»Du weißt doch, dass ich auf die inneren Werte achte. Wie sagte doch die Tante Jolesch einst so treffend, ›Schönheit kann man mit einer Hand zudecken‹. Schau, wie einfach des geht … schon bin ich drin. Hm, Benutzername, schwierig. *Kieberer* kann ich mich wohl kaum nennen. Ach, ich weiß, *Greyhound*. Passwort: Emily, Postleitzahl: 1130. Meine Überschrift?«

»Wie wär's mit: ›Windhund sucht Hasen‹?«, schlug Walz vor.

Vogel war begeistert.

»Dein literarisches Talent macht mich immer wieder staunen, o du mein Walz. Geburtsdatum, was die alles wissen wollen, da schummelt doch sicher jeder, aber ich steh zu meinen 46! Ich wünsche mir? Wenn schon, denn schon: Keine Tabus! Größe: 1,88. Gewicht: 78 kg, Figur: Bin ich jetzt schlank, sportlich oder muskulös?«

»Schreib sportlich«, auch Walz begann, Spaß an der Sache zu gewinnen.

»Augenfarbe: blau, Haarfarbe: braun, E-Mail-Adresse? Meine eigene kann ich unmöglich nehmen, da schaut die Martina immer rein. Die vom Kommissariat?«

»Bist wahnsinnig? Stell dir vor, der Mitterwaldner findet eine eindeutige Mail, womöglich mit Nacktbild …«

»Hast ja recht. Mach ich's halt wie die Maria, Hotmail. greyhound@hotmail.com, das klingt doch super, oder? Dann meld' ich mich dort gleich noch an und schon geht's ran an die Hasen!«, rief Vogel laut aus und klatschte vor Begeisterung in die Hände.

In ihrer Euphorie hatten die Inspektoren überhaupt nicht bemerkt, dass sie unterdessen Besuch hatten.

Erst ein lautstarkes Räuspern holte sie in die Realität zurück.

In der Türöffnung stand ein mittelgroßer, sehr korrekt gekleideter Herr von etwa 40 Jahren in dunkelblauem Mantel und schaute argwöhnisch auf die kudernden Kriminalisten.

»Ich habe mehrmals angeklopft«, sagte er vorwurfsvoll, »Wurzer mein Name.«

»Ah, Herr Doktor, danke, dass Sie so rasch gekommen sind«, begrüßte ihn Walz sichtlich verlegen und ging ihm rasch entgegen, um ihn mit Handschlag willkommen zu heißen, »bitte legen Sie doch ab.«

Nachdem sie sich beide am Schreibtisch des Inspektors niedergelassen hatten, schaute Walz dem Besucher freundlich ins Gesicht:

»Ja, Herr Doktor, heute Morgen haben wir eine Frau Maria Segatu, so heißt die Dame mit ganzem Namen, festgenommen. Sie wird dringend verdächtigt, einen Herrn, mit dem sie auf dem Portal *finallylove* in Kontakt getreten ist, mit Filmaufnahmen, die ohne sein Wissen während ihres sexuellen Beisammenseins in einem Hotel in Neubau gemacht wurden, erpresst zu haben. Wie wir bei unserer weiteren Recherche erfuhren, standen Sie ebenfalls mit Frau Segatu in Kontakt. Jetzt wollten wir Sie fragen, ob Sie auch erpresst werden.«

Als Vogel ihm ihre Fotografie zeigte, rutschte Wurzer unbehaglich auf seinem Sessel umher und räusperte sich erneut.

»Dürfte ich um ein Glas Wasser bitten? Zuerst will ich Sie in diesem Falle um höchste Diskretion ersuchen. Falls Sie diese nicht gewährleisten können, betrachten Sie diesen Besuch bitte als gegenstandslos. Dann nehme ich auch von einer Anzeige Abstand.«

Nachdem ihm Vogel das Getränk gebracht hatte, beschied ihm Walz:

»Falls es zu einer Gerichtsverhandlung kommen sollte, weiß ich nicht genau, ob wir Ihnen Anonymität gewähren können, das hängt ganz vom Herrn Staatsanwalt ab. Dieser Besuch jedoch bleibt unter uns, das kann ich Ihnen versichern. Mein Kollege, Chefinspektor Vogel, wird jedoch Notizen von Ihren Aussagen machen, die allerdings nur zu unserer eigenen Information dienen.«

Wurzer nickte langsam.

»Gut, ich kenne diese Dame. Ja, bei mir hat es sich ähnlich verhalten. Ich bin auch auf ihre Reize hereingefallen. Und habe teuer dafür bezahlt«, rief Wurzer verbittert aus.

Walz nickte verständnisvoll.

»Erzählen Sie uns am besten der Reihe nach, wie es dazu gekommen ist«, sagte er ruhig.

Die Schilderung von Wurzer entsprach genau der von Kolb, die Kontaktnahme, das Hotel, das Treffen zusammen mit Iovanescu, alles stimmte exakt überein.

»Natürlich wusste ich, dass eine solche Erpressung mit einer Einmalzahlung nicht beendet war, auch wenn sie es mir zusicherten. Daher wollte ich nur unter Vorbehalt bezahlen, was sie erwartungsgemäß nicht zuließen. Unter diesen Umständen verweigerte ich ihnen das Geld und teilte ihnen wahrheitswidrig mit, dass meine Frau ohnehin von meinen Seitensprüngen wüsste. Das war ziemlich dumm von mir, denn wenn dies der Wahrheit entsprochen hätte, hätte ich auch keiner Zahlung unter Vorbehalt zugestimmt, das hatte dieser feine Cousin sehr rasch begriffen.«

»Und was passierte dann?«, frage Walz gespannt.

Wurzer nahm erst einen großen Schluck bevor er fortfuhr.

»Ich nahm mir sofort frei und fuhr nach Hause, um alles meiner Frau zu beichten. Sie nahm es erstaunlicherweise ziemlich gefasst auf und wir sprachen lange über unsere Beziehung. Dass sich unsere Ehe durch die Kinder und durch meinen Stress im Beruf doch ziemlich verändert hätte und wir in Zukunft wieder mehr an unserer Beziehung arbeiten sollten. Alles schien gut zu sein. Sie versprach mir auch, die DVD, falls sie in ihre Hände geriete, nicht anzuschauen. Doch leider überwog ihre Neugierde, als sie ein kleines Paket mit dem Film bekam …«

Hier brach Wurzer plötzlich ab und schaute die Kriminalisten verzweifelt an.

»Sie nahm die Kinder und zog sofort zu ihren Eltern … Seitdem reden wir nur noch über unsere Anwälte miteinander.«

»Und was geschah weiter?«, wollte Walz nach einer kleinen Pause wissen.

»Wenn Sie glauben, dass dieser Typ danach Ruhe gegeben hätte, haben Sie sich getäuscht. Schon am nächsten Tag rief er mich an und fragte, wie es mir denn gehe. Falls ich noch immer nicht zahlen wolle, würde er einen Link auf meine Website stellen, die direkt zu dem Film führt, und sie außerdem den Kollegen meiner Sozietät zukommen lassen. Das wäre mein endgültiger Ruin gewesen. Daher zahlte ich, ohne Vorbehalt, zuerst 10.000 Euro und dann nochmals 5.000 Euro.«

»Wann war das?«

»Vor drei Tagen … Ich kann nicht mehr schlafen und bin ein völliges Wrack, weil ich jeden Tag mit einem neuen Anruf von diesem Ungeheuer rechne. Ach, hätte ich doch nur gleich bezahlt, dann hätte ich wenigstens noch meine Familie … dann hätte ich untertauchen können und irgendwo eine neue Existenz aufbauen, aber so?«

Verzweifelt schlug Wurzer die Hände vors Gesicht.

»Immerhin haben wir ja jetzt schon diese Maria gefasst,

womit sich die Wahrscheinlichkeit erhöht, dass wir auch bald dieses sogenannten Cousins habhaft werden«, tröstete ihn Walz, »in die Fahndungsdatei haben wir ihn schon aufgenommen, was bedeutet, dass wir ihn höchstwahrscheinlich erwischen werden, falls er sich noch in Österreich aufhalten sollte. Auf jeden Fall werden wir, wenn es Ihnen recht ist, Ihr Handy überwachen. Das funktioniert aber nur, wenn Sie uns sofort Bescheid geben, sobald sich dieser Mensch wieder bei Ihnen rühren sollte. Dann können wir herausfinden, von wo er sie angerufen hat. Und selbst, wenn er von Rumänien aus operiert, können wir ihn fassen. Rumänien ist ja in der EU, wenn auch nicht ganz so ambitioniert in diesen Dingen, wie Sie sich vorstellen können. Allerdings haben wir allen Grund zur Annahme, dass er sich noch in Österreich aufhält. Ein internationaler Haftbefehl ist bereits beantragt, das heißt, auch die Flughäfen werden in Kürze informiert sein. Ich würde Sie nur noch bitten, ihn anhand unseres Fotos zu identifizieren.«

Nachdem diese Formalität erfüllt war, baten die Inspektoren ihn noch, bei ihrer Sekretärin seine Personalien anzugeben und die Überprüfung seines Handys zu veranlassen. Danach entließen sie den völlig verstörten Anwalt.

»No servus, der ist bedient«, meinte Vogel leise.

Die Geschichte hatte den manischen Fremdgeher offensichtlich ziemlich mitgenommen.

»Also, pass gut auf, mit wem du dich einlässt, auf dieser Seite scheint sich etliches Gelichter herumzutreiben. Wir können nur hoffen, dass es sich bei diesem Iovanescu um einen Einzeltäter handelt. Wenn eine Organisation hinter ihm steht, wird der Wurzer noch viel zahlen müssen.«

»Und der Kolb auch … da sei Gott vor«, rief Vogel aus,

der sich schon wieder zu fangen schien, »was meinst, wollen wir nicht noch a bisserl weiter recherchieren?«

»Nein, jetzt nicht«, sagte Walz streng, »jetzt rufen wir erst einmal den Machatsch an, was der alles mit der Maria erlebt hat.«

»Aber dann machen wir Schluss für heute, ich hab eigentlich jetzt schon genug. Diese Erpressungsgeschichten sind, glaub ich, meiner Gesundheit nicht wirklich zuträglich. Außerdem ist's bald fünf«, konstatierte Vogel und nahm den Telefonhörer zur Hand.

Der Anruf bei dem Notar brachte nichts Neues, denn Machatsch war außer Haus und würde heute auch nicht mehr in die Kanzlei zurückkehren, wie seine Sekretärin dem Inspektor mitteilte.

Vogel hinterließ seine Nummer und bat um einen Rückruf.

»Na also, dann haben wir ja doch noch Zeit, ein bisserl zu recherchieren«, äußerte er vergnügt und wollte sich schon auf der Website der Seitensprungagentur einloggen, als Walz die Hand hob.

»Recherchieren kannst auch zu Hause. Ich würde mir ganz gerne einmal diesen seltsamen Portier in dem Hotel im 7. Hieb vornehmen … Wie hieß diese Absteige noch einmal?«

»*Zum goldenen Mondschein* in der Mondscheingasse.«

Die so idyllisch benannte Mondscheingasse bezieht ihren Namen nicht etwa von ihrer romantischen Lage oder gar nach einem besonderen Ereignis, das im Mondenschein dort stattgefunden hatte, sondern ganz prosaisch von einem dort gelegenen Haus, dessen Erbauer es einst mit dem poetischen Namen *Zum goldenen Mondschein* versehen hatte.

Ob dieses Gebäude genau dort stand, wo sich das gleichnamige Hotel befand, ist nicht überliefert, aber der Gründer dieser Herberge bediente sich wohl nur allzu gerne dieser idyllischen Bezeichnung, die im Grunde nichts anderes war als eine böswillige Irreführung ahnungsloser Touristen, da dieses »Hotel« in dieser tatsächlich idyllisch gewundenen Gasse alles andere als malerisch zu nennen war.

Es handelte sich vielmehr um eines der wenigen noch nicht restaurierten Bauten in der kleinen Straße, das wohl aus der Gründerzeit stammen mochte, jedoch seinen Stuckschmuck unterdessen gänzlich eingebüßt hatte. Nachdem die Inspektoren einen gläsernen Windfang durchschritten hatten, auf dem immerhin drei Sterne prangten, fanden sie sich vor einer kleinen Holztheke wieder, hinter der sich eine unbesetzte Rezeption befand.

Um diesem Umstand abzuhelfen, stand mitten auf der Theke eine klassische Portiersklingel, auf die Vogel mit offensichtlichem Vergnügen einschlug.

Doch seine Freude wich der Ungeduld, nachdem er noch zweimal hatte läuten müssen, ehe endlich ein sichtlich missgelaunter Mann vor dem hölzernen Bord auftauchte, an dem die Zimmerschlüssel aufgehängt waren. Bis auf einen hingen alle an ihrem Platz.

»Das Geschäft scheint ja ziemlich schlecht zu gehen«, bemerkte Vogel zu dem Portier, der ziemlich genau der Beschreibung entsprach, die Kolb von ihm gegeben hatte. Ob er roch, konnte er allerdings nicht beurteilen, da er vorsichtshalber genügend Abstand hielt.

»Was geht Sie das an?«, blaffte der Hotelangestellte zurück.

»Gar nichts, allerdings könnte Ihre Arbeitseinstellung unmittelbar mit der Vielzahl an verfügbaren Zimmern zusammenhängen«, sagte Vogel, während er mit dem Kinn auf das Schlüsselbord deutete, »wir warten schon ziemlich lange hier.«

»Und, wollen Sie jetzt ein Zimmer, oder suchen Sie Streit?«, fragte der Mann, sich angriffslustig vorbeugend.

»Weder noch«, erwiderte Vogel und zückte lässig seinen Dienstausweis, während er vorsorglich die Luft anhielt, »wir wollen eigentlich nur eine Auskunft von Ihnen.«

Der Portier blieb völlig gelassen.

»Und die wäre?«

»Haben Sie auf Ihren Zimmern Filmkameras installiert?«

»Was? Wie kommen Sie denn auf diese Idee?«

»Ich habe gerade vorhin ein nettes Filmchen gesehen, das in einem Ihrer Hotelzimmer aufgenommen wurde.«

»Wer sagt das?«

»Das spielt doch überhaupt keine Rolle, haben Sie oder haben Sie nicht?«

»Nein, natürlich nicht! Wir haben hier doch kein Filmstudio, wir sind ein Hotel, falls Ihnen das entgangen sein sollte.«

Ruhig legte Vogel die Fotografie von Maria Segatu auf den Tisch.

»Kennen Sie diese Frau?«

»Sehr hübsch«, stellte der Portier mit anerkennendem Gesichtsausdruck fest, »mir aber leider völlig unbekannt.«

»Das ist aber seltsam, diese Dame war nämlich die Hauptdarstellerin in diesem Film, und sie behauptet, Sie zu kennen.«

»Ich habe Ihnen ja bereits gesagt, bei uns wird nicht gefilmt«, entgegnete er gelangweilt.

»Was würden Sie, beziehungsweise Ihr Chef eigentlich davon halten, wenn die Gewerbeaufsicht hier eine Überprüfung durchführen würde? Und die freundlichen Herren vom Amt zufällig ein paar Kameras in den Gästezimmern finden würden?«, erkundigte sich Vogel in unvermindert freundlichem Ton.

»Da können sie lange suchen, die finden hier nichts«, antwortete der Portier schon ein wenig verunsichert.

»Sie können sich darauf verlassen, dass die welche hier finden«, erwiderte Vogel mit einem Lächeln, das nichts Gutes verhieß.

»Wenn Gäste hier hereinkommen und sich auf dem Zimmer filmen, können wir ihnen das nicht verbieten.«

»Jetzt kommen wir der Sache schon näher. Ist Ihnen bekannt, dass solche Filme auf Ihren Zimmern ohne Wissen der Gäste gemacht werden?«

»Das kann ich mir zwar nicht vorstellen, ist aber durchaus möglich. Wenn jemand das Zimmer mietet, schauen wir natürlich nicht nach, ob dort Kameras installiert werden. Das dürften wir gar nicht.«

»Und wie oft war diese Frau bei Ihnen in letzter Zeit zu Gast?«, fragte Vogel, während er auf das Bild deutete.

»Ich sagte Ihnen doch …«

Das Lächeln auf Vogels Gesicht erlosch.

»Wir reden jetzt Klartext, Burschi, entweder ich bekomme eine Auskunft, die mir gefällt, oder die Bude wird morgen dicht gemacht!«

»Okay, sie war ein paar Mal hier«, replizierte er schnell.

»Na also, geht doch. Und den Herrn«, nun legte Vogel das Foto von Iovanescu auf die Theke, »kennst du sicher auch?«

Der Portier musterte kurz das Bild.

»Ja, der hat immer das Zimmer gemietet …«

»Und bezogen?«

»Das nicht. Ich hab ihm den Schlüssel gegeben, dann ist er gleich hinaufgegangen und nach einiger Zeit wieder heruntergekommen, bevor sie mit einem anderen Mann aufs Zimmer gegangen ist.«

»Und danach ist wieder der nette Herr aufgetaucht und hat seine Aufnahmegeräte zusammengepackt.«

Der Angestellte verzog das Gesicht.

»Wie oft ist das passiert?«

»Ich weiß nicht genau, ein paar Mal halt …«, entgegnete der Portier ausweichend.

»Wie oft?«

»Mein Gott, ein oder zweimal …«

»Und jedes Mal mit einem anderen Mann?«

»Ja, ich glaub schon.«

»Wann war sie das erste Mal hier?«

»Das ist sicher schon acht Tage her.«

»Genauer geht's nicht?«

»Nein wirklich, Inspektor, wir führen über Gäste mit Tageszimmern kein Buch.«

Vogel nickte langsam und sah dabei Walz an.

»Das könnte aber die Steuerfahndung interessieren, die würden sich über einen solchen Hinweis sicherlich freuen.«

»Ich kann Ihnen wirklich nicht sagen, wann genau diese Dame zum ersten Mal da war …«, antwortete der Portier verzweifelt, »ich bin ja nicht immer hier.«

»Gibt es noch mehr solcher Pärchen, die Ihr Hotel in dieser Weise aufsuchen?«

»Nein, die sind die einzigen!«

»Nein?«

»Nein!«

»Gut, da deine Dienste sicherlich nicht umsonst zu

haben waren, hast du dich der Beihilfe schuldig gemacht, das weißt du doch sicher auch. Und wenn wir draufkommen, dass sie nicht die einzigen waren, bist du dran. Und wir werden dir draufkommen! Falls dieser Herr dieses Hotel aus irgendwelchen Gründen noch einmal aufsuchen sollte, dann rufst du mich sofort an, verstanden?«

Mit diesen Worten gab Vogel dem unglücklichen Portier seine Karte und signalisierte seinem Kollegen, der die ganze Zeit schweigend im Hintergrund gestanden hatte, dass die Befragung zu Ende sei.

»Ich möchte nur einmal wissen, wie eine solche Absteige zu drei Sternen kommt«, sagte Walz, nachdem sie wieder auf der Straße waren, »Meines Wissens stehen die doch für ›gehobenen Komfort‹.«

»Also, ich war letztens mit der Michelle in einem sogenannten Drei-Sterne-Hotel im Wienerwald, das ich übers Netz gebucht habe. Was soll ich dir sagen? Die versprochene Suite war ein mickriges Zimmerchen und der Whirlpool war eine schmutzige Duschkabine. Und es war niemand da, bei dem du dich beschweren konntest, weil die Rezeption unbesetzt war.«

»Und wie bist du zu deinem Schlüssel gekommen?«

»Der lag auf der Rezeption … Ich sag dir, das war so ein Albtraum, dass wir nach zwei Stunden wieder abgefahren sind. So viel zu den Sternen.«

»Hast du dich nicht beschwert?«

»Doch, natürlich. Ich habe einen geharnischten Brief an die Anbieterseite geschickt, und die haben sich nicht entblödet, aus diesem Schreiben nur die Worte ›abgeschieden und ruhig‹ zu zitieren, und dies als positive Kritik zu vermerken.«

»Wahrscheinlich sieht es im *Mondschein* um nichts besser aus, und deshalb wird es als Stundenhotel vermietet. Vielleicht sollten wir wirklich die Gewerbeaufsicht dorthin schicken.«

»Warten wir damit noch ein bisserl ab. Unser olfaktorisch auffälliger Freund hat sich letztlich doch als kooperativ erwiesen. Vielleicht hat der Iovanescu dort ja noch andere Pferdchen laufen und taucht wieder einmal auf.«

3. KAPITEL
(MITTWOCH, 15. NOVEMBER)

Als Chefinspektor Vogel kurz vor 9 Uhr bestens gelaunt das Büro betrat, war sein Kollege Walz gerade damit beschäftigt, das Protokoll für den Staatsanwalt zu erstellen, in dem er die Verhängung eines Haftbefehls gegen Maria Segatu begründete.

Nachdem er seinen Bericht noch einmal durchgelesen und dann weggeschickt hatte, wandte sich Walz endlich seinem Freund zu, der unterdessen seine morgendliche Pfeife gestopft hatte.

»Na, hast du noch ein wenig recherchiert gestern Abend?«, fragte er mit maliziösem Lächeln.

»Ja, stell dir vor, als ich spätabends auf meinem Hotmail-Konto nachgeschaut hab, war da schon eine Nachricht von einem Mädel, das sich für mich interessiert«, erwiderte Vogel und zwinkerte vergnügt.

»Und, was ist das für eine?«

»Das Foto schaut sehr verheißungsvoll aus. Für den Hintern braucht die einen Waffenschein, sag ich dir. Klein, rund und mit nicht zu langer Afterspalte, genauso, wie ich es mag.«

»Ah, eine Rückenansicht also, und wie schaut sie von vorne aus?«

»Das weiß ich noch nicht, ich habe ihr aber gleich geschrieben.«

Forschend schaute ihm Walz in die Augen.

»Dafür hast du aber doch Mitglied werden müssen, soweit ich das gestern verstanden habe.«

Zu Walz' größtem Amüsement beschäftigte sich Vogel mit seiner Pfeife nun weitaus umständlicher als üblich.

»Naja, schon«, räumte er endlich ein, »aber es war eh nicht so teuer. Und alleine dieser Hintern ist das hundertfach wert.«

Mit einem liebenswürdigen Lächeln beugte sich Walz zu seinem Kollegen herüber, dessen Schreibtisch dem seinen gegenüber stand.

»Wie hast du das gestern gegenüber dem Kolb noch bezeichnet? ›Bauernfängerei‹ oder so ähnlich«, grinste Walz.

»Ja, das ist schon möglich, aber warten wir erst einmal ab. Zwischen dem Kolb und mir liegen immerhin Welten«, erwiderte Vogel unwillig.

Er schien tatsächlich ein wenig verlegen zu sein.

»Und wie ist sonst das Angebot?«

»Durchaus reichhaltig, aber ich hab mich vorerst zurückgehalten … Stell dir einmal vor, die wollen mich dann alle treffen«, rief er mit ausgebreiteten Armen aus.

»Und aufgewacht bist mit der Hand im Nachtscherbn …«, entgegnete Walz spöttisch, »dennoch muss ich zugeben, dass ich dir eine solch weise Zurückhaltung gar nicht zugetraut hätte. Du musst dir dort ja vorgekommen sein wie ein Kind im Zuckerlgschäft, in dem der Besitzer gerade an akuter Diarrhö erkrankt ist.«

»Zugegeben, zweien hab ich schon zugezwinkert«, räumte Vogel ein, »das Foto der einen ist wirklich umwerfend, die ist genau mein Beuteschema, sag ich dir. Dunkelhaarig, Sommersprossen, verruchter Mund – dazu kann ich nur sagen: Wow! Und noch eine andere, allerdings ohne Foto, bei der hat mir ihr Profil besonders gut gefallen.«

Vergnügt beugte sich Walz in seinem Sessel zurück und verschränkte die Arme.

»Hab ich es mir doch gedacht, alles andere hätte mich auch gewundert, aber bedenke das Schicksal von unserem armen Wurzer!«

»Was glaubst denn von mir? Wenn ich der sage, dass ich von der Kieberei bin, und das werd ich gleich eingangs tun, da kannst dich drauf verlassen, wird sie sicherlich nicht versuchen, mich reinzulegen.«

Die launige Unterhaltung wurde von einem lauten Klopfen unterbrochen.

Ohne eine Antwort überhaupt abzuwarten, trat ein äußerst aufgeräumter Michael Mitterwaldner ein, was die beiden beunruhigt zur Kenntnis nahmen. Denn wenn ihr Vorgesetzter so strahlend daherkam, dann hatte er mit Sicherheit ein Anliegen. Und je freundlicher er sich gab, desto unangenehmer war üblicherweise die Aufgabe, für die er seine Untergebenen ausersehen hatte.

Und so freundlich wie heute hatten ihn die Inspektoren schon lange nicht mehr erlebt.

»Guten Morgen, meine Herren«, lärmte er, »gestern Abend habe ich zufällig einen Kollegen vom LKA getroffen. Und als wir so ins Plaudern kamen, habe ich ihm vom Fall des Herrn Doktor Kolb erzählt und natürlich auch Ihren Anteil an der Lösung des Falles betont. Das haben Sie ja wirklich großartig gemacht. Wie ich Ihnen ja gestern schon erzählt habe, ist Herr Doktor Kolb eigens noch einmal zu mir gekommen und hat Sie über den grünen Klee gelobt. Heute Morgen rief mich dann Magister Mörbischer an und schilderte mir einen mysteriösen Mordfall, in dem das LKA nicht weiterkommt und der genau in dem Milieu spielt, in dem Sie gerade recherchieren. Da Sie sich damals so sehr bewährt haben, als wir Sie ans LKA ausgeliehen haben, hat mich also Magister Mörbischer gefragt, der ja die größten Stücke auf Sie hält, ob Sie sich diesen Fall nicht einmal ansehen wollen. Ich lasse Ihnen den Akt gleich hier, vielleicht haben Sie ja eine Idee, wie man da weiterkommen könnte … Allerdings hätte ich noch eine persönliche Frage, wenn Sie gestatten. Magister Mörbischer wollte Sie doch damals nach diesem mysteriösen Dirigentenmord, den Sie im Frühjahr so glanzvoll aufgeklärt haben, zum LKA abwerben. Nicht, dass ich darüber unglücklich wäre, dass Sie bei uns geblieben sind, ganz im Gegenteil, aber warum haben Sie eigentlich dieses doch ehrenvolle Angebot abgelehnt?«

Spöttisch grinste Walz seinen Kollegen an.

»Sollen wir es ihm wirklich sagen?«

Nach einer zustimmenden Handbewegung Vogels fuhr Walz fort.

»Weil beim LKA das Rauchverbot so strikt gehandhabt wird und mein verehrter Kollege auf seine ihn stets inspirierende Morgenpfeife hätte verzichten müssen.«

Fassungslos schaute der Referatsleiter seinen vergnügt schmauchenden Untergebenen an.

Doch außer einem »Ach so, ja …« brachte er nichts weiter hervor, ehe er kopfschüttelnd das Büro verließ.

»Net schon wieder der Mörbischer, dieser Kriechstrom-Elektriker«, knurrte Vogel und stieß drohend eine gewaltige Rauchwolke aus.

Denn den Landespolizeikommandanten konnte er noch weniger leiden als den Mitterwaldner, was den eigentlichen Ausschlag dafür gegeben hatte, dass die beiden dem Bezirkskommissariat treu geblieben waren. Die Argumentation mit dem Rauchverbot hatten sie nur deshalb ersonnen, um dem ständig über Vogels Pfeife mäkelnden Mitterwaldner den Wind aus den Segeln zu nehmen.

Vogels Unmut gegenüber Mörbischer hing damit zusammen, dass jener ihn im Laufe der Untersuchungen über den Mord an dem Dirigenten Magnus Maurer nur deshalb suspendiert hatte, weil er damals einen höchst verdächtigen und sogar schon geständigen Täter als unschuldig betrachtet – und im Endeffekt recht damit behalten hatte.

Und Vogel konnte sehr nachtragend sein.

Als sie gerade darüber berieten, wie sie mit dieser neuen Situation umgehen sollten, läutete Vogels Diensttelefon.

»Grüß Gott, Wolfgang Machatsch hier, meine Sekretärin teilte mir mit, ich solle Sie zurückrufen«, ließ sich eine Stimme in blasiert-nasalem Schönbrunner Deutsch vernehmen.

Vogel schaltete sofort auf Lautsprecher.

»Ja, Herr Doktor, danke für den Rückruf. Der Grund für meine Anfrage lag darin, dass ich gerade in einem etwas heiklen Fall ermittle, mit dem Sie möglicherweise in Verbindung stehen. Hätten Sie etwas dagegen, uns im Kommissariat Josefstadt aufzusuchen?«

»Solange Sie mir nicht sagen, weshalb ich kommen soll, schon, ich bin sehr beschäftigt«, tönte es selbstbewusst aus dem Lautsprecher.

»Na gut, wie Sie wollen. Gemäß unserem Erkenntnisstand sind Sie Mitglied bei *finallylove* …«

»Und? Das ist doch nicht verboten!«, lautete die empörte Antwort.

»Des Weiteren ist uns bekannt, dass Sie mit einer ›Maria‹ in Kontakt stehen«, fuhr Vogel unbeirrt fort.

»Auch daran kann ich noch nichts Verwerfliches finden.«

»Ich habe in diesem Zusammenhang nur eine Frage an Sie: Haben Sie sich mit dieser Maria getroffen?«

»Nein, bislang noch nicht, wir hatten zwar ein Date ausgemacht, das musste ich jedoch aus Termingründen absagen.«

»Und haben Sie ein neues Treffen mit ihr vereinbart?«

»Ich wüsste zwar nicht, was Sie das angeht, aber ich habe ja nichts zu verbergen. Ja, heute Nachmittag wollten wir uns treffen. Warum interessiert Sie das eigentlich?«

»Das ist nicht so wichtig. Immerhin kann ich Ihnen die erfreuliche Mitteilung machen, dass Sie heute über einen freien Nachmittag verfügen, denn Maria ist unterdessen in unserem Untersuchungsgefängnis eingezogen und wird vorderhand sicherlich keinen Freigang bekommen. Damit erübrigt sich Ihr Besuch bei uns tatsächlich, auf Wiederhören«, erwiderte Vogel knapp und legte den Hörer mit einem gezischten Kommentar auf, der sich nur schwerlich ins Schönbrunner Deutsch des Notars übersetzen ließe.

»Schade, dem Trottel hätt' ich's vergönnt«, murmelte Walz, während er in dem voluminösen Akt blätterte, den Mitterwaldner auf seinem Schreibtisch abgelegt hatte.

»Jetzt wissen wir wenigstens den Grund dafür, warum die Segatu noch in Wien war. Eigentlich schade, dass wir sie gestern schon gefasst haben, heute hätten wir beide auf einen Schlag haben können. Und einen Machatsch mit heruntergelassenen Hosen, das hätte mir schon gefallen.«

»Der wäre noch dazu imstande, uns empört die Tür zu weisen«, sagte Walz lachend.

»... Und hätte wahrscheinlich gedroht, uns anzuzeigen. ›Bitte verlassen Sie auf der Stelle dieses Zimmer, sonst sehe ich mich dazu gezwungen, die Polizei zu rufen‹«, imitierte Vogel den Tonfall des Notars.

»Und der Mitterwaldner, obrigkeitshörig wie er ist, hätte wahrscheinlich ein Disziplinarverfahren gegen uns eingeleitet …«, entgegnete Walz schmunzelnd. »Doch genug der Späße … Schauen wir uns einmal an, woran sich die Mörbischer-Truppe die Zähne ausbeißt.«

In dem beträchtlichen Konvolut wurde der Mord an einer 36 Jahre alten Frau beschrieben, die vor zwölf Tagen tot in ihrer Wohnung aufgefunden worden war. Die Spurensuche hatte bis auf ein paar Fasern und Haare unbekannter Herkunft nichts Auffälliges in der Wohnung entdeckt. Das Opfer war mit einer Messingfigur erschlagen worden, die sich am Tatort befand und aus dem Besitz der Toten stammte, was ihr früherer Ehemann bestätigt hatte. An der Figur konnten etliche Fingerabdrücke von drei verschiedenen Personen gesichert werden. Neben den Abdrücken der Toten und ihrer Putzfrau wurden auch einige Spuren unbekannter Herkunft festgestellt, die möglicherweise vom Täter stammten, so er keine Handschuhe getragen hatte.

Auf ihrem Computer war ein reger Mailwechsel mit diversen Männern gefunden worden, die die alleinstehende Frau über eine Partneragentur kennengelernt hatte. Praktischerweise handelte es sich auch in diesem Falle um die den Kriminalisten bereits wohlbekannte Seitensprungdomain *finallylove*. Die Einvernahme der betreffenden Herren durch Beamte des LKA hatte allerdings keinen Hinweis auf den Täter ergeben. Dem Konvolut waren zahlreiche E-Mails der Verehrer beigefügt, die sich auf dem Rechner der Frau befunden hatten.

»Willkommen im Paradies der nicht gehaltenen Versprechen …«, sagte Vogel amüsiert, »köstlich, diese Mails unserer Geschlechtsgenossen. Hör dir das einmal an: ›Ich hab gestern Nacht alleine im Bett liegend an den Film 9 1/2 Wochen gedacht und wie ich Dich mit dem Eiswürfel abkühle ... und was wir sonst noch gemeinsam anstellen könnten ... :-))‹ – die reinste Poesie ist das. Miserables Deutsch zwar, aber immerhin poetisch ...«

»Also, ich finde solche Briefe eher peinlich«, antwortete Walz unbehaglich, »das ist ja fast, als würde man in einem fremden Tagebuch lesen.«

»Um einen gemeinen Mörder zu überführen, darf man auch vor extremen Mitteln nicht zurückschrecken, o du mein Walz ... Und was sollen wir jetzt mit diesem Haufen Papier anstellen?«

»Nach dem suchen, was unsere verehrten Kollegen übersehen haben könnten ...«, erwiderte Walz, während er ratlos in dem Konvolut blätterte.

»Und ausgerechnet die haben uns damals als Dorfgendarmen bezeichnet, jetzt sind wir plötzlich wieder gut genug für die Gfraster, die«, grollte Vogel und nahm das Deckblatt der Akte zur Hand.

»Fangen wir halt einmal an: ›Brigitte Neuberger, Übersetzerin, geschieden und 36 Jahre alt, ist am 3. November gegen 16 Uhr in ihrer Wohnung mit einer Messingfigur erschlagen worden, die aus ihrem Besitz stammt. Es ist nur ein Schlag ausgeführt worden, wobei eine Kante des viereckigen Fundaments der Figur dem Opfer ins Gehirn gedrungen ist, was den sofortigen Tod verursacht hat. Laut der Spurensicherung ist dem Mord ein nicht sehr heftiger Kampf vorausgegangen. Außerdem hat es den Anschein gehabt, dass das Opfer seinem Mörder selbst die Tür geöffnet hat, da keine Einbruchsspuren zu finden waren. Gefunden worden ist sie am nächsten Vormittag von ihrer Putzfrau, als diese gegen 9 Uhr die Wohnung betreten hat. Den Nachbarn ist nichts Außergewöhnliches aufgefallen, was jedoch nichts zu bedeuten hat, da diese zur Tatzeit fast alle noch bei der Arbeit gewesen sind‹. Liest sich wie ein Schulaufsatz mit dem Thema: ›Wie benutze ich das Perfekt unter tunlicher Umgehung des Präteritums‹. Vielleicht sollten wir einmal anregen, dass sich unsere verehrten Mitstreiter im LKA eines besseren Deutsches befleißigen mögen. Was sollen denn die Kollegen aus dem feindlichen Ausland von uns denken, wenn wir einmal mit ihnen zusammen arbeiten müssen. Gut, nächstes Blatt. ›Auf der Festplatte ihres Computers sind zahlreiche Mails entdeckt worden, die auf Kontakte mit männlichen Personen schließen lassen, mit denen das Opfer in der Partnerschaftsbörse *finallylove* unter dem Namen *Schnuckel82* im Internet korrespondiert hat. Den Briefen nach zu schließen, hat sich das Opfer mit vier Männern dann tatsächlich getroffen. Auf Nachfrage hat der Betreiber der Website die Identitäten der vier Männer bekannt gegeben, von denen alle, bis auf eine Person, identifiziert werden konnten. Die drei identifizierten Herren sind vorgeladen und vernommen worden. Alle haben sich kooperativ gezeigt und haben freiwillig ihre Fingerabdrücke abgegeben sowie auch eine Speichelprobe, die in keinem Falle eine Übereinstimmung mit den am Tatort gesicherten Spuren ergeben hat. Die Identität der unbekannten Person bleibt bis heute ungeklärt, da sie sich offenbar mit einem falschen Namen und von Wertkartenhandys aus eingeloggt hat. Zweimal hat sie dazu auch Internetcafés aufgesucht. Auch die Nachfragen, die bei den Betreibern der Internetcafés vorgenommen worden sind, sind ohne Resultat geblieben, da sich die gesuchte Person an verschiedenen Orten eingeloggt hat. Da sich die Geschäfte in verschiedenen Gegenden befinden, konnte kein Lebensmittelpunkt daraus abgeleitet werden‹. Jetzt schwächelt er aber kräftig, unser Dichterfürst. Darunter steht noch die Liste mit den Personalien der vernommenen Männer. Also, soweit ich das sehe, suchen wir nach dem Anonymus, der die Tat offensichtlich von langer Hand geplant hat. Aber so weit werden unsere Kollegen auch schon gekommen sein.«

»Das wollen wir doch einmal annehmen, schließlich erlaubt ein schlechtes Deutsch nicht unbedingt einen Rückschluss auf die Intelligenz des Verfassers, sonst wären die Nord-Piefke ja alle gescheiter als wir … Unter uns, würdest du eine Frau, die sich als *Schnuckel82* bezeichnet, kontaktieren? I net … Lass uns doch zuerst einmal die Annonce anschauen, mit der unser Schnuckel um seine Freier gebuhlt hat.«

Ungeduldig blätterte Vogel in dem Papierwust herum.

»Ja, hier ist es. Hm, die war aber sehr hübsch, schau dir die an – wowowow – die hätt mir auch gefallen …, aber Moment, vergleich doch einmal die Bilder von der Toten mit dem der Lebenden, die hat einfach ein Foto von einer anderen Frau genommen! So verändern kann man sich nicht einmal durch einen noch so festen Schlag auf den Hinterkopf … und mit ihrem Alter hat sie auch geschummelt, hier schreibt sie, sie sei 31 …«

Verblüfft verglich Walz die Bilder miteinander.

»Das ist ja unglaublich. Stell dir vor, du schreibst eine Frau ausschließlich wegen ihres Fotos an, dann triffst du sie – und dann erkennst sie nicht einmal. Was soll eigentlich das Ganze? Ich versteh die Logik, die dahintersteckt, überhaupt nicht.«

»Das kommt daher, weil du ein Mann bist, o du mein Walz, gewisse Dinge verstehen eben nur die Frauen.«

»Dann kannst du ja einmal mit der Michelle darüber reden, wenn du gerade den Mund frei hast, vielleicht hat die eine Erklärung dafür. Das also wäre die erste Ungereimtheit. Lies mal vor, was sie so in ihrem Profil geschrieben hat, vielleicht entdecken wir dort noch mehr Bemerkenswertes.«

»Also, unter ›Was ich gerne mag‹ schreibt sie: ›Konventioneller Sex, Ein bisschen versaut, Augenverbinden, Gut mit den Händen, Oraler Sex aktiv, Mag‹s gerne langsam, Viel Ausdauer, Küssen, Sex-Geflüster‹. Also das mag ich auch gerne, vielleicht mit Ausnahme vom konventionellen Sex, bei der Missionarsstellung bekomm ich so leicht einen Wadenkrampf. Dann noch ›Fesselspiele, Fetisch, Spanking und Flotten Dreier‹, na, die scheint's ja auch gern gehabt zu haben, wenn man sie a bisserl härter hernimmt.

Dann kommt die Rubrik ›Was mich besonders reizt‹, dort steht: ›Humorvoll, Fantasievoll, Kreativ und abenteuerlustig, Entspannt und locker, Lässt mir Freiraum, Kann gut zuhören, Kommunikativ, Sehr gepflegt, Trinkt ab und zu / in Gesellschaft‹. Also, wenn ich mir das so anschau, der Schnuckel hat eigentlich genau mich gesucht!«

»Seit wann kannst du gut zuhören?«

»Na, wart, es geht noch weiter. Jetzt hat sie noch einen eigenen Text angefügt: ›Bist du groß, hast lange Haare (vorzugsweise dunkel), einen Bart und Tattoos? Bist du Musiker oder beschäftigst dich anderweitig künstlerisch? Kann man mit dir lachen und Spaß haben, aber auch über alles Mögliche diskutieren? Dann melde dich :) und bitte erspart mir diese ewig gleichen Anmachsprüche, das langweilt‹.«

»Tja, mein lieber Kajetan, da wärst du aber ordentlich abgeblitzt oder trägst du gar ein Arschgeweih und bläst heimlich die Flöte? Und deine Anmachsprüche würde sie, glaub ich, auch schwer verkraften …«

»Jetzt wär es eh zu spät, brauch ich wenigstens nicht

um sie zu trauern. Außerdem riecht sie jetzt nicht mehr so gut … Offensichtlich hat sie einen richtigen Altrocker gesucht. Schau dir nur einmal die Bilder von ihren Verehrern an. Das sind ja mindestens 100 Stück. Lauter Zausel sind da versammelt, einer schlimmer als der andere. Die würden sich auch ganz gut in unserer Täterkartei machen, und nicht einmal auffallen dabei, von den Nacktaufnahmen vielleicht abgesehen. Da, schau her, da hat einer sogar sein gepierctes Gemächt in Großaufnahme beigelegt, Prince Albert lässt grüßen …«, sagte Vogel mit angewidertem Gesichtsausdruck, während er Walz das Bild reichte.

»Grauslich … Und wieder einmal mehr ist der Beweis dafür erbracht, dass ein schlechter Geschmack lebensgefährlich sein kann. Eigentlich tröstlich, oder? Und welches ist jetzt das Foto des Unbekannten?«

Vogel reichte seinem Kollegen ein Bild herüber.

»Das da, eindeutig der fescheste Bursche hier. Aber wenn das tatsächlich der Mörder ist, wird der wohl kaum sein eigenes Foto reingestellt haben. Der hat im Gegensatz zu ihr wenigstens einen Grund dafür. Jetzt müssen wir nur noch herausfinden, wer der Mann auf dem Bild ist.«

»Machen wir's doch einfach wie die Segatu.«

Mit diesen Worten scannte Walz das Foto ein und ließ es durch das Bilderkennungsprogramm laufen, was sogleich einige Treffer brachte. Der attraktive Herr war offenbar ein amerikanisches Model, dessen Bild der Täter als das seinige ausgegeben hatte. Als Mörder von Frau Neuberger konnte man ihn allerdings ausschließen, denn, wie die weiteren Recherchen unserer wackeren Helden ergaben, war John Lopez vor drei Jahren bei einem Motorradunfall in Texas ums Leben gekommen.

»Wenn der Mörder ein fremdes Bild nimmt, kann man

davon ausgehen, dass er die Neuberger nur deshalb kontaktiert hat, um sie lediglich einmal zu treffen …«, überlegte Walz.

»Um sie umzubringen?«

»Wenn wir das wüssten … Dagegen spricht, dass er das Mordwerkzeug nicht mitgebracht hat. Vielleicht hat er auch geglaubt, er könne sie vor Ort davon überzeugen, dass er zwar nicht der auf dem Bild ist, es sich aber trotzdem lohnt, mit ihm etwas anzufangen.«

»Das fand sie wahrscheinlich nicht – oder er, der eigentlich eine ganz andere erwartet hat. Dabei müssten sie doch Verständnis füreinander gehabt haben, wo sie doch beide dieselbe Idee hatten. Und als sie ihn dann doch nicht wollte, hat er sie umgebracht.«

»Oder er war so deprimiert von ihrem wahren Aussehen, dass er sie aus Enttäuschung darüber erschlagen hat.«

»Na, so schiach ist die a wieder net. Egal, wie rum man es dreht. Das Ganze entbehrt jeglicher Logik. Wenn mir jemand nicht gefällt, bring ich ihn doch nicht gleich um, sondern gehe wieder.« Ratlos stocherte Vogel in seiner Pfeife herum bis sich plötzlich seine Züge erhellten. »Eine Möglichkeit wäre doch, dass er die Frau schon zuvor kannte, sie zufällig im Internet entdeckte, und auf diesem Wege versucht hat, sie persönlich zu treffen. Vielleicht war sie eine frühere Freundin von ihm und wollte nichts mehr mit ihm zu tun haben, nachdem er Schluss gemacht hat.«

Nachdenklich rieb Walz sein Kinn.

»Das klingt gar nicht mal schlecht, Kajetan. Vielleicht war es auch umgekehrt, und sie hatte mit ihm Schluss gemacht, weil er zum Beispiel gewalttätig wurde, und ihm mitgeteilt, ihn niemals mehr sehen zu wollen und andernfalls die Polizei zu rufen. Aber rätselhaft bleibt dabei noch immer, wie er trotz des falschen Bildes an die Richtige geraten ist. Vielleicht wollte er gar nicht die Neuberger, sondern die schöne Unbekannte auf dem Bild treffen.«

»Davon kannst du ausgehen. Und als sie es dann nicht war, hat er sie aus Enttäuschung darüber erschlagen? Ich meine, möglich ist alles, aber das scheint doch ein sehr seltsames Motiv zu sein.«

»Nein, vielleicht hat er gar nicht wahrgenommen, dass es nicht die Frau von dem Bild war. Vielleicht war er so wütend oder besoffen, oder vielleicht hatte er auch seine Brille zuhause vergessen, was weiß ich …«

»Auch das halte ich für unwahrscheinlich. In einem solchen Falle hätte er doch das Mordwerkzeug mitgebracht«, wandte Vogel ein.

Ungehalten stand Walz auf und ging im Büro umher, nicht ohne dem seine Wege kreuzenden Papierkorb einen entschlossenen Tritt zu verpassen, während Vogel nachdenklich an seiner Pfeife nuckelte und aus dem Fenster schaute.

»Wie es auch immer gewesen sein mag, der Mörder stammt wahrscheinlich aus dem näheren Dunstkreis ihrer Vergangenheit. Lass uns zuerst einmal seinen Steckbrief anschauen, vielleicht finden wir da irgendeinen Hinweis«, schlug Walz vor, nachdem er sich wieder hinter seinen Schreibtisch gesetzt hatte.

Eifrig blätterte Vogel in dem Akt.

»Da ist er! Die Kastln, die er angekreuzt hat, können wir ja auslassen, das ist das Übliche, aber auch er hat einen eigenen Text dazu geschrieben. Hör einmal: ›Ich liebe das Leben und möchte dich in ein Reich der Fantasien entführen, was mir nicht schwerfällt, da ich Musiker bin. Ich bin groß, trage meine dunklen Haare lang, allerdings habe ich einen Bart, ich weiß, das mag nicht jeder, und einige tolle Tattoos. Ich bin der Meinung, dass man über dieselben Dinge lachen können muss, um zusammenzupassen. Und ich lache oft! Andererseits bin ich vielseitig interessiert und habe daher einige Studiengänge absolviert‹«.

Walz nickte mehrmals langsam mit dem Kopf und dachte nach.

»Fällt dir was auf, Kajetan? Dieser Text ist die exakte Reaktion auf den von der Neuberger. Wenn du die nebeneinanderlegst, ist es offensichtlich. Sie sucht einen Musiker, er ist einer. Sie will dunkle, lange Haare und Bart, er hat es, Tattoos detto, Humor, vielseitige Interessen. Ich sag dir, der hat sein Profil schon darauf angelegt, dass sie auf ihn aufmerksam werden musste. Es scheint fast so, dass er nur wegen ihr *finallylove* beigetreten ist. Auch die Kastln sind genau gleich ausgefüllt …«

Sogleich legte Vogel die beiden Blätter nebeneinander und verglich sie.

»Jetzt müsste man nur herausfinden, ob er neben ihr noch andere Damen kontaktiert hat«, sagte Walz grüblerisch.

»Gut, jetzt nehmen wir einmal an, er kannte sie von früher und hatte noch irgendeine Rechnung mit ihr offen. Wie konnte er wissen, dass sie sich auf diesem Portal tummelt, und vor allem, dass sie sich hinter diesem Bild verbirgt. Er muss also einen Informanten gehabt haben, der ihm dies mitgeteilt hat. Mein Gott, ist das kompliziert, kein Wunder dass die Nasenbohrer vom LKA daran gescheitert sind … Und was ist, wenn dieser Typ ein Angestellter von *finallylove* ist?«

»Negativ. Die sitzen in Bremen, das müsste schon ganz seltsam zugehen … Weißt was? Nehmen wir uns doch einfach den Briefwechsel zwischen den beiden vor, der muss ja auch irgendwo sein …«

Hektisch wühlte sich Vogel durch den Papierwust.

»Da ist er. Also, Mail eins vom 31. Oktober, Kontaktaufnahme, das Datum ist übrigens identisch mit dem Eintrittsdatum, ein weiterer Hinweis dafür, dass er nur wegen ihr Mitglied geworden ist.«

»Und dass er einen Informanten hatte, der ihm das mitgeteilt hat«, fügte Walz hinzu.

Vogel nickte nachdenklich.

»Jetzt bleibt nur die Frage, ob der Tippgeber gewusst hat, dass es sich um die richtige Neuberger handelte. Mein Gott, ist das verzwickt.«

»Oder es war doch nur ein dummer Zufall, was allerdings auch die Frage nicht löst, ob er um ihre wahre Identität gewusst hat. Also, lies vor.«

»›Hallo Schnuckel, auf die Gefahr hin, dass du dich geschmeichelt fühlst, was durchaus in meinem Interesse liegt: Du bist die einzige hier, der ich schreibe, weil mich dein Profil genau anspricht und natürlich auch, weil mir dein Bild besonders gut gefällt. Ich selbst bin Musiker, genauer gesagt, Schlagzeuger, der bis vor nicht allzu langer Zeit Mitglied in einer ziemlich bekannten Rockband war, und nun als Studiomusiker arbeitet. Ich habe Musik, Soziologe und Philosophie studiert (und alles abgeschlossen), wollte ursprünglich Lehrer werden, aber dann kam der Rock 'n' Roll dazwischen – und wenn der dich einmal gepackt hat, dann kannst du nichts mehr Bürgerliches machen. Warum ich hier Mitglied geworden bin, fragst du? Vielleicht in der Hoffnung, hier Menschen zu treffen, die mir normalerweise nicht über den Weg laufen – wie zum Beispiel dich – Ricky :-)«

»Das klingt eigentlich ziemlich gut«, meinte Walz

anerkennend, »aber glaubst du das mit dem Schlagzeuger? Wenn der seine Zugangsdaten dermaßen verschleiert, warum soll dann die Beschreibung echt sein? Vergleicht man den Stil des Briefes mit dem unserer Kollegen vom LKA, dann kann man immerhin eines als sicher annehmen: Ein Kieberer ist er nicht!«

»Und hier ist die Antwort«, fuhr Vogel unbeirrt fort, »am gleichen Tag abgeschickt, unser Schnuckel scheint ja über genug Freizeit verfügt zu haben: ›Hallo Ricky, nachdem ich mich durch Hunderte von anstößigen Angeboten gearbeitet habe, die allesamt von hormongeplagten Männern geschrieben wurden, die von manischer Selbstüberschätzung besessen sind, endlich einmal ein Lichtblick! Deinem Bild nach zu schließen (es scheint allerdings nicht ganz aktuell zu sein, du gibst ja dein Alter mit 40 an, und der Herr auf dem Bild ist höchstens Anfang 30 – oder bist du so gut erhalten ;-)?) würde ich dich gerne einmal auf einen unverbindlichen Kaffee treffen. Dann können wir ja sehen, ob deine Beschreibung der Realität standhält. Ich selbst bin geschieden und lebe alleine, wie sieht es bei dir aus? Du schreibst zwar, dass du alleinstehend bist, aber bevor wir uns sehen, will ich doch wissen, ob da nicht noch irgendwo ein Mädchen sitzt, das es gar nicht gerne sehen würde, wenn du eine andere Frau triffst. Auf Eifersuchtsszenen habe ich nämlich überhaupt keine Lust, davon hab ich schon genug erlebt in der letzten Zeit! Brigitte‹«.

Auch nicht schlecht formuliert und dabei durchaus selbstbewusst. Das würde man von einer Frau, die sich selbst als *Schnuckel* bezeichnet, eigentlich nicht erwarten. Was hat die Neuberger beruflich gemacht?«

»Ich glaub, Übersetzerin oder so etwas Ähnliches.«

»Dafür ist ihr Deutsch aber bemerkenswert gut …«

»Weiter? Gut, Mail zwei von Ricky, abgeschickt am nächsten Tag, also am 1. November: ›Liebe Brigitte, vielen Dank für deine rasche Antwort, über die ich mich sehr gefreut habe. Nein, du brauchst dir wirklich keine Sorgen zu machen, dass plötzlich ein Mädchen bei dir auf der Matte steht und damit droht, dir die Augen auszukratzen … Ich lebe seit etwa einem Jahr alleine, weil ich ungeachtet des Rock 'n' Roll einmal eine kleine Pause von der holden Weiblichkeit gebraucht habe. Wenn du so rastlos lebst, fragst du dich irgendwann einmal, worin eigentlich der Sinn deiner Existenz liegt (immerhin habe ich mich in meiner Diplomarbeit intensiv mit Hegel auseinandergesetzt). Doch jetzt ist es wieder an der Zeit, in die Geheimnisse des Weiblichen an sich einzutauchen. (Du brauchst keine Angst zu haben, Nietzsche und seine Meinung über die Frauen hab ich immer abgelehnt). Und dazu scheinst du in idealer Weise prädestiniert zu sein. Ein Kaffee wäre wunderbar! Dann können wir uns in aller Ruhe beschnuppern und du kannst nachprüfen, ob ich tatsächlich der bin, den du dir vorgestellt hast. Wann wäre es dir recht?‹«

»Wow, Hegel, Nietzsche, unser Mörder scheint ja mächtig gebildet zu sein …«

»Wenn wir ihn haben, könnte der doch vielleicht als Bewährungsauflage beim LKA als Deutschlehrer anheuern, das würde sein Strafmaß bestimmt erheblich reduzieren«, sagte Vogel grinsend, während er seine Pfeife ausklopfte.

»Ob ein Intellektueller dieser Güte ein solch sinnloses Unterfangen in Angriff nehmen würde, wage ich zu bezweifeln, wahrscheinlich zieht er es vor, in seiner Zelle in aller Ruhe Heideggers *Holzwege* zu lesen … Um die zu verstehen, brauchst du mindestens 20 Jahre …«

»Also, einen Hinweis haben wir jetzt zumindest, unser Täter scheint eine höhere Bildung genossen zu haben.«

»Und damit haben wir ihn schon fast, ich kann mich nicht erinnern, jemals einem Mörder begegnet zu sein, der den Nietzsche richtig buchstabieren konnte, geschweige denn ein Wort von dem versteht, was der geschrieben hat … So, jetzt bin ich einmal auf die Antwort von der Neuberger gespannt, net, dass er sie intellektuell überfordert hat.«

»Mail zwei von Brigitte vom gleichen Tag, dem 1. November, sie scheint angebissen zu haben. ›Hallo Ricky, da bin ich ja beruhigt, auch wenn ich, offen gestanden, den Hegel nur deshalb kenne, weil meine Schule in der Gasse steht, die nach ihm benannt ist‹. Schau, die ist in die Hegelgasse gegangen. ›Gut, treffen wir uns auf einen Kaffee, fragt sich nur, wo? Also, ich wohne im 4. Bezirk, wir könnten uns ja im *Café Museum* treffen. Eines muss ich dir aber noch beichten. Die Frau auf dem Bild bin nicht ich‹. Na bitte, da haben wir ja die Lösung. ›Ich hab einfach Schiss gehabt, mein eigenes Foto ins Netz zu stellen. Wenn du mir deine E-Mail-Adresse gibst, schicke ich dir ein richtiges Bild von mir, dann kannst ja immer noch entscheiden, ob du mich trotzdem treffen willst. Auf die Gefahr hin, dass damit unser Rendezvous ins Wasser fällt, grüßt dich ganz zerknirscht Brigitte!‹«

»Damit haben wir den Beweis, dass er es nicht auf die Frau auf dem Foto abgesehen hat, die Frage, wie er das wissen konnte, ist damit allerdings auch nicht gelöst … Jetzt wird es interessant. Dafür muss er nämlich seine Mail-Adresse bekannt geben. Außerdem bin ich neugierig, ob auch er einräumt, dass er ein falsches Bild von sich genommen hat.«

»Mail drei vom Ricky«, las Vogel ungerührt weiter, »1. November, also noch am gleichen Tag: ›Liebe Brigitte, da bin ich aber gespannt! Meine Adresse lautet: ricky85@hotmail.com.‹«

»Kurz und prägnant, und was hat sie zurückgeschrieben?«

»Das nächste Mail ist wieder vom Ricky, der hotmail-Verkehr ist hier nicht aufgeführt. Also, Ricky, 2. November: ›Liebe Brigitte, natürlich will ich dich sehen, du schaust auf jeden Fall sympathischer aus als dein Alter Ego unbekannter Herkunft‹. Kein Wort der Verwunderung darüber, dass sie eigentlich ganz anders aussieht. ›Ich hätte eine hübsche Idee für unser Treffen. Da ich ein begnadeter Bäcker bin, erkläre ich mich dazu bereit, dir eine Schwarzwälder Kirschtorte zu machen. Allerdings können wir die kaum im *Café Museum* verzehren, denn die würden mich dort sofort als Konditor engagieren – und ich kann doch so schwer Nein sagen. Und Konditor ist so ziemlich das Letzte, was ich werden will ;-)‹«.

»Raffiniert, wie er das einfädelt … Der Bursche hat was drauf, Chapeau, da kannst dir einiges abschauen für deine Recherche.«

»Antwort Brigitte, 2. November: ›Lieber Ricky, einer solchen Versuchung kann ich nicht widerstehen. Schwarzwälder Kirsch ist meine absolute Lieblingstorte!‹ Woher wusste er das? Er muss sie doch gut gekannt haben! ›Morgen um 14 Uhr bei mir zu Hause? Johann-Strauß-Gasse 12, Tür 4, ich hab auch eine Espressomaschine :-).‹«

»Und schon hat er sie soweit …«

»Antwort und letzte Mail: ›Wunderbar, ich freu mich, Ricky‹«.

»Eigentlich ist das doch deprimierend, zu beobachten,

wie sie blauäugig in die Falle läuft … Wenn es wenigstens ein Apfelstrudel gewesen wäre. Wieder einmal mehr haben wir einen Beweis dafür, dass zu viel Schlagobers ungesund ist.«

»Meinst du, er hat die Torte tatsächlich mitgebracht?«

»Dann hätte er sie wieder mitgenommen, die Spurensicherung hat nichts davon erwähnt.«

»Oder die haben sie selbst gegessen, du kennst doch den Lindner, so blad wie der in letzter Zeit geworden ist, trau ich dem das glatt zu«.

Verzweifelt verdrehte Walz die Augen.

»So kommen wir einfach nicht weiter. Jetzt suchen wir erst einmal den Ex-Ehemann der Verblichenen auf. Wenn einer was über ihre Vergangenheit zu erzählen weiß, dann wohl er«, schlug er vor und griff zu seinem Handy, um sich bei Herrn Neuberger anzumelden.

Tatsächlich war dieser zu Hause, da er gerade einen Ruhetag hatte, der ihm als Pilot nach einem Transatlantikflug zustand. Er war sofort damit einverstanden, dass sie ihn in seiner Wohnung aufsuchten.

Mario Neuberger wohnte standesgemäß am Dannebergplatz im 3. Wiener Gemeindebezirk, der direkt neben dem Arenbergpark gelegen ist, dessen Zentrum von zwei riesigen Flaktürmen als unzerstörbares Mahnmal aus dem Zweiten Weltkrieg dominiert wird.

Ungeachtet dessen, dass es schon Mittag war, machte der Pilot einen noch etwas verschlafenen Eindruck, als ihn die beiden Polizisten aufsuchten. Der blonde, braun gebrannte Mittvierziger war lediglich mit einer weiten hellgrauen Trainingshose und einem weißen T-Shirt bekleidet, als er ihnen die Tür öffnete.

»Sie müssen meinen Aufzug schon entschuldigen«, sagte er freundlich, während er seine Besucher in einen sehr zeitgeistig eingerichteten Salon mit einem herrlichen Ausblick auf den spätherbstlichen Park führte, »aber ich bin erst gestern Abend aus Montreal gekommen und daher noch ein wenig müde.«

Nachdem sie abgelegt hatten, bat er seine Besucher, auf zwei mit cremefarbenem Leder bezogenen Freischwingern Platz zu nehmen, während er rasch in der Küche verschwand, um den Inspektoren, und vor allem sich selbst, einen Kaffee zu bereiten.

Als er mit einem Tablett zurückgekehrt war, auf dem er neben den Getränken auch einen Teller mit Vanille-Kipferln bereitgestellt hatte, setzte er sich auf einen ebenfalls mit hellem Leder bezogenen Hocker und begann ungefragt zu erzählen.

»Ja, die Brigitte war eine besondere Frau, das kann man schon so sagen. Aber genau das hatte mich sogleich an ihr fasziniert. Manchmal konnte sie wie eine Sphinx sein, definitiv undurchschaubar, selbst nach zwölf Ehejahren wusste ich gelegentlich nicht, was wirklich in ihr vorging. Umso schmerzlicher hat mich dieser Verlust getroffen. Denn obwohl wir im Streit geschieden sind, haben wir doch nie den Kontakt zueinander verloren.«

Walz nickte verständnisvoll, während Vogel sich verstohlen ein Kipferl in den Mund schob.

»Sicherlich haben Ihnen die Beamten vom LKA schon alle möglichen Fragen gestellt, deshalb entschuldigen Sie bitte, wenn wir Sie nochmals damit belästigen. Aber uns wurde der Fall übertragen, weil die Kollegen völlig überlastet sind, und wir diese etwas rätselhafte Geschichte doch möglichst rasch aufklären wollen.«

»Das liegt auch in meinem Interesse«, bestätigte Neuberger und zündete sich eine Zigarette an, nicht ohne vorher den Inspektoren eine angeboten zu haben. »Also, fragen Sie!«

»Wir haben den Eindruck, dass der Mörder Ihrer Frau aus ihrer Vergangenheit stammen könnte, denn er hat zielgerichtet den Kontakt auf *finallylove* mit ihr gesucht, obwohl sie ein falsches Bild von sich benutzt hat. Wie alt war Ihre Frau, als Sie sie kennengelernt haben?«

»Süße 21 war sie gewesen, als ich ihr auf einer Party vorgestellt wurde«, erzählte er schleppend und stellte sich ans Fenster. »Ich war damals ein junger Pilot, gerade 28 Jahre alt, und dementsprechend an der Damenwelt interessiert. Aber sie war anders als all die Frauen, die einem jungen, gut aussehenden Piloten zuflogen, das merkte ich sofort. Sie war nicht einmal besonders hübsch, aber sie hatte irgendetwas Unergründliches, Geheimnisvolles, was mich sofort für sie einnahm …«

Nachdenklich schaute er in den Park hinaus, wo eine Horde schreiender Kinder gerade damit beschäftigt war, sich gegenseitig mit welkem Laub zu bewerfen.

»Wissen Sie auch darüber Bescheid, welche Männer, außer Ihnen natürlich, eine wichtige Rolle in ihrem Leben gespielt haben?«

Neuberger wandte sich wieder den Kriminalisten zu.

»Wieso fragen Sie das?«

»Wir versuchen herauszufinden, ob ihr Mörder möglicherweise ein ehemaliger Geliebter gewesen ist, der einst von ihr abgewiesen worden war und nun, geschützt von einer falschen Identität, mit ihr in Kontakt treten wollte.«

Neuberger verschränkte die Arme und schaute gedankenverloren den Rauchkringeln seiner Zigarette hinterher, bevor er sie auslöschte.

»Brigitte konnte manchmal grausam sein. Gegen Ende unserer Ehe habe ich das oft genug erleben dürfen. Sie merkte sich genau die Schwachpunkte des anderen, die sie im Konfliktfall sofort ansprach, womit sie ihren Gegner überrumpelte und natürlich besonders wütend machte. Sie hingegen wurde im Verlauf der Auseinandersetzung immer ruhiger und setzte ihre Gehässigkeiten gezielt ein. Es war einfach schrecklich, mit ihr zu streiten. Danach tat ihr ihr Verhalten oft leid und sie entschuldigte sich auch dafür. Sie müssen nicht glauben, dass sie ein schlechter Mensch war. Aber sie war eine Ehrfurcht gebietende Kriegerin. Wehe dem, der sie zur Feindin hatte!«

»Wie wir der Akte unserer Kollegen entnehmen konnten, waren Sie ja zu ihrem Todeszeitpunkt gar nicht in Wien …«, stellte Walz freundlich fest.

»Ja, mein Alibi ist tatsächlich mehr als wasserdicht, ich befand mich an diesem Tag gerade in New York, das könnten etwa 300 Passagiere und die Crewmitglieder bestätigen.«

»Würden Sie uns vielleicht etwas über den Lebenswandel Ihrer Ex-Ehefrau erzählen?«

»Ach so, ja, ihre Männergeschichten …«, antwortete Neuberger mit einer wegwerfenden Handbewegung. »Was soll ich sagen, meine Frau hatte stets viele Verehrer, aber während unserer Ehe war sie, soweit mir bekannt ist, einigermaßen treu gewesen. Zumindest passierte nichts, was unsere Liebe gefährden konnte. Die Beziehung ging auch nicht wegen eines anderen Partners auseinander, wenn Sie das meinen. Aber ich kann mir schon vorstellen, dass sie nach unserer Trennung ein reges Liebesleben führte, schließlich war sie jung und noch nicht übermäßig erfahren, als wir uns das erste Mal trafen. Sie hatte wohl noch einiges nachzuholen, was man ja auch daran sieht, dass sie dieser seltsamen Agentur beigetreten ist.«

»Da Sie ja noch immer in gutem Kontakt miteinander standen, wie Sie sagten, würde uns interessieren, ob Sie konkret etwas über andere Männer wissen, mit denen sie ein Verhältnis pflegte.«

»Na ja, direkt vorgestellt hat sie mir niemanden, das hätte mich, glaube ich, auch gekränkt. Und das wusste sie auch. Wir haben uns in unregelmäßigen Abständen immer wieder auf einen Kaffee getroffen, und die Neuigkeiten, die unser Leben betrafen, ausgetauscht. Da kamen natürlich auch Partnerschaften zur Sprache. Allerdings hatte ich den Eindruck, dass sie keine länger andauernden Beziehungen pflegte. Einmal erzählte sie von einem Sebastian, beim nächsten Mal war es ein Gregor, dann wieder ein Stefan, scheinbar war nie etwas Ernstes dabei.«

»Da Sie ja lange genug miteinander verheiratet waren, dürften Sie auch über ihre Freundinnen Bescheid wissen. Gibt es eine Frau, die sie sozusagen als ihre beste Freundin ansah?«

»Ja, natürlich, da gibt es die Sophia, mit der war sie schon seit ihrer Schulzeit eng verbandelt gewesen, Sophia Dernberg. Warten Sie, ich such Ihnen schnell ihre Adresse und Telefonnummer heraus. Die zu kontaktieren ist eine glänzende Idee, Herr Inspektor, denn wenn Ihnen jemand etwas über Brigitte erzählen kann, dann ist sie es.«

Neuberger verschwand kurz, um sein Smartphone aus der Küche zu holen.

Nachdem er die Daten an Walz' Handy gesendet hatte, zeigte dieser ihm das Profilbild, das seine Frau bei *finallylove* benutzt hatte.

»Kennen Sie diese Frau?«

»Nein … in diesem Falle muss ich sogar sagen, leider nicht«, entgegnete er mit einem verhaltenen Lächeln.

»Sie wissen schon, dass Ihre Frau mit diesem Bild in dem Seitensprungportal registriert war. Haben Sie dafür eine Erklärung?«

»Nein, das haben mich Ihre Kollegen auch schon gefragt. Offen gestanden verstehe ich es überhaupt nicht. Zwar war sie nicht so schön wie diese Dame da, aber doch nicht so hässlich, dass sie das Bild einer anderen benutzen musste, um für sich zu werben. Vor allem macht das ja alles keinen Sinn, wenn sie vorhatte, ihre Verehrer tatsächlich zu treffen. Das ist doch in etwa so, als würde ich einen Mercedes anbieten und dem Interessenten dann im letzten Moment sagen, nein, ich habe doch nur einen Mazda. Ich kann das gar nicht verstehen!«

»Uns geht es leider genauso«, antwortete Walz mit bedauerndem Gesichtsausdruck. »In dem Briefwechsel mit ihrem mutmaßlichen Mörder hat sie es damit erklärt, dass sie es nicht gewagt hat, ihr eigenes Bild ins Netz zu stellen.«

»Ja, wenn sie eine Berühmtheit gewesen wäre, könnte man das noch verstehen, abgesehen davon, dass sich eine prominente Person wohl niemals auf einem solchen Portal präsentieren würde. Das ergibt alles überhaupt keinen Sinn für mich und passt eigentlich auch nicht zu ihr …«

»Es ist eine der Ungereimtheiten der deutschen Sprache, dass die Logik weiblichen Geschlechts ist«, ließ sich nun Vogel vernehmen, »ähnlich wie die Technik und die Pünktlichkeit …«

Neuberger lachte kurz auf und hob warnend seinen Zeigefinger.

»Und das aus dem Munde eines Staatsdieners, wenn das unsere Innenministerin hören würde …«

»Sie erzählen es ja bestimmt nicht weiter«, entgegnete Vogel augenzwinkernd und nahm sich zur Belohnung noch das letzte Vanille-Kipferl. »Sie können uns also auch nichts über einen gekränkten Liebhaber erzählen, der vielleicht einen Racheakt gegen Ihre Frau verübt haben könnte?«

Neuberger verzog ungläubig seinen Mund.

»Da ihre Liebschaften vor unserer Ehe meines Wissens nach nicht besonders leidenschaftlich gewesen und inzwischen wohl auch zu lange her sind … leider nein.«

»Noch eine Frage hätte ich, wann haben Sie sich eigentlich getrennt?«

Das noch eben entspannte Gesicht des Piloten erstarrte und nahm einen ausgesprochen traurigen Ausdruck an.

»Im Jänner werden es zwei Jahre …«, flüsterte Neuberger nach einer kurzen Pause mit brechender Stimme und strich sich über die Augen, »entschuldigen Sie bitte, aber ihr Tod geht mir noch immer sehr nahe.«

Nachdem Vogel auch keine Fragen mehr hatte, standen die Polizisten auf und verabschiedeten sich höflich.

»Armer Kerl, der hat sie bis zum Schluss geliebt«, stellte Walz fest, als sie aus dem Haustor traten.

Vogel machte ein leidendes Gesicht und griff sich an den Magen.

»Ich weiß nicht, wie es dir geht, aber die heutige Arbeit hat mich ungemein ermattet. Es ist schon bald eins und wir haben immer noch nichts zu Mittag gegessen!«

»Das ist fürwahr ein unhaltbarer Zustand. Obwohl du ja, im Gegensatz zu mir, schon dein Horsd'oeuvre in Form von etlichen Vanillekipferln zu dir genommen hast. Deshalb würde ich vorschlagen, dass wir uns jetzt in die nahe gelegene Ungargasse verfügen und den *alten Heller* aufsuchen, der ist zwar nicht ganz billig, aber dafür in besonderem Maße für den großen Hunger geeignet. Und wenn wir Glück haben, gibt's heute sogar ein gutes Mittagsmenü!«

Nachdem sie einen Parkplatz gegenüber dem Lokal gefunden hatten, betraten sie die holzgetäfelte, fast etwas ländlich anmutende Gaststube, die gut besucht war.

»Das war eine glänzende Idee, hierherzukommen. Ich kannte das gar nicht«, sagte Vogel zufrieden, als er die Karte studierte. »Koteletts in Kümmelglacé, wo bekommt man heute noch so was? Und dazu geröstete Erdäpfel und ein Krügerl! Walz, du hast meinen Tag gerettet!«

»Da bin ich aber froh. Und wie wollen wir jetzt weiter vorgehen? Der Besuch beim Neuberger war zwar nett, hat uns aber, wenn wir ehrlich sind, keinen Millimeter weiter gebracht.«

»Das kann man so nicht sagen, immerhin haben wir die Telefonnummer ihrer besten Freundin erfahren, die ich nach dem ersten Schluck Bier durchaus anzurufen bereit bin.«

Nachdem der Kellner die Getränke gebracht und ihre Bestellung aufgenommen hatte, wählte Vogel nach einem tiefen Zug aus seinem Glas die Nummer von Sophia Dernberg, die in einem Architekturbüro arbeitete.

Auch sie zeigte sich, genauso wie Neuberger, sofort kooperationsbereit, allerdings konnte sie die beiden Inspektoren erst um 15 Uhr empfangen, da sie bis dahin eine Besprechung hatte.

»Wenn ich mir das recht überlege, klingt das doch gar nicht übel, da geht sich sogar noch leicht eine Nachspeis' aus«, meinte Vogel nach einem zufriedenen Blick auf seine Omega, »oder glaubst du, dass das Gespräch mit der Dernberg länger als eine Stunde dauert?«

»Warum fragst du, hast noch was vor heute Abend?«, fragte Walz beiläufig.

»Eigentlich wollte ich um halb fünf zu Hause sein, weil ich mit der Emily äußerln gehen wollte, bevor es ganz dunkel wird …«

Spöttisch schaute ihn sein Kollege von der Seite an.

»Aber du gehst doch jeden Abend mit der Emily äußerln und hältst dich sonst nicht so an die Uhrzeiten. Ich habe das leise Gefühl, dass da noch etwas anderes deiner sehnsüchtig harrt.«

Vogel verdrehte die Augen.

»Dir kann man aber auch gar nichts verheimlichen, Gott sei Dank bin ich nicht mit dir verheiratet. Ja, heute Abend treff' ich auch die Michelle …«

»Ja, und? Muss die so früh ins Bett?«

»Nein, das nicht, aber wenn ich mich nicht vorher wenigstens für eine Stunde meinem Töchterchen gewidmet habe, regt sich die Martina wieder auf … und wenn ich zu spät zur Michelle komme, zieht die einen Flunsch. Dann brauch ich wieder eine Ewigkeit bis sie sich mit mir ausgesöhnt hat, und dazu hab ich überhaupt keine Lust …«, sagte Vogel genervt.

»Du mit deinen Weibern … Wenn's dir zu knapp wird, kann ich ja auch alleine zu der Dernberg gehen …«

»Nein, nein, wenn ich um 16 Uhr von der wegkomme, reicht das völlig.«

Die Unterhaltung war bis auf Weiteres unterbrochen, da der Kellner mit den bestellten Speisen an den Tisch trat. Auch Walz hatte sich für die traditionell zubereiteten Koteletts entschieden.

Gerade als sich Vogel noch ein Seiterl Bier bestellen wollte, läutete sein Handy.

Es war Kolb, der atemlos davon berichtete, dass zwar die am Morgen erwartete SMS ausgeblieben war, aber stattdessen Iovanescu soeben selbst bei ihm angerufen habe. Er hatte aufgrund des »Verrats« nun weitere 10.000 Euro von ihm gefordert, die Transaktionsnummer wollte er in Kürze per SMS senden. Vogel beruhigte den Arzt und rief sofort, ohne Walz von dem Gespräch zu unterrichten, die Telefonüberwachung an.

Tatsächlich hatten die Beamten das Gespräch mitverfolgt, und vor allem den Standort Iovanescus geortet, der sich glücklicherweise in Wien befand. Vogel alarmierte sofort ein Einsatzkommando der WEGA und schickte drei Streifenwagen mit dem Auftrag dorthin, das Haus abzuriegeln.

Gerade als er Walz von den neuen Entwicklungen unterrichten wollte und hektisch dem Kellner winkte, läutet abermals sein Handy.

Diesmal war es Wurzer, der völlig aufgelöst von einer neuen Forderung Iovanescus berichtete, die er ihm diesmal telefonisch übermittelt hätte. Vogel ließ ihn nicht ausreden und versprach, ihn sofort zurückzurufen.

Erneut kontaktierte er die Telefonüberwachung, die ihm bestätigte, dass Iovanescu Wurzer von demselben Standort aus angerufen hätte.

Unterdessen hatte Walz bezahlt und blickte erwartungsvoll seinen Kollegen an, der eilig nach seinem Trenchcoat griff und zum Auto lief.

»Ich erzähl dir gleich alles, wir müssen sofort zur Sechshauser Straße«, rief er ihm zu, als er den Motor startete und das ambulante Blaulicht auf dem Dach ihres Dienst-Golfs befestigte.

Während einer halsbrecherischen Fahrt durch den Großstadtverkehr erzählte Vogel, von kurzen Flüchen unterbrochen, die allesamt saumseligen Autofahrern galten, von den erneuten Erpressungsversuchen Iovanescus.

»Ich sag dir, der will sich aus dem Staub machen und vorher noch einmal ordentlich abkassieren, das ist ganz offensichtlich«, sagte Walz etwas kurzatmig, während er sich mit beiden Händen an der Armstütze der Beifahrertür festhielt.

»Glücklicherweise ist der Iovanescu ein Amateur, das hätt' alles auch ganz anders ausgehen können …«, knurrte Vogel, während er sich mit quietschenden Reifen und waghalsigen Manövern durch den dichten Verkehr auf der Wienzeile schlängelte.

»Mich würde einmal die Unfallstatistik von Saudi-Arabien interessieren«, setzte er unvermittelt fort, als sich eine blonde Lenkerin nicht gleich seinen Intentionen fügen wollte.

»Wie kommst du denn jetzt darauf?«, fragte Walz verwundert.

»Na, ganz einfach, weil da keine Frauen fahren dürfen, und dort sowieso alle schwarzhaarig sind.«

4. KAPITEL (MITTWOCH)

Im Gegensatz zu seinem Kollegen Walz, den derart lebensgefährliche Einsätze stets mit von Furcht geprägter Abscheu erfüllten, genoss Vogel sichtlich den Kitzel der Gefahr solch spektakulärer Aufgebote. Gleich einem Kind vor der lange ersehnten Bescherung barst er geradezu vor grimmiger Ungeduld, als sie sich dem Ort des Geschehens näherten. Er jubelte beinahe auf, als sie sich endlich dem Haus näherten, in dem Iovanescu vermutet wurde.

Dramatisch wurden die aufgeregt flackernden Lichter der Einsatzfahrzeuge im dämmrigen Tageslicht durch den obligaten herbstlichen Wiener Hochnebel reflektiert, sodass der Himmel rund um die Sechshauser Straße blau zu lodern schien.

Nachdem sich Vogel laut schimpfend und gestikulierend durch den Stau gehupt hatte, der sich vor der gerade errichteten Straßensperre zu bilden begann, wobei er einige Meter völlig vorschriftswidrig, aber durchaus effektvoll über den Gehsteig fuhr, brachte er den Dienst-Golf vor dem verdächtigen Haus mit einer reichlich indezenten Bremsung zum Stehen. Spätestens bei diesem aufsehenerregenden Halt musste allen Umstehenden klar gewesen sein, dass hier niemand Geringeres als der Einsatzleiter vorfuhr. Sportiv und ohne sich erst damit aufzuhalten, die Tür hinter sich zuzuschlagen oder gar den Motor abzustellen, sprang der Inspektor aus dem Fahrzeug, dass die zahlreichen Schaulustigen respektvoll eine Gasse bildeten, um dem mit raumgreifenden Schritten und wehendem Mantel vorbei stürmenden Polizisten Durchlass zu gewähren. Mit wichtiger Miene nahm Vogel Kurs auf den Kommandanten der WEGA, der auf der dem Haus gegenüberliegenden Straßenseite stand und ihn mit lässiger Geste begrüßte. Man kannte sich schließlich, und ebenso wie von einem Kriminalinspektor erwartet wurde, dass er bei der Erfüllung seiner Pflichten höchste Tatbereitschaft zur Schau stellte, rechnete man bei einem Major der WEGA in einem solchen Falle mit der größtmöglichen Kaltblütigkeit. Beide Herren taten angesichts der versammelten Menschenmasse also nur ihre Pflicht, gibt es doch für einen Bürger nichts Beunruhigenderes, als eine Schutzmacht, die in einem solch kritischen Fall nicht mit der erforderlichen Souveränität auftritt.

Die Sondereinheit WEGA, deren Männer bereits vor Ort waren, ist eine besonders gut ausgestattete Elitetruppe, die sich bei der Wiener Bevölkerung einer ungemeinen Popularität erfreut, zumal sie bei fast jeder Polizeiaktion, über die die Medien berichten, als akzelerierendes Moment zu Hilfe gerufen wird. Um die Wirkung ihres Auftrittes zu unterstreichen, kommen die speziell ausgebildeten Polizisten während ihres Einsatzes sehr martialisch gekleidet daher, was dem Geschehen stets einen Hauch von Hollywood verleiht. Dies ist kein Zufall, tatsächlich ist die die WEGA in Ausrüstung und Struktur nach dem Vorbild der amerikanischen Einsatzteams aufgebaut. Üblicherweise wird diese Einheit immer dann angefordert, wenn ein erhöhter Gefährdungsgrad droht, was in diesem Falle ja durchaus gegeben war, da man nicht absehen konnte, ob sich Iovanescu im Besitz einer Schusswaffe befand, von der er möglicherweise auch Gebrauch machen konnte.

Nachdem man also seiner Pflicht nachgekommen war und dem Publikum seine Show geboten hatte, fragte Vogel den Major:

»Na, Pepi, wie schau ma aus? Habt's ihr schon herausgefunden, wo der Iovanescu steckt?«

»Bisher war noch nix, Birdy, der Verdächtige hat sich bis jetzt noch nicht gerührt«, antwortete Josef Maetzler. Die Nennung von Vogels früherem Spitznamen, der noch von seiner Schulzeit herrührte, zeigte, dass sich die beiden etwa gleichaltrigen Kollegen tatsächlich schon sehr lange Zeit kannten.

»Na Gott sei Dank, ich hab schon gedacht, die Vorstellung würde ohne mich stattfinden.«

»Wer ist des überhaupt da drin?«

In wenigen Worten erklärte ihm Vogel den Sachverhalt.

»Und für so einen ruft's ihr uns?«, warf Maetzler seinem alten Mitstreiter vor.

»Wo wir doch nicht wissen, ob der bewaffnet ist – bei den Tschuschn weißt ja nie. Habt's ihr schon was Verdächtiges in dem Haus bemerkt?«

»Nicht wirklich, aber wenn du dir das Gebäude genau anschaust, erkennst du an jedem Fenster Neugierige«, erwiderte der Major, während er mit seinem rechten Arm auf die Häuserfront deutete. »Nur bei den Fenstern da rechts unten im ersten Stock, da rührt sich überhaupt nix. Da könnt' er vielleicht drinnen sein.«

Nachdenklich betrachtete Vogel das Haus.

Maetzler hatte recht, mit Ausnahme der erwähnten Wohnung waren ungeachtet der Kälte alle Fenster von neugierigen Bewohnern geöffnet worden. Natürlich konnte dies auch bedeuten, dass die Mieter nicht zu Hause waren oder dass in dem Appartement eine immobile Person lebte. Dass es leer stand, schloss Vogel aus, da dies in dieser dicht besiedelten und relativ preisgünstigen Wohngegend eher ungewöhnlich gewesen wäre.

Typisch für den hauptsächlich von ärmeren Volksschichten und Ausländern bewohnten Bezirk machte das Haus, das wohl um 1910 gebaut worden war, einen ziemlich vernachlässigten Eindruck.

Rechts neben ihm klaffte eine Lücke von etwa sechs Metern, die von einer Plakatwand gesäumt war. Vermutlich befand sich dahinter ein verwildertes Grundstück, denn nichts wies darauf hin, dass hier bald gebaut werden würde. Auf der linken Seite schloss sich direkt ein etwa gleichaltriges Wohngebäude an.

»Habt ihr geschaut, ob sich dahinter ein Garten befindet?«, fragte Vogel.

»Sicher. Zwei meiner Männer sind dort postiert, da kann er nicht raus. Der einzige Fluchtweg wäre die Gstettn, die durch die Büsche leider einiges an Deckung bietet. Allerdings müsste er davor aus dem Fenster springen oder durch den Hof laufen und dann über eine Mauer klettern. Das wird ihm nicht unbemerkt gelingen, da ich drei weitere Männer dort stehen hab.«

»Und was ist mit dem G'schäft da? Habt ihr da schon nachg'schaut?«

Tatsächlich befand sich im Erdgeschoss des Hauses ein Internet-Café, das auf großen Tafeln für seine billigen Telefontarife in alle Welt warb. Dessen Inhaber schienen die Pakistani zu sein, die lässig an dem hölzernen Türrahmen des Eingangs lehnten.

»Negativ, da waren wir als Erstes drin. Die Besitzer haben uns alle Räume gezeigt. Die benutzen den Lagerraum als Wohnung, wird wohl früher ein Greißlerg'schäft gewesen sein. Ziemlich ärmlich, das Ganze, mit Bassena und indischem Klo. Und das ausgerechnet bei Pakistanern* …«, gluckste Maetzler vergnügt.

»Warts ihr auch im Keller?«, erkundigte sich Vogel weiter.

»Nein, viel zu gefährlich. Die Pakistaner haben gesagt, dass der voller Gerümpel ist. Da kann der Tschusch hinter jeder Ecke lauern. Ich würd gern vollzählig wieder nach Hause fahren«, erwiderte Maetzler ernst.

»Verstehe, und der Dachboden?«

»Detto. Bevor ich meine Männer da reinschicke, sollten wir doch erst einmal schauen, ob der Verdächtige nicht von allein rauskommt.«

»Vielleicht hast du ja recht und der hat sich wirklich im ersten Stock verschanzt. Dann machen wir ihm halt ein bisserl Feuer unterm Arsch.«

Den letzten Satz hatte Vogel mit lauter Stimme ausgerufen. Mit bedeutungsvoller Geste winkte er einen Streifenbeamten zu sich heran, der ihm aus seinem Fahrzeug ein Megafon holte.

Sorgsam überprüfte der Ermittler das Gerät auf seine Funktionstüchtigkeit. Nichts wäre peinlicher, als bei seinem bislang beeindruckend inszenierten Auftritt durch ein simples technisches Gebrechen der Lächerlichkeit preisgegeben zu werden.

Vogel stellte sich breitbeinig hin und holte tief Luft:

»Iovanescu, es hat keinen Sinn, sich zu widersetzen. Wir wissen, dass Sie da drinnen sind. Das Haus ist umstellt. Kommen Sie sofort mit erhobenen Händen raus, sonst

---

* Als »indisches Klo« bezeichnet der Wiener Volksmund die von mehreren Mietern benutzte Gemeinschaftstoilette, die sich in alten Wiener Mietshäusern zuweilen noch immer »jenseits des Ganges« befindet.

müssen wir hineinkommen, und das würde sicherlich nicht gut für Sie ausgehen.«

Das beifällige Gemurmel und die respektvollen Blicke der Umstehenden zeigten ihm, dass er den richtigen Ton getroffen hatte. Offensichtlich hatte niemand bemerkt, dass Vogel zum ersten Mal mit einer solchen Situation konfrontiert war, immerhin war er ja erst seit Kurzem Chefinspektor und somit befugt, einen solchen Einsatz zu leiten.

Trotz der brillanten Darstellung blieb sie zu seiner Enttäuschung unbedankt, denn Iovanescu zeigte keinerlei Reaktion.

Mit einem leichten Kopfnicken rief Vogel erneut einen Streifenbeamten zu sich, und wies ihn an, im Geschäft etwas über den Mieter der Wohnung im ersten Stock in Erfahrung zu bringen.

Doch gerade als der Beamte die Straße überqueren wollte, war aus dem Telefonshop plötzlich ein aufgeregtes Stimmengewirr zu hören. Die beiden Pakistani, die bislang gemütlich am Eingang gelümmelt hatten, stürzten erschrocken in ihr Geschäft.

Hilfe suchend schaute sich der Beamte nach Vogel um, der gerade loslaufen wollte, um ihm beizustehen.

Maetzler hielt ihn am Arm fest.

»Wenn das der Iovanescu dort drinnen ist, dann bleibst du da und rührst dich nicht von der Stelle. Und ruf deine Leute zurück. Falls das eine Geiselnahme wird, dann habt ihr damit nix mehr zu tun, das ist dann unser Job sagte der Major seelenruhig und griff zu seinem Sprechfunkgerät, um das Team, das den Hinterhof bewachte, über die neueste Entwicklung zu unterrichten und sie zu befragen, ob sie von ihrem Standpunkt aus etwas erkennen konnten.

Unterdessen forderte Vogel seinen Kollegen Walz auf, die Streifenwagenbeamten zusammenzurufen. Dieser hatte das ganze Geschehen bislang scheinbar teilnahmslos beobachtet.

»Da scheint sich tatsächlich eine Geiselnahme anzukündigen, das hat uns grad' noch gefehlt«, brummte Maetzler und verlangte sofort per Funk nach Verstärkung, einem Psychologen und einem Rettungswagen.

»Haben deine Leute was gesehen?«, frage Vogel beunruhigt.

»Nicht direkt, aber die Hintertür zur Wohnung, die die ganze Zeit offen gestanden ist, ist plötzlich geschlossen und aus der Parterrewohnung waren Schreie von den Bewohnern zu hören, sowie die Stimme eines Mannes, der wie wild herumbrüllt. Wenn das kein ausgewachsener Familienkrach ist, dann ist es der Iovanescu, wovon ich eigentlich ausgehe«, setzte Maetzler trocken hinzu.

»Und was machen wir jetzt?«, fragte Vogel ratlos.

»Abwarten«, antwortete der Major ruhig.

»Ich meine, was soll ich derweil mit meinen Leuten tun?«

»Mein lieber Birdy, die kannst jetzt anweisen, dass sie die Schaulustigen verscheuchen, denn jetzt ist Schusswaffengebrauch angesagt. Das ist nichts mehr für euch. Wir übernehmen hiermit das Kommando, dafür sind wir schließlich ausgebildet.«

Aufgeregt lief Vogel zu den Streifenwagenbeamten und teilte ihnen die neuen Befehle mit. Drei Polizisten waren ohnehin damit beschäftigt, den Verkehr umzuleiten, so blieben ihm nur weitere drei Beamte, die die versammelten Zuschauer dazu auffordern sollten, weiterzugehen.

Als Vogel die geringe Bereitschaft der Leute erkannte,

den Anordnungen der Uniformierten Folge zu leisten, griff er erneut zum Megafon, mit dem er sich diesmal an die immer zahlreicher werdenden Zuschauer richtete:

»Herrschaften, die Show ist vorbei, gehen Sie bitte nach Hause und machen Sie vor allem den Weg für die Rettung und die Einsatzkräfte frei. Die Straße ist so eng, dass hier Lebensgefahr besteht, also verzupfts euch! Ich will keine durch Querschläger verletzten oder toten Passanten hier herumliegen haben!«

Nachdem die Menge auf diesen volksnahen Appell kaum reagierte, setzte er wütend nach:

»Habt ihr net verstanden? Es kann hier zu einer üblen Schießerei kommen und wenn ihr euch net gleich verzieht, lass ich euch wegen Behinderung einer Amtshandlung verhaften, glaubt's mir des!«

Nichts fürchtet der gemeine Österreicher so sehr, wie von »der Höh« beamtshandelt zu werden. Vogel erwartete also, mit dieser Drohung Erfolg zu haben. Doch die murrende Menge wich nur unmerklich zurück. Offensichtlich waren die »gelernten« Österreicher, die in dieser Gegend sicherlich die Mehrheit stellten, bei Weitem nicht so obrigkeitshörig wie die Eingeborenen.

Unterdessen waren mit großem Getöse zwei weitere Einheiten der WEGA eingetroffen, bis an die Zähne bewaffnet und in der üblichen martialischen Aufmachung, was nicht unbedingt dazu beitrug, dass die Menschenmenge Vogels Intentionen nachkam. Im Gegenteil, die mühsam nach hinten geschobene Masse zog sich wieder näher um das Geschehen zusammen. So sah Vogel keine andere Möglichkeit, als seinerseits ebenfalls Verstärkung anzufordern, zumal die drei Streifenbeamten mit ihrer Aufgabe völlig überfordert waren.

Nachdem der Krankenwagen endlich eingetroffen war, nahm Maetzler Vogel das Megafon aus der Hand, um nach kurzer Beratung mit dem Psychologen, der mit der Rettung mitgefahren war, in entschiedenem Tonfall das Wort an Iovanescu zu richten:

»Herr Iovanescu, hier spricht der Einsatzleiter der WEGA. Haus ist von meinen Männern umstellt. Sie haben nicht die geringste Chance. Es ist wirklich das Beste für Sie, wenn Sie jetzt einfach mit erhobenen Händen zu uns herauskommen. Dann ist der ganze Zauber vorbei und Ihnen wird kein Haar gekrümmt.«

Nach kurzer Zeit öffnete sich langsam die Tür des Geschäftes. Doch anstelle des erhofften Geiselnehmers erschien ein etwa zehnjähriges, orientalisch aussehendes Mädchen, das in seinen erhobenen Händen einen Zettel hielt.

Mit einem raschen Griff wurde sie von einem WEGA-Beamten, der neben dem Eingang postiert war, aus der Gefahrenzone gebracht.

Maetzler eilte sofort zu dem völlig verschüchterten Kind und nahm ihm den Zettel aus der Hand, während er das Mädchen an den erfahrenen Polizeipsychologen Robert Weidringer weiterreichte.

Vogel trat hinzu und schaute seinen Kollegen fragend an.

»Der Iovanescu will freies Geleit und 100.000 Euro in bar, schreibt er, sonst steht da nix«, sagte Maetzler verblüfft, während er ihm den Zettel zeigte, »keine Drohung, keine Erpressung, gar nix. Der macht des wohl zum ersten Mal.«

Mit einem freundlichen Lächeln wandte er sich an das Kind und ging in die Hocke, um sich mit dem Mädchen auf Augenhöhe zu unterhalten, was durchaus vonnöten war, sah der hünenhafte Mann – Maetzler maß fast zwei Meter – selbst für einen Erwachsenen in seiner Montur doch ausgesprochen furchteinflößend aus.

»Hallo, ich bin der Josef«, sprach er in einer hohen Stimmlage, die in krassem Gegensatz zu seiner sonstigen Erscheinung stand, und hielt dem Mädchen seine Rechte hin, in der mühelos das halbe Kind Platz gefunden hätte.

Forschend sah ihm das Mädchen in die Augen, schien sich aber plötzlich doch seiner guten Erziehung zu besinnen und legte brav sein Händchen in die dargebotene Pranke.

»Und wie heißt du?«, wollte Maetzler wissen.

»Ayesha«, murmelte das Kind kaum hörbar und wand sich ein bisschen.

Hilfe suchend schaute der Einsatzleiter Weidringer an.

»Ayesha heißt sie«, teilte der Psychologe ihm nachdrücklich mit.

»Ah, Ayesha, das ist aber ein schöner Name. Ayesha, kannst du mir vielleicht sagen, ob der böse Mann da drinnen eine Waffe hat?«, fragte er mit seiner Fistelstimme und riss dabei seine Augen weit auf.

Verzweifelt schaute Ayesha zu Weidringer, zu dem sie offenbar schon ein wenig Vertrauen gefasst hatte, woraufhin dieser das Kind wieder in seine Obhut nahm.

Ächzend nahm Maetzler seine normale Haltung an und räusperte sich verlegen, während Weidringer leise mit dem Mädchen sprach.

»Ayesha hat mir gesagt, dass der Täter keine Schusswaffe mit sich führt. Er hat anscheinend lediglich ein Messer, mit dem er die Leute bedroht«, teilte der Psychologe dem Einsatzleiter schließlich mit.

»Das ist schon einmal gut. Können Sie sie vielleicht noch fragen, wie viele Menschen sich in dem Raum aufhalten? Wichtig wäre auch, wie viele Kinder und Frauen sich darunter befinden.«

Weidringer nahm das Mädchen beiseite, um ungestört mit ihm reden zu können. Mithilfe ihrer Finger zählte sie ihm auf, wer alles in dem belagerten Geschäft war.

Gerade als Maetzler, der ungeduldig die in ruhigem Ton gehaltene Unterhaltung verfolgte, aus den Gesten Ayeshas geschlossen hatte, dass sich acht Menschen in den Räumen befanden, drang aus dem Laden ein großes Getöse.

»Zugriff!«, bellte Maetzler zu seinen neben dem Ladeneingang postierten Männern, die nur darauf gewartet zu haben schienen, endlich handeln zu können, und sich mit dementsprechend großer Lust gegen die hölzerne Tür warfen, die aufgrund dieser staatstragenden Vehemenz erwartungsgemäß schnell nachgab.

Vogel und Maetzler, die sogleich zum Ort des Geschehens geeilt waren, konnten zu Beginn lediglich ein undefinierbares Knäuel von Gestalten erkennen, die sich auf dem Boden wälzten. Der Geräuschpegel, der von ihm ausging, war immerhin beachtlich, und nach wenigen Augenblicken herrschte plötzlich eine gespenstische Stille, die lediglich von den zornigen Schmerzensschreien eines einzigen Mannes und vereinzeltem Schluchzen von Frauen und Kindern durchbrochen wurde.

Nachdem Maetzler einige verängstigte Geiseln beiseite geschoben hatte, die ihm die Sicht versperrten, war auch für die Außenstehenden die Lage überschaubar.

Am Boden lag der zeternde Iovanescu, dessen Arme gerade von zwei WEGA-Männern auf dem Rücken zusammengebunden wurden, während ein dritter seinen Kopf an den Haaren nach hinten zog.

Nachdem der verhinderte Geiselnehmer, der aus der Nase blutete und einen Riss an der Augenbraue davongetragen hatte, in den Rettungswagen verfrachtet worden war, klärte sich bald auf, dass die beiden Ladeninhaber sich in einem günstigen Moment von hinten auf Iovanescu geworfen hatten, woraufhin dieser zu Boden ging und sein Messer verlor. Der Befehl von Maetzler kam also just im rechten Augenblick.

Nachdem Vogel seinem Kollegen zu seiner Geistesgegenwart gratuliert und die Streifenbeamten angewiesen hatte, den Schaden, der im Geschäft entstanden war, aufzunehmen und die Verkehrssperre aufzuheben, ging er zu seinem Fahrzeug zurück, wo ihn Walz erwartete.

»Eigentlich hab' ich jetzt überhaupt keine Lust mehr, zu der Dernberg zu gehen, ich finde, für heute haben wir unsere Pflicht mehr als erfüllt«, sagte Vogel mit einem ostentativen Blick auf seine Armbanduhr. »Dafür erkläre ich mich auch dazu bereit, den Kolb und den Wurzer von der erfreulichen Entwicklung des Geschehens in Kenntnis zu setzen. Jessas, jetzt fällt mir ein, der Wurzer wartet ja noch immer auf meinen Rückruf …«

»Gut, dann fahr du ins Kommissariat, und ich fahr mit den Öffis in den 7. zur Dernberg, dort kriegst sowieso keinen Parkplatz«, schlug Walz vor. »Auch wenn mir nach der ganzen Aufregung und dem abgebrochenen Mittagessen eher nach einem gemütlichen Feierabend zumute ist.«

Liebevoll klopfte Vogel seinem Kollegen auf die Schulter.

»Na, schau, vielleicht ist sie blond, von anmutiger Schönheit und gerade fürchterlich einsam, da wär ich doch bloß im Weg …«

5. KAPITEL
(MITTWOCH)

Als er im Bus Platz nahm, der ihn in den 7. Bezirk bringen sollte, fühlte sich Alfons Walz mit einem Mal schrecklich müde.

Offenbar hatte ihn dieser Großeinsatz doch mehr mitgenommen, als er ursprünglich gedacht hatte. Obwohl er sich dabei bewusst im Hintergrund gehalten hatte. Einem Polizisten im doch recht beschaulichen Bezirkskommissariat bot sich ja nicht allzu oft die Gelegenheit, dem Bösen mit einem solchen Aufgebot zu begegnen, es sei denn bei Banküberfällen, wo man aber ohnehin meistens zu spät kommt.

In diesem Falle hatte es sich doch ein wenig anders verhalten: Schließlich konnte man vorher nicht einschätzen, ob es dabei zu einem Schusswechsel oder gar zu einer veritablen bewaffneten Geiselnahme kommen würde. Und das wäre furchtbar für ihn gewesen. Die Verantwortung für die Tötung eines Opfers tragen zu müssen oder gar selbst einen Menschen zu erschießen, gehörte zu den großen Traumata von Walz. Glücklicherweise war er bislang noch nie in eine solche Situation geraten, und er hoffte inständig, bis zu seiner Pensionierung keine diesbezügliche Erfahrung machen zu müssen. Das übrigens war insgeheim *seine* Argumentation gegen einen Übertritt ins LKA gewesen, das sich ja ständig mit Kapitalverbrechen aller Art herumschlagen musste. Diese Bedenken hatte er freilich nicht einmal gegenüber seinem Freund Vogel geäußert, hätte eine solche Einstellung bei seinen Vorgesetzten doch leicht einen völlig falschen Eindruck von seinem Berufsethos wecken können, mit der Folge, dass sie ihn bei der nächstbesten Gelegenheit auf einen administrativen Posten abgeschoben hätten. Und dies hatte Walz unter allen Umständen vermeiden wollen, zumal ihm jegliche Art von Routinearbeit ein Gräuel war.

Doch glücklicherweise hatte sein ganz anders gearteter Kollege Vogel den Einsatz mit großer Begeisterung geführt, was ihm wieder einmal mehr zeigte, dass sie sich in ihrer Unterschiedlichkeit bestens ergänzten.

Sophia Dernberg arbeitete in einem Architekturbüro in der Lindengasse im 7. Wiener Gemeindebezirk. Hätte sich Walz' Wohnung nicht in Gehdistanz davon befunden, wäre er auf den Vorschlag Vogels wohl nicht so bereitwillig eingegangen und hätte das Gespräch auf den nächsten Tag verlegt, doch so musste er lediglich seinen Heimweg ein wenig verlängern.

Durch die Umstände ein wenig zu spät – er hatte von unterwegs aus bei Dernberg telefonisch angefragt, ob sie ihren Termin um eine halbe Stunde verschieben könnten – stand er also vor dem Architekturbüro, das sich im Erdgeschoss eines der unsäglichen Zweckbauten befand, die in den70er- Jahren in Wien mit der Begründung errichtet worden waren, seinen Bürgern mehr Wohnkomfort verschaffen zu wollen. Dafür wurden oft die für diese Stadt so typischen Gründerzeithäuser geopfert, in denen es sich, wenn sie zu erheblich niedrigeren Kosten auf den neuesten Stand gebracht worden wären, viel behaglicher hätte leben lassen als in den gesichtslosen und billig hinaufgezogenen Gebäuden, die sie ersetzten. Aber an solchen Neubauten verdienten eben genau diese Menschen viel Geld, denen das eine oder andere Mitglied der Landesregierung einen Gefallen schuldig war.

Zu solchen Privilegienrittern gehörte Sophia Dernberg definitiv nicht, denn sie fristete ihr Dasein lediglich als freie Mitarbeiterin in einem mäßig beleumundeten Architekturbüro, das sich mit kleineren Aufträgen über Wasser hielt.

Doch das machte ihr nicht allzu viel aus. Sie war eine recht bescheidene Person, die sorglos in den Tag hineinlebte. Was sie sich notabene auch leisten konnte, entstammte sie doch als einziges Kind einem wohlhabenden Elternhaus – der Vater war bis zu seiner Pensionierung Primar im Allgemeinen Krankenhaus gewesen und betrieb noch immer eine florierende Privatordination als Hals-Nasen- Ohren-Arzt. Für ihre Zukunft war also gesorgt, auch wenn sie sich darüber keine Gedanken machen wollte.

Denn das knabenhaft gebaute Mädchen mit ihrem kurzen blonden Lockenkopf gehörte zu der Sorte Mensch, der sich auch mit 36 Jahren noch als gerade der Jugend entwachsen betrachtete und zuweilen auch dementsprechend kindsköpfig verhielt. Was auf den ersten Blick nicht weiter verwunderte, sah sie doch für ihr Alter tatsächlich noch unverschämt jung aus.

Walz hatte sie nicht im Büro angetroffen, sondern davor, wie sie gerade eine Zigarette rauchte. Als er das nach seiner Schätzung gerade einmal 25-jährige Mädchen nach einer »Frau Sophia Dernberg« fragte, gab sie ihm lachend zur Antwort, dass er sie soeben gefunden hätte. Bei ihrem Anblick wunderte er sich nicht wenig, dass sie mit der doch bedeutend älter aussehenden Brigitte Neuberger in eine Klasse gegangen war.

Da es draußen für ein längeres Gespräch entschieden zu kalt war, schlug sie vor, dass sie doch ins nahe gelegene *Café Europa* gehen könnten.

Das Café, in der Zollergasse gelegen, war ein typischer Treffpunkt der jüngeren Generation, der sich andernorts auf gut neudeutsch wohl »Lounge« genannt hätte. Denn mit einem Kaffeehaus oder gar einem klassischen Café hatte dieses Lokal gar nichts gemein. Für ein typisches Wiener Kaffeehaus, in dem sich üblicherweise die Intellektuellen trafen, um sich leise auszutauschen oder eine der zahlreich aufliegenden Tageszeitungen zu lesen, ging es hier viel zu laut zu. Und für ein Café, in welchem die alten Damen zusammensaßen und, die Mütze stets auf dem Kopf, gemeinsam bei einer Torte von ihrer Jugend schwärmten oder sich kichernd über ihre Streiche in der Schulzeit ausließen, war es entschieden zu bunt. Der hochtrabenden Bezeichnung eines *Restaurants Europa* wurde die Küche nicht gerecht, ebenso wenig wie der Vorstellung eines »Gasthauses«, das hierorts den bodenständigen Lokalitäten vorbehalten war, die sich der Tradition des alten *Wiener Beisls* verpflichtet fühlten, und den Besucher mit einem Tagesmenü und klassischer Hausmannskost verwöhnten.

In den gut besuchten und weitläufigen Gasträumen herrschte eine äußerst entspannte Atmosphäre, die sich als goldrichtiges Heilmittel für Walz' angeschlagene Psyche entpuppte, zumal sich die Architektin in ihrem unkapriziösen Verhalten schon bald als durchaus unterhaltsame Begleiterin erwies.

Durchgefroren, wie er war, bestellte er sich zuerst einmal eine heiße Zitrone, während sie sich für einen Ingwertee entschied.

Nach einer entspannten Unterhaltung über tägliche Nichtigkeiten setzte Walz plötzlich eine ernste Miene auf.

»Auch wenn sich unser Beisammensein hier sehr erfreulich anlässt, ist das leider nicht der eigentliche Grund für unser Treffen, wie Sie sich ja denken können«, sagte er und schaute sein Gegenüber bedeutungsvoll an. »Ich weiß nicht, ob Sie über die näheren Umstände des tragischen Todes Ihrer Freundin unterrichtet sind.«

Dernberg legte fragend ihren Kopf schief und zog es vor, zu schweigen.

So erzählte ihr Walz von *finallylove*, dem rätselhaften Verehrer und von der Schwarzwälder Kirschtorte.

Nachdem er geendet hatte, schaute er sie erwartungsvoll an.

»Ja, also, dass sie sich in diesem Portal eingeschrieben hat, darüber wusste ich natürlich Bescheid. Aber das ist heutzutage nichts Besonderes, das machen viele in unserer Altersgruppe. Auch ich hab mich einmal bei einer solchen Vermittlungsagentur angemeldet, hab es dann aber schon bald wieder bleiben lassen. Sie glauben gar nicht, welch seltsames Gelichter sich da herumtreibt. Von frustrierten Ehemännern, die sich schon beim ersten Treffen minutiös über ihre sexuellen Vorlieben auslassen bis hin zu von ihrer Midlife-Crisis geplagten Junggesellen mit Stirnglatze und Kugelbauch, die sich nichts sehnlicher wünschen als eine Putzfrau, da wird alles geboten. Nach einigen Treffen hatte ich die Schnauze voll davon. Dann geh ich lieber in eine Bar und lass mich dort anbraten, da kann ich mir wenigstens gleich vor Ort ein Bild von meinem Verehrer machen. Und mich per Augenschein davon überzeugen, dass mein Gegenüber nicht 35 und schlank ist und über drei Universitätsabschlüsse verfügt, wie er im Netz behauptete, sondern 45 und nicht nur eine Wampe hat, sondern auch den IQ einer mittelmäßig begabten Topfpflanze. Es wird halt nirgendwo so viel gelogen wie im Netz. Das hab ich auch der Brigitte gesagt, als sie mir davon erzählte, dass sie jetzt Männer treffe, die sie dort kennengelernt hatte. Doch sie wollte es halt einmal selbst ausprobieren.«

»Hatten Sie regelmäßig Kontakt mit ihr?«

»Natürlich, wir waren schon seit unserer Schulzeit die besten Freundinnen.«

»Ah, in der Hegelgasse haben Sie sich also auch schon gekannt«, sagte Walz listig.

»Ja …«, erwiderte sie erstaunt, »waren Sie etwa auch dort?«

»Nein, aber wir versuchen, so viele Aspekte wie möglich zusammenzutragen«, log Walz routiniert.

»Respekt, gut informiert, der Herr!«

»Man tut, was man kann. Wann haben Sie sie zum letzten Mal gesehen?«

»Das war am Tag vor ihrem Tod, am 2. November. Ich weiß das deshalb so genau, weil das ihr Geburtstag war.«

»Hat sie Ihnen auch von ihren Männerbekanntschaften erzählt?«

»Natürlich!«

»Auch von dem Treffen mit der Schwarzwälder Kirschtorte, also ihrem mutmaßlichen Mörder?«

»Ja, auch davon. Sie war ganz aufgeregt darüber, dass ihr Verehrer für sie einen Kuchen macht … noch dazu eine ihrer Lieblingstorten. Sie erzählte mir lachend, dass ihr noch nie ein Mann zum Geburtstag etwas gebacken hatte …«, fassungslos griff sich Dernberg an die Stirn, »wenn sie gewusst hätte, was er damit vorhatte …«

»Da Sie so gut über Ihre Freundin informiert sind, habe ich noch eine Frage an Sie. Sie hatte ja wahrscheinlich nach ihrer Scheidung, oder vielleicht auch schon davor, ein reges

Liebesleben. Gibt es vielleicht einen Mann, mit dem sie sich derart zerstritten hat, dass sie ihn nicht mehr sehen wollte?«

»Also, während ihrer Ehe mit Mario, da war sie ziemlich treu, aus dieser Zeit ist mir keine heftige Affäre bekannt. Selbst zum Schluss hat sie sich ausgesprochen zurückgehalten, obwohl sie das ja nicht mehr musste. Direkt nach der Scheidung hat sie es ein paar Monate lang ziemlich krachen lassen, da sind wir oft miteinander um die Häuser gezogen. Dann hatte sie genug von der Freiheit gekostet und sich wieder nach etwas Festerem umgesehen …«

»Ist sie fündig geworden?«

Dernberg zuckte mit den Schultern.

»Ja und nein. Sie hatte ein paar Beziehungen, aber die haben alle nicht lange gehalten.«

»Kennen Sie den Grund dafür?«

»Es war halt nicht der Richtige dabei … Brigitte war, was Männer angeht, ein bisserl seltsam«, antwortete sie kryptisch.

»Und was heißt das genau?«

»Sie behauptete immer, dass sie schließlich nicht irgendjemand sei und daher müsse ihr Auserwählter auch besonderen Ansprüchen genügen. Er sollte gut aussehen, im Bett was taugen, gebildet sein und dazu noch eine interessante Persönlichkeit haben – mit einem Wort, ein eierlegender Wollmilcheber.«

»Und hat sie einen solchen gefunden?«, fragte Walz lachend.

»Nein, natürlich nicht. Zwar hatte sie einige mehr oder weniger lose Beziehungen mit den verschiedensten Typen, aber der Richtige war definitiv nicht dabei, deshalb hat sie es ja auch bei dieser Agentur versucht.«

»Kam es im Zusammenhang mit diesen kurzen Verhältnissen zu großen Dramen?«

»Ach, Sie meinen, sie könnte von einem ihrer verschmähten Liebhaber ermordet worden sein?«

Dernberg hielt kurz inne und dachte nach.

»Nein«, sagte sie langsam, »da war keiner dabei, dem ich so etwas zutrauen würde. Ich hab sie ja alle kennen gelernt. Die Trennungen verliefen eigentlich durchwegs friedlich, so in gegenseitigem Einvernehmen. Die Beziehungen sind ja auch nie über ein Anfangsstadium hinausgekommen. Am Ende hat man sich halt darauf geeinigt, dass man doch nicht zusammenpasst. Dramen gab es dabei keine. Außerdem hätten diese Burschen doch genau gewusst, wo sie wohnt und wenn sie ihr schon etwas antun wollten, dann hätten sie dazu nicht diese Agentur benötigt.«

Überrascht runzelte Walz die Stirn.

»Das ist natürlich völlig richtig … Sagen Sie, wollen Sie nicht zu uns kommen? Wir haben großen Bedarf an scharfsinnigem Personal.«

Dernberg lachte herzlich.

»Das ist ja bestimmt nett gemeint, Herr Inspektor, aber ich bedaure! Eigentlich bin ich mit meinem Beruf ganz zufrieden.«

»Schade …«, antwortete Walz mit einem Zwinkern, das ihr signalisieren sollte, dass dieses Angebot nicht ganz ernst gemeint war. »Und gab es vielleicht irgendwann davor etwas Derartiges? Es könnte sich möglicherweise auch um eine alte Geschichte handeln.«

»Alte Geschichte …? Da muss ich einmal kurz nachdenken.«

Walz nutzte die Pause, um sich eine Speisekarte zu holen.

»Ja, ich erinnere mich, da war eine ganz unangenehme Sache«, erinnerte sich Dernberg, als Walz wieder an den Tisch zurückkehrte. »Allerdings ist das schon ewig her. Da war ein Bursche unsterblich in Brigitte verliebt, und sie waren für einige Wochen sogar ein Paar gewesen. Als sie jedoch den Mario, also ihren späteren Mann, auf einer Party kennenlernte, war es mit dem Typen sofort vorbei. Na ja, der Mario war damals ein unglaublich gut aussehender Mann und Pilot von Beruf. Während der andere, mein Gott, wie hieß er denn noch, irgendetwas Brotloses studiert hat, ich kann mich aber beim besten Willen nicht mehr daran erinnern, was es war. Die Brigitte hat sich natürlich sofort in den schönen Mario verliebt. Wir haben sie damals alle so beneidet, und diesen … Michael, genau, so hieß er, Michael hat sie dann ziemlich kalt abserviert. So am Telefon, ich war sogar daneben gestanden. Das war nicht schön von ihr. Und ihn hat das damals schrecklich getroffen. Er hat dann den Kontakt zu mir gesucht, um sich bei mir auszuheulen, dem ging es damals wirklich unglaublich dreckig, mit Selbstmordabsichten und allem, was so dazugehört.«

»Könnte es vielleicht sein, dass dieser Michael Philosophie studiert hat?«, fragte Walz interessiert.

»Ja, ich glaube, Philosophie war es, oder Soziologie? Irgend so etwas Geisteswissenschaftliches halt …«, erwiderte Dernberg.

»Können Sie sich vielleicht noch an seinen Nachnamen erinnern? Das wäre wirklich wichtig. Oder wenigstens, wo er zur Schule gegangen ist? War er vielleicht auch in der Hegelgasse?«

Man sah es der jungen Frau an, wie sie sich bemühte. Sie schielte sogar ein wenig dabei, was Walz so sehr gefiel, dass er darüber schmunzeln musste.

»Vielleicht kommt es ja später wieder … Ja, er ist auch in die Hegelgasse gegangen, in die Parallelklasse.«

Freudig sah Walz die Architektin an.

»Wenn das so ist, dann brauchen Sie sich über den Nachnamen nicht mehr den Kopf zu zerbrechen. So viele Michaels wird es dort ja nicht gegeben haben … Wann haben Sie maturiert?«

»1996.«

»Und in welche Klasse sind Sie gegangen?«

»In die 8A, er war in der 8B.«

»Wunderbar«, Walz klappte seinen Filofax zu, in den er sich Notizen gemacht hatte, »wissen Sie zufällig auch, ob er Schlagzeug gespielt hat?«

Zweifelnd verzog Dernberg das Gesicht.

»Das kann ich mir nicht vorstellen, das hätte so überhaupt nicht zu ihm gepasst. Der Michael war eher so einer, der klassische Musik gehört hat, mit Opernabonnement und so … den kann ich mir beim besten Willen nicht hinter einem Schlagzeug vorstellen. Jetzt muss ich Ihnen aber sagen, dass ich es für absolut undenkbar halte, dass er etwas mit dem Tod von Brigitte zu tun hat. Der hätte sich doch eher selbst umgebracht. Und außerdem ist das schon über 15 Jahre her.«

»Trotzdem würde mich dieser Michael interessieren. Haben Sie vielleicht eine Ahnung, ob er noch in Wien lebt?«

Dernberg schüttelte den Kopf.

»Nach der Geschichte mit Brigitte habe ich ihn, wie gesagt, noch ein paar Mal gesehen, dann aber bald nicht mehr. Er wollte sogar ins Ausland gehen, glaub ich mich zu erinnern, um Abstand von dem Ganzen zu gewinnen.«

»Jetzt habe ich noch eine Frage an Sie«, sagte Walz, während er das Profilbild von dem Opfer aus seinem Filofax fischte, »kennen Sie vielleicht diese Frau?«

Mit zusammengekniffenen Augen betrachtete sie das Portrait.

»Nein, nie gesehen … Wer ist das?«

»Dieses Foto hat Ihre Freundin Brigitte bei *finallylove* als Profilbild benutzt …«

Fassungslos sah Dernberg den Inspektor an.

»Was? Das glaub ich jetzt aber nicht. Davon hat sie mir gar nichts erzählt!«

»Können Sie sich vielleicht vorstellen, warum sie das getan hat?«

»Nein, ich habe absolut keine Ahnung! Als Jugendliche haben wir uns manchmal solche Späße erlaubt, um eine Klassenkameradin zu ärgern, aber das?«

Walz schien plötzlich hellwach.

»Halt!«, rief er so laut aus, dass Dernberg erschrocken zurückwich, »das könnte doch bedeuten, dass Brigitte vielleicht die Frau gekannt hat, und ihr mit dem Bild eins auswischen wollte …«

Dernberg schaute ihn ausdruckslos an.

»Und was hätte sie damit bezwecken sollen? Schließlich war ja sie es, die die Männer getroffen hat.«

»Das ist auch wieder wahr«, erwiderte er ernüchtert. Walz war heute wirklich schon reichlich abgespannt.

Nachdem er kurz die Speisekarte überflogen hatte, legte er sie seufzend beiseite und schaute auf seine LeCoultre.

»Na, nichts dabei?«, wollte Dernberg wissen.

»Nein. Ich glaube, ich brauch jetzt etwas Anständiges zu essen, der Tag war fürwahr aufregend genug«, sagte er mehr zu sich selbst und schaute sie etwas länger an, als es der Anstand zuließ.

Da sie ihn daraufhin freundlich anlächelte, nahm er sich ein Herz und fragte sie ganz einfach:

»Hätten Sie nicht auch Lust auf ein gepflegtes Achterl und eine entsprechende Unterlage?«

Einen Moment lang sah sie ihm forschend in die Augen.

»Gut, was schlagen Sie vor?«

Walz' Müdigkeit schien wie weggewischt.

»Kennen Sie das *Steman*? Das ist so eine Art Stammbeisl von mir, etwa zehn Minuten zu Fuß von hier.«

»Okay, dann gehen wir dorthin!«

Fröhlich winkte Walz der Kellnerin, wobei er es sich nicht nehmen ließ, seine Begleiterin einzuladen.

Die ließ sich das gerne gefallen.

Während sich Walz also in charmanter Begleitung von den Strapazen des Tages erholte, hatte Vogel noch ein ordentliches Pensum zu erledigen.

Gerade vom obligaten Hundespaziergang zurückgekehrt, hatte er sich an den Tisch gesetzt, um mit seiner Familie zu Abend zu essen.

Heute bemühte er sich um ausgesuchte Freundlichkeit gegenüber seiner Frau, zumal er ihr noch gestehen musste, dass er »im Zusammenhang mit dem Mordfall« noch einmal »aus dem Haus« müsse, um einen »wichtigen Zeugen« zu vernehmen.

Dass es sich bei diesem »wichtigen Zeugen« um niemanden anderen als seine Geliebte Michelle handelte, machte ihm die Beichte nicht leichter.

»Du hast hoffentlich nicht vergessen, dass du deiner Tochter versprochen hast, dich heute Abend mit ihr zu beschäftigen«, äußerte Martina in mahnendem Ton, als sie das Nachtmahl servierte.

»Nein, natürlich nicht, Martina. Wie könnte ich denn meine kleine Laura vergessen?«, sagte er mit vor Zärtlichkeit zusammengebissenen Zähnen und kniff seine von ihm überaus geliebte Tochter sanft in die Wange. »Was machen wir denn heute Abend, mein Schatz? Lesen wir etwas zusammen?«

Die Zehnjährige, die sich bereits intensiv mit dem Computer zu beschäftigen begann, und dort am liebsten SIMS spielte, schaute ihn verständnislos an.

»Nein, du weißt doch, dass ich nicht gerne lese, außerdem bin ich schon lange kein kleines Mädchen mehr.«

»*Mein* kleines Mädchen bist du immer noch. Außerdem solltest du lesen, es gibt so viele tolle Bücher für Kinder in deinem Alter! Weißt du, wenn du liest, tauchst du in deiner Fantasie in ganz andere Welten ein, das ist doch viel spannender als irgendetwas vorgekaut zu bekommen.«

Der mit großer Emphase vorgebrachte Appell Vogels verhallte ungehört, denn Laura stocherte weiter lustlos in ihrem Kartoffelgulasch herum, dessen Zubereitung Martina Vogel vorzüglich beherrschte.

»Du weißt genau, dass mich das elend langweilt …«, maulte sie mit vorgeschobener Unterlippe.

»Ja, aber was sollen wir sonst heute Abend unternehmen?«, fragte Vogel mit einem ratlosen Blick zu seiner Frau.

Laura zuckte zweimal mit den Schultern.

»Schau, ins Kino können wir nicht, du hast morgen Schule. Gibt es nicht etwas, was du mit mir machen willst?«

»Ihr könntet euch zum Beispiel zusammen einen Tierfilm anschauen, den mit den Affen, den hast du doch so gern, Laura«, versuchte nun Martina ihr Glück.

Laura verdrehte die Augen.

»Den haben wir doch schon tausendmal angeschaut …«

»Oder sollen wir was spielen? In deinem Alter hab ich leidenschaftlich gern Monopoly gespielt.«

»Ja, das ist eine gute Idee, da spiel ich sogar mit«, warf Martina begeistert ein.

»Nein, ich mag das nicht«, antwortete Laura unwillig.

»Was hältst du davon, wenn wir nachher einfach ein wenig miteinander plaudern, du wolltest mir doch eh etwas über deine neue Schule erzählen …«

»Ja, gut«, lenkte Laura mürrisch ein, die einige Wochen zuvor ins Gymnasium gekommen war.

Nachdem sie die Dame des Hauses abserviert hatte, zogen sich Vogel und seine Tochter in ihr Zimmer zurück.

Er setzte sich auf das Sofa und legte seinen rechten Arm über ihre Schulter.

»Erzähl mal, wie kommst du denn mit deinen neuen Mitschülern aus?«, begann Vogel.

»Gut«, erklärte Laura einsilbig.

»Und, hast du schon Freunde gefunden?«, fuhr er fort.

»Ja, ein oder zwei sind ganz nett.«.

»Burschen oder Mädchen?«

»Mädchen, Katharina und Sophie.«.

»Und wie sind die so?«

»Ganz nett.«

»Wohnen die hier in der Gegend?«

»Ja.«

»Das trifft sich ja gut. Macht ihr auch einmal etwas zusammen?«

»Ja, am Wochenende wollen wir zusammen vielleicht ins Kino gehen.«

»Schön, was wollt ihr euch denn anschauen?«

»Ice Age 5.«.

»Das ist ja fein, und sonst?«

»Was, sonst?«

»Ich meine, macht ihr auch sonst etwas zusammen?«

»Nein.«

Vogel atmete hörbar durch, eine Unterhaltung mit seiner Tochter glich ja fast einem Verhör mit einem störrischen Verdächtigen.

»Und wie kommst du mit deinen neuen Lehrern aus?«

»Ganz gut.«

»Hast du einen Lieblingslehrer?«

»Ja, die Bio-Lehrerin ist ganz nett …«

»Darin wirst du ja auch gut sein, du hast dich ja schon immer für Tiere interessiert.«

»Ja.«

»Und wie sind die anderen Lehrer so?«

»Ganz nett …«

Er merkte an ihrer Körpersprache, dass sie eigentlich viel lieber am Computer säße und ihr geliebtes SIMS spielen würde, denn mit der Dauer des Gesprächs wurde sie immer zappeliger und schaute begehrlich zu ihrem Rechner.

»Na, dann scheint ja alles gut zu sein. Willst du vielleicht noch etwas mit mir besprechen?«

»Nein.«.

»Dann lauf zu deinem Computer, aber du weißt, dass du immer zu mir kommen kannst, wenn dich etwas bedrückt!«

Erleichtert sprang die Kleine auf und setzte sich an ihren Schreibtisch, während er noch nachdenklich sitzen blieb und seiner Tochter dabei zusah, wie sie sich in die von ihr bevorzugte Scheinrealität versenkte.

Selbst wenn er es sich nur ungern eingestehen wollte, auch Vogel war froh gewesen, als sie ihn von dieser geistlosen Fragerei erlöst hatte.

Und das bereitete ihm ein schlechtes Gewissen. Hatte er es tatsächlich verlernt, mit seiner Tochter, die er ohne Zweifel über alle Maßen liebte, zu kommunizieren?

Hatte er sich, wie ihm seine Frau zuweilen vorwarf, wirklich zu wenig um Laura gekümmert in den letzten Jahren?

Seufzend stand er auf und strich seinem Kind noch einmal traurig über den Kopf, bevor er das Zimmer verließ.

»Was, bist du schon fertig?«, empfing ihn seine Gattin, als er leise die Tür zum Kinderzimmer schloss.

»Sie wollte lieber SIMS spielen …«, konstatierte er niedergeschlagen.

»Das hast du jetzt davon. Wie oft habe ich dir schon gesagt, dass du dich mehr um deine Tochter kümmern sollst! Andere Väter halten das ganze Wochenende für ihre Familie frei, um den Kontakt zu ihr nicht zu verlieren. Wie du jetzt siehst, geht das ganz schnell, und man wird als Fremder angesehen. Und was gedenkst du jetzt dagegen zu tun?«

Herausfordernd hielt sie ihr Kinn vorgestreckt. Jetzt fehlte nur noch, dass sie ihre Arme in die Hüften stemmte, eine Geste, die Vogel jedes Mal aufs Neue provozierte, weil sie ihm äußerste Kampfesbereitschaft signalisierte. Doch solange sie das Geschirrtuch in der Rechten und den Teller in der Linken hielt, war er wenigstens davor sicher.

»Warum stellst du mir eigentlich immer Fragen, die ich nicht beantworten kann?«, schnaubte er verärgert. »Glaubst du nicht, dass ich gerne mehr Zeit für Laura aufbringen würde? Aber in meinem Beruf geht das halt nicht!«

»Das ginge sehr wohl, wenn du nur wolltest! Den einen Sonntag, den du im Monat für uns reservierst, wenn es gut geht, und die drei Wochen Sommerurlaub sind einfach nicht genug! Andere schaffen es ja auch. Schau dir nur den Florian an, der unternimmt jeden Sonntag etwas mit seiner Familie, und schafft es dabei auch noch, seine Frau glücklich zu machen!«

Diesen Seitenhieb tunlichst ignorierend hob er ratlos die Arme.

»Der sitzt ja auch im Finanzamt und kann jeden Abend gemütlich zu Hause verbringen!«

Unterdessen hatte sich Martina des Tellers entledigt, das Handtuch störte sie übrigens beim Hände-in-die-Hüfte-Stemmen nicht im Mindesten.

»Du bist auch Beamter, sogar Chefinspektor, also viel höher gestellt als der Florian. Wenn du nur wolltest, könntest du dir sicherlich deinen Dienst so einteilen, dass du uns wenigstens jedes zweite Wochenende widmen könntest … Weißt du, was ich glaube? Deine Familie interessiert dich einen Scheiß!«

»Okay, dann sag halt den Verbrechern, dass sie sich am Wochenende freinehmen, dann könnte es klappen«, antwortete Vogel laut.

Seine Traurigkeit war unterdessen in schiere Wut umgeschlagen.

»Das ist doch ein ausgemachter Blödsinn, den du da von dir gibst. Schließlich gibt es genug Kriminalbeamte, die dir untergeordnet sind. Sollen die doch auch einmal etwas tun am Wochenende, nicht immer nur du. Aber du glaubst ja, ohne dich würde Wien im totalen Chaos versinken, Mr. Superhirn!«

»So, jetzt reicht mir's, ich geh!«, brüllte Vogel, schnappte seine treue Greyhoundhündin Emily und schlug die Haustür hinter sich zu.

Zwar hatte er sich die Abendgestaltung ein wenig harmonischer gewünscht, aber immerhin blieb ihm dadurch die Ausrede erspart, so dass er sich problemlos zu Michelle begeben konnte.

Als er um die Ecke gebogen war, rief er sie an, um ihr sein Kommen anzukündigen.

Bis er Ottakring erreicht hatte, wo seine Affäre eine Garconniere bewohnte, hatte er genug Zeit, um sich so sehr zu beruhigen, dass er ihr einigermaßen gefasst gegenübertreten konnte. Doch diese erkannte mit untrüglicher weiblicher Intuition die aufgewühlte Gemütsverfassung ihres Liebhabers.

»Hast leicht wieder gestritten mit der Martina?«, erkundigte sie sich gleich nach dem Begrüßungskuss, während sich ihr Mops Bruno und Emily freudig begrüßten.

»Ja, so eine blöde Gurke, wie die immer gleich untergriffig wird, das ist zum Speiben, sag ich dir!«, knurrte er mit verächtlichem Gesichtsausdruck.

»War was wegen mir?«

Besorgt schaute sie ihn an.

»Nein, eh immer dasselbe, ich würde mich nicht um die Familie kümmern, das übliche Gesudere halt!«

»Wie lange willst du das eigentlich noch mitmachen?«, fragte Michelle, während sie ihm zärtlich seinen Mantel abstreifte.

»Du weißt doch selbst, dass eine Trennung für mich wegen der Laura nicht infrage kommt. Ich würde mir das nie verzeihen, wenn ich deswegen das Kind verlieren würde …«

»Das müsstest du ja nicht zwangsläufig, auch Väter haben jetzt immer mehr Rechte, das habe ich gerade in der Zeitung gelesen.«

»Ja, und wenn die Martina einen neuen Mann kennenlernt und der meinetwegen in Salzburg lebt, was dann? Dann seh ich die Laura nur mehr einmal im Monat oder während der Ferien, wenn ich Glück habe. Nein, nein, das kann ich dem Kind nicht antun.«

»Wenn ihr dauernd streitet, tut ihr ihm damit auch keinen Gefallen.«

Unwillig musterte Vogel seine Freundin.

»Jetzt komm einmal her«, gurrte Michelle, zog ihn zu sich herab und umarmte ihn, um ihn wie ein Baby zu wiegen.

Nach wenigen Minuten lagen sie in zärtlicher Verschlingung.

Vogel war schon immer ein ungestümer Liebhaber, doch dieses Mal mischte sich eine geradezu existentielle Wut in seine Leidenschaft.

Was Michelle, die immerhin schon ein halbes Jahr ein Verhältnis mit ihm unterhielt, natürlich nicht entging.

Vergeblich versuchte sie, ihn mit Zärtlichkeiten zu beruhigen.

Aber als er sie in seiner Raserei versehentlich auf die Zunge biss, war es auch mit ihrer Geduld vorbei.

»Nein, so geht das nicht«, rief sie entschlossen und schob ihn von sich weg. »Ich möchte nicht länger als Prellbock für deine Aggressionen herhalten müssen, die du bei deinen Besuchen mitbringst. Ich bin auch jemand, der ein Recht auf Zuwendung und Zärtlichkeit hat. Glaubst du, für mich ist das so einfach, mit einem verheirateten Mann zusammen zu sein? Immer auf ihn zu warten, in der Furcht, dass er doch noch im letzten Moment absagt, weil seine Alte ihn nicht fortlässt. Und wenn er dann endlich kommt, muss ich völlig für ihn da sein und meine Bedürfnisse in den Hintergrund stellen, weil er sonst grantig wird. Nein, das ist kein Leben für eine junge Frau. Ich sehe so einfach keine Zukunft mehr für uns. Entweder du verlässt deine Frau oder ich verlasse dich!«

So, jetzt war es raus, das Unvermeidliche, das sie schon seit Wochen mit sich herumgeschleppt hatte und sich bislang doch nicht hatte eingestehen wollen.

Es war schwer zu unterscheiden, wen von beiden diese Aussage mehr überraschte.

Michelle, die diesen Gedanken bestimmt schon hundertmal im Geist formuliert hatte, oder Vogel, den dieser Angriff völlig unvorbereitet traf.

»Ja, wenn das so ist …«, sagte er ruhig, und nahm wortlos seine Sachen, um sich im Vorzimmer anzukleiden.

Das Letzte, was sie von ihm hörte, war sein Rufen nach dem Hund und das leise Schließen ihrer Wohnungstür.

Er war nicht einmal besonders verärgert gewesen, als er in sein Auto stieg, irgendwie hatte es sich einfach so ergeben.

Und je mehr Vogel darüber nachdachte, was sie ihm vorgeworfen hatte, desto mehr sah er ein, dass sie recht hatte. In seiner Situation wäre es wirklich das Beste, sich eine Geliebte zu nehmen, die selbst gebunden ist oder wenigstens nicht die Absicht hat, ihn seiner Familie abspenstig zu machen.

Weil er das beim nächsten Mal von Anfang an klarstellen würde, so viel wenigstens stand für ihn fest.

Warum sollte er heute Abend nicht einmal bei *finallylove* nachschauen, ob er eine geeignete Aspirantin fände, er musste eh noch ein bisserl recherchieren, wie so eine Kontaktanbahnung abläuft.

So wenigstens sprach er zu Emily, die all die Launen ihres Herrn mit demselben Stoizismus hinnahm, der einem Greyhound nun einmal eigen ist.

Als Vogel um halb elf nach Hause kam, lag seine Familie zu seiner Erleichterung schon im Bett.

Einem gemütlichen Abend stand somit nichts mehr im Wege.

Da es dazu unbedingt geistigen Beistands bedurfte, goss er sich erst einmal ein großes Glas seines Lieblingswhiskys, eines zwölfjährigen Bowmores, ein, bevor er sich behaglich grunzend vor dem Computer niederließ und eine Pfeife stopfte, während er den Rechner hochfuhr.

Zuerst sah er im Postfach nach, ob es schon irgendwelche Reaktionen auf sein Zwinkern oder seine beiden Mails gegeben hatte.

Und tatsächlich fand sich eine Nachricht in seinem virtuellen Briefkasten.

Sie stammte von der Dame, die er kontaktiert hatte, weil ihm ihr Profil so gut gefallen hatte.

Er las:

›Hallo Greyhound, deine Beschreibung klingt ja ganz reizvoll, allerdings ist es zu wenig, um mich von einem möglichen Treffen zu überzeugen. Ich mag geistreiche Briefe, also streng dich gefälligst an ;-) Lou.‹

Nachdem er noch einmal sorgfältig ihr Profil durchgelesen hatte, dachte er nach.

Einer ihm völlig unbekannten Frau zu schreiben, von der er lediglich wusste, dass sie 42 Jahre alt war, konventionellen Sex mochte, der auch ein bisschen versaut sein konnte, dass sie es schätzte, wenn man ihr dabei die Augen verband und wenn ihr Gegenüber gut mit den Händen war, dass sie oralen Sex, viel Ausdauer und Küssen gern hatte, war eine bis dahin noch nie an ihn gestellte Herausforderung.

Dass sie sich als schlank beschrieb, ihre Haare schwarz und ihre Augen braun waren, sie also zumindest theoretisch seinem Beuteschema entsprach, half ihm in diesem Falle auch nicht wirklich weiter.

Vogel goss sich noch einen Whisky ein, bevor er sich mit einem tiefen Seufzer über die Tastatur beugte.

›Hallo Lou, vielen Dank für dein Schreiben, das mich zu hoffentlich geistreichen Höhenflügen inspiriert. Doch bevor ich die irdischen Gefilde verlasse und mich die Wolken der Poesie davontragen, sollte ich, als Gentleman alter Schule, vielleicht erst einmal auf die von dir angeführten Ansprüche eingehen: Als »stylish/chic« würde ich mich durchaus bezeichnen, wobei ich eine besondere Schwäche für alles habe, was man gemeinhin als »Englisch« bezeichnet (mit Ausnahme der Küche und der Ohren). Ich rauche Pfeife, besitze einen Greyhound, fahre ein englisches Auto, spiele ganz manierlich Bridge und trage zu meinen englischen Schuhen mit Vorliebe Tweed-Sakkos und Cordhosen. Du hättest gerne einen Mann, der eine sportliche Figur hat? Ich bin 1,88 groß, wiege 78 kg und bin ziemlich gut in Form. Man sagt mir nach, dass ich »humorvoll« wäre, wobei ich einen leichten Hang zum Sarkasmus habe und politisch völlig unkorrekt bin. »Kreativ« bin ich nur im Bett! Bezüglich meines »Kommunikationstalents« kann ich dir lediglich mitteilen, dass ich dich einen ganzen Abend lang unterhalten kann, ohne, dass du ein Wort sagen musst. »Sehr gepflegt« bin ich ohnedies, ich rasiere sogar meine Achselhöhlen ;-). Gut, jetzt kannst du dir immerhin schon einmal ein Bild von deinem Verehrer machen.

Du schreibst, du magst konventionellen Sex, der ein bisserl versaut ist, da bin ich ganz bei dir. Deine Augen verbinde ich dir sogar, auch wenn ich sie gerne beim Sex beobachten würde. Meine Hände machen nicht immer, was ihnen die gute Erziehung vorschreibt, daher sind sie sehr gewandt. Dass du oralen Sex schätzt, befriedigt sehr, dass du großen Wert auf viel Ausdauer legst, ebenso, denn dem Karnickelalter bin ich schon längst entwachsen.

Wenn ich mir jetzt mein Elaborat so durchlese, muss ich leider einräumen, dass es doch nicht so geistreich geworden ist, wie du es vielleicht erwartet hast, auch die Wolke der Poesie hat mich nicht davongetragen, doch immerhin weißt du jetzt eine ganz Menge über mich – und das hast du mir voraus! Greyhound

P.S.: Wenn du mir ein Foto von dir schicken könntest, würde ich mich sehr freuen!‹

Nachdem er diesen Brief, der ihn immerhin eine gute Stunde beschäftigt hatte, nach mehrmaligem Durchlesen abgeschickt hatte, fühlte er sich seltsam beschwingt und beschloss, seinem virtuellen Bridgeklub noch einen Besuch abzustatten, um nach potenziellen Partnern Ausschau zu halten, die bereit waren, mit ihm ein paar Hände zu spielen.

Sein Kollege Walz und Sophia Dernberg saßen unterdessen bei ihrem inzwischen sechsten Achtel und unterhielten sich prächtig miteinander. Da sich jedoch das *Steman* gegen 23 Uhr beträchtlich zu leeren begann und sie nicht die einzigen Gäste bleiben wollten, beschlossen sie, noch ein letztes Fluchtachterl im unweit davon gelegenen *Tanz-Café Jenseits* in der Nelkengasse einzunehmen, das Sophia ebenfalls nicht kannte.

Längst hatten sie das formelle »Sie« mit dem persönlichen »Du« vertauscht, und ein oberflächlicher Beobachter hätte die beiden gar für ein Liebespaar halten können.

Doch soweit war es noch lange nicht, und ob es jemals so weit kommen würde, war noch keineswegs eine ausgemachte Sache.

Denn unser guter Walz war über die unerfreuliche Geschichte mit Clara Montero, die ihn vor einem halben Jahr aus beruflichen Gründen verlassen hatte – die Rundfunkjournalistin war einem Ruf nach Hamburg gefolgt – noch immer nicht hinweggekommen, und daher eigentlich für eine neue Beziehung noch nicht unvoreingenommen genug.

Sophia Dernberg hingegen wäre leichtsinnig genug gewesen, um sich auf eine zwanglose Liaison mit ihrem »Lieblings-Kieberer«, wie sie ihn inzwischen bezeichnete, einzulassen. Dass es genau dieser Leichtsinn war, der Walz vor dem letzten Schritt zurückhielt, konnte sie freilich nicht ahnen.

Denn Walz hatte Angst.

Was, wenn er sich ernstlich in die in ihrer Kindsköpfigkeit reizende Sophia verlieben würde?

Die dann, ihrem kindlichen Naturell folgend, ihm irgendwann einmal mitteilte, sie habe jetzt eigentlich doch keine Lust mehr.

Ein solches Risiko einzugehen, dazu fehlte es ihm noch eindeutig an Courage.

So besuchten die beiden wohl Arm in Arm, aber ansonsten gar nicht ineinander verschränkt, die skurrile Bar, die in ihrem plüschigen Innern an einen Nachtklub aus den 60er-Jahren gemahnte. Nachdem sie einen bulligen Türsteher passiert hatten, gelangten sie in das Innere dieses seltsamen

Etablissements. Ebenso außergewöhnlich wie das Interieur war das Verhalten einiger Besucher, die sich in einem von der Bar mit einer Glastür abgetrennten Bereich zu den Rhythmen bewegten, die ihnen ein Disc-Jockey vorgab.

Die beiden Besucher machten es sich erst einmal in einem lauschigen Eck neben dem Tresen bequem, das sich fast wie ein Separee ausnahm.

»Es ist ja wirklich völlig schräg hier«, meinte Sophia, während sie fasziniert die Ausstattung des ehemaligen Nachtklubs betrachtete, »diese Hütchenlampen und diese Tapete, ich kann nicht glauben, dass so etwas überhaupt noch existiert.«

»Ja, auch die 60-Jährigen brauchen halt ihr Rückzugsgebiet, in dem sie sich an ihre Jugend erinnern können«, meinte Walz schmunzelnd.

»Nur, dass es hier überhaupt keine 60-Jährigen gibt … Wie alt bist du eigentlich, Alfi? Du erlaubst doch, dass ich Alfi zu dir sage? Alfons klingt so streng …«, sagte sie mit einem leichten Zungenschlag.

»Ja, natürlich, Sopherl, ich bin 42, habe also noch 18 Jahre Zeit, um mir hier meine Daseinsberechtigung zu verdienen.«

»Und du warst nie verheiratet?«

»Nein, noch nie!«

»Wolltest du nicht oder konntest du nicht?«, fragte sie schelmisch.

»Sowohl, als auch. Wenn sie wollte, konnte ich nicht und wenn ich wollte, konnte sie nicht …«, gestand er mit entwaffnender Offenheit ein.

»Kam es oft vor, dass du wolltest?«

»Nein, eigentlich nur einmal.«

»Und, wie war sie?«

»Das kann ich dir nicht mit einem Satz beantworten, und eigentlich will ich es auch nicht.«

»O je, das ist noch nicht lange her, stimmt's?«

»Ja.«

Damit war auch Sophia klar, dass eine leichtsinnige Liaison für ihn nicht infrage kam.

Doch, wie stets, wenn etwas unerreichbar schien, erhöhte dies seinen Reiz beträchtlich.

6. KAPITEL
(DONNERSTAG, 16. NOVEMBER)

»Ich glaub, das letzte Achtel gestern war schlecht«, brummte ein sichtlich derangierter Walz seinem Kollegen zu, als dieser ihr gemeinsames Büro betrat und ihn interessiert musterte.

Der beneidenswerten Spezies der Morgenschönheiten gehörte Walz an diesem Tag definitiv nicht an.

»Wie es scheint, hat dich die Vernehmung der Dernberg ziemlich mitgenommen. Doch sei getrost. Wenn ich mitgekommen wär, hätte auch ich mir viel Unbill erspart«, bemerkte Vogel, während er Walz über die Schulter schaute, um das Gedächtnisprotokoll zu lesen, das sein Kollege gerade über den gestrigen Abend verfasste.

»Ah, ein Michael ist also der Grund für dein Ungemach. Gibt's auch noch einen zweiten Namen dazu?«

»Bis jetzt noch nicht, aber das lässt sich mit einem einfachen Telefonanruf klären …«, erwiderte Walz, dem das Verfassen des Berichts heute offensichtlich besonders viel Mühe bereitete, da seine Denkpausen doch erheblich mehr Zeit in Anspruch nahmen, als deren dokumentierte Resultate rechtfertigten. »Das könntest eigentlich gleich du erledigen. Ruf doch bitte einmal im Gymnasium in der Hegelgasse an, ob da ein Michael 1996 in der 8B maturiert hat.«

Vogel tat, wie ihm geheißen.

Als Walz endlich seine Arbeit beendet hatte, teilte ihm auch schon sein Kollege die gewünschte Information mit:

»Michael Habenreither heißt der Bursche … Ich hab auch gleich im Melderegister nachgeschaut, seit 2001 wohnt er in der Währinger Straße 23.«

»Hm, wenn er einem bürgerlichen Beruf nachgeht, ist der jetzt eh in der Arbeit. Schaust du mal nach seiner Handynummer?«

»Bin schon dabei … Was hat er denn eigentlich ausgefressen, dieser Habenreither?«, fragte Vogel, während er die Telefonnummer aus den unergründlichen Tiefen des Internets fischte.

»Na, wenn wir sehr viel Glück haben, könnte er vielleicht etwas mit dem Tod der Neuberger zu tun haben. Er ist früher einmal ziemlich übel von ihr behandelt worden, allerdings, und das ist die schlechte Nachricht, ist das schon verdammt lange her.«

»Rache ist eine Speise, die kalt genossen wird, wie wir wissen. Immerhin scheint sich das Gespräch mit der Dernberg ja gelohnt zu haben … auch wenn du anscheinend ziemlich lange gebraucht hast, bis sie es dir endlich gestanden hat«, sagte Vogel mit anzüglichem Grinsen.

Walz schaute ihn müde an.

»Wie kommst du jetzt da drauf?«

»Wenn ich dich so anschaue, scheint sich euer Gespräch doch etwas in die Länge gezogen zu haben, oder warst du noch anderweitig unterwegs?«

»Nein«, seufzte Walz vernehmlich, »die eine hat mir gereicht. Im Unterschied zu dir befinde ich mich ja nicht in der Lage, gleichzeitig eine Ehefrau, eine Geliebte und noch so manch andere Dame, mit der du eine Brieffreundschaft unterhältst, beglücken zu müssen.«

»Die eben angeführte Auswahl hat sich gestern Abend um zumindest eine Person verringert«, murmelte Vogel, während er das Pfeifenetui aus seiner braunen Schirmtasche hervorholte.

»O je, hast eine Abfuhr erhalten bei deinen Recherchen?«

»Ganz au contraire, o du mein Walz, da entwickelt es sich durchaus verheißungsvoll. Die Michelle ist gestern leider auf der Strecke geblieben.«

Walz nickte bedächtig.

»Na, dann hast ja jetzt wieder Kapazitäten frei … Und, war's schlimm?«

In wenigen Sätzen erklärte ihm Vogel, was gestern vorgefallen war.

»Dann ist es ja eh besser so, am Ende hätte sie noch deine Frau besucht, um ihr klarzumachen, dass sie eigentlich viel besser zu dir passt … So, und jetzt gib mir bitte die Nummer vom Habenreither.«

Doch Vogel dachte nicht daran und stopfte seelenruhig seine Pfeife.

»Warum so eilig in aller Früh, o du mein Walz? Erzähl mir doch erst einmal etwas über deinen gestrigen Abend. Angesichts dessen, dass du der Dernberg unter so großen Mühen eine wichtige Information entlockt hast und heute Morgen aussiehst wie dem Scheißdreck sein Kind, darf ich mir als dein alter Mitstreiter und Freund doch eine Auskunft auf die Frage erwarten: Wie kam's so weit?«

Unwillig verzog Walz den Mund.

»Danke für die bildhafte Beschreibung meiner Physiognomie, aber du schaust auch nicht gerade aus, als kämst du direkt von der Gurkenmaske, wenn ich mir die Bemerkung erlauben darf. Nett war's, die Sophia ist noch ein richtiger Kindskopf, wir haben sehr viel gelacht …«

»Na ja, beim Lachen wird's ja nicht geblieben sein, nehm ich an. Wer lacht schon zehn Stunden lang … Und, hübsch ist sie auch?«

»Ja, auf ihre Art ist sie auch hübsch zu nennen. Blond und zierlich ist sie halt.«

Genüsslich entzündete Vogel seine Pfeife.

»Na, schau, kehren wir also zum ursprünglichen Schönheitsideal zurück«, bemerkte er nach den ersten Zügen, die ihn fast zur Gänze in Rauch hüllten. »Umso besser für mich, dass du dich nicht mehr in meiner Interessenssphäre herumtreibst, ja, die dunklen Frauen brauchen eben einen ganz speziellen Typ Mann … Und zeitigte dieser Abend neben der unschätzbaren Information über den vermeintlichen Täter auch noch andere Resultate?«

»Zu laufenden Verfahren äußere ich mich nicht«, antwortete Walz, sich mit beiden Händen der umherwabernden Rauchschwaden erwehrend.

»Ah, ich verstehe – und wann ist voraussichtlich mit dem Prozessende zu rechnen?«

»Da hierzu noch einige tief greifende Untersuchungen vonnöten sind, wäre es definitiv verfrüht, eine Mutmaßung zum Termin der endgültigen Urteilsverkündung auszusprechen.«

»Ach, Walz, du bist fad!«, rief Vogel verärgert aus, »war jetzt was oder war nix zwischen euch? Ich möcht doch nur wissen, ob dein trübes Aug' vom Schnackseln oder vom Saufen kommt.«

»Wie ich dir ja bereits eingangs erklärt habe, war scheinbar das letzte Achtel schlecht – wählst du mir jetzt bitte die Nummer?«

Walz reichte dem Kollegen sein Handy herüber, der ihm die Verbindung herstellte.

»Ja, Grüß Gott Herr Habenreither, Chefinspektor Walz vom Kommissariat Josefstadt am Apparat … Nein, Sie brauchen keinen Schreck zu bekommen, es ist nichts passiert. Wir bräuchten lediglich eine Auskunft von Ihnen. Wäre es Ihnen vielleicht möglich, noch heute bei uns vorbeizuschauen? Nein, es dauert sicherlich nicht länger als 20 Minuten. Ah, dann ginge es schon um 10 Uhr? Das ist ja wunderbar. Kommissariat Josefstadt, Fuhrmannsgasse 5, 3. Stock, Zimmer 312, Walz mein Name. Vielen Dank.«

Vogel schaute auf seine Omega.

»Dann haben wir noch eine Dreiviertelstunde Zeit. Was hältst du davon, wenn wir die drei Haberer von der Neuberger vorladen? Das hat zwar das LKA auch schon gemacht, aber wer weiß, was sie die alles nicht gefragt haben. Auf die Dernberg sind die ja auch nicht gekommen.«

»Sehr erfreut werden die nicht gerade sein, kann ich mir vorstellen. Jetzt gehen sie einmal fremd und dann werden's gleich mehrmals von der Polizei verhört. Des ist ja schlimmer als bei der Maria Theresia.«

Fragend schaute Vogel seinen Kollegen an.

»Wie kommst du jetzt gerade auf die?«

»Na, die berüchtigte Keuschheitskommission. Nur weil sie schon 16 Kinder hatte und ihr Ehemann nur mehr die Bestäubung seiner Pflanzen und die Besamung seiner Mätressen im Kopf gehabt hat, wollte sie die Prostitution in Wien verbieten, womit sie allerdings bei ihrem Sohn Joseph, dem nachmaligen Kaiser, auf wenig Gegenliebe gestoßen ist, weil der sich ja sehr gerne von den leichtlebigen Damen unterhalten ließ. Zumal seine Mama ihn mit einer Frau von seltener Hässlichkeit verheiratet hat, die dazu noch seine Cousine zweiten Grades war. Der Gerechtigkeit halber muss man der großen Kaiserin allerdings zugutehalten, dass sie für ihren Sohn ursprünglich eine außerordentlich hübsche Ehefrau ausgesucht hatte. Die jedoch, eine Spanierin von großer Schönheit und von Joseph übermäßig geliebt, starb nach nur drei Jahren Ehe an den Pocken. Die zweite kam dann halt aus Bayern … Die war so schiach, dass er mit ihr, so die Gerüchte stimmen, nicht einmal die Ehe vollzogen haben soll. Doch dieses Martyrium dauerte nur zwei Jahre. Dann wurde auch sie von den Pocken dahingerafft. Und da hat selbst die Maria Theresia keine Braut mehr für ihn gefunden. Doch weil auch der allmächtigste Kaiser nichts durch die Rippen schwitzen kann, ist der liebe Joseph dann halt ins Puff gegangen, woran übrigens noch heute eine Gedenktafel bei der *Witwe Bolte* am Spittelberg erinnert, aus der er einmal unsanft hinausexpediert wurde. Dort steht heute übrigens ein Restaurant gleichen Namens, wo ich vor Kurzem eine köstliche Kalbsleber gegessen hab.«

Vogel nickte anerkennend.

»Immer wieder machst du mich vor Staunen stumm, o du mein Walz … Mit der Bildung hätte aus dir wirklich etwas Anständiges werden können. An deiner Stelle würd ich mein Hirn der Wissenschaft vermachen oder dem Polizeimuseum, da würden's schauen, die Verbrecher!«

»… Und drunterschreiben: ›Polizistenhirn, sehr selten!‹«, erwiderte Walz fröhlich.

Entschlossen klopfte Vogel auf das vor ihm liegende Aktenkonvolut.

»Genug der Bildungshuberei, jetzt geht's an die Arbeit. Rufen wir halt einmal die Kavaliere an, aber vorher würde ich vorschlagen, dass wir den Mitterwaldner darum bitten, uns von den ganzen Formalitäten im Fall Segatu zu entbinden. Mit der Neuberger haben wir eigentlich mehr als genug zu tun.«

»Einverstanden, würdest du bitte zu ihm hingehen? Ich werde derweilen unsere Freier anrufen, was ja auch nicht wirklich angenehm ist.«

Mürrisch legte Vogel seine Pfeife in den Aschenbecher und ging, ohne ein weiteres Wort zu verlieren, ein Stockwerk tiefer.

Mitterwaldners Sekretärin, ein junges Ding von vielleicht gerade einmal 25 Jahren, war Vogel noch völlig unbekannt, so dass er sich erst umständlich bei ihr vorstellen musste, damit sie sich gewogen zeigte, ihn bei ihrem »sehr beschäftigten« Chef anzukündigen.

»Herr Vogel«, rief der Referatsleiter überrascht aus, »dass Sie einmal den Weg in mein Büro finden. Normalerweise muss immer ich zu Ihnen hinaufsteigen, wenn ich Sie sprechen will.«

»Ja, Herr Mitterwaldner, Sie kommen halt immer zu uns, wenn Sie etwas von uns wollen, heute aber wollen wir einmal etwas von Ihnen …«

Der Vorgesetzte richtete sich auf und blickte ernst und gemessen, ganz der Würde seines Amtes entsprechend.

»Und das wäre?«, fragte er mit einem strengen Blick über seine Halbbrille hinweg.

»Ich wollte Sie fragen, ob Sie uns vielleicht von dem Fall Segatu, den wir ja auf die schnellstmögliche Art gelöst haben, abziehen und die Formalitäten einem anderen Team übergeben könnten. Die hauptsächliche Arbeit ist ja schon getan, es geht eigentlich nur noch darum, ob die beiden geständig sind oder nicht, die Beweislage ist schließlich eindeutig. Denn die Mordgeschichte mit der Neuberger erweist sich doch als ziemlich harte Nuss, zumal das LKA sich bei seinen Ermittlungen nicht gerade einen Haxen ausgerissen hat.«

Die letzte Bemerkung Vogels hatte rein taktische Gründe: Mitterwaldner und sein alter Ego beim LKA Hugo Mörbischer mochten einander überhaupt nicht, auch wenn sie derzeit einen Scheinfrieden wahrten. Daher war jegliche Kritik an Mörbischers Abteilung, und war sie auch nur unterschwellig, in diesem Raum höchst willkommen.

»Das verstehe ich natürlich, Herr Vogel. Auch ich bin der Meinung, dass das so hoch gerühmte LKA keineswegs unantastbar ist. Selbst wenn uns überall die Leute fehlen, wie Sie ja wissen, solch verdienten Kriminalbeamten wie Ihnen und Ihrem Kollegen Walz kann ich einen derartigen Wunsch natürlich nicht abschlagen. Und, kommen Sie voran bei Ihren Ermittlungen?«

»Ja, aber leider nur langsam, vor allem deshalb, weil uns das Motiv noch immer rätselhaft ist. Allerdings gibt es möglicherweise Grund zur Hoffnung: Gestern Abend haben wir die beste Freundin der Toten vernommen, die uns vielleicht auf eine neue Spur gebracht hat.«

»Ich weiß, dass ich mich auf Sie beide verlassen kann, Vogel.«

Mit diesen Worten stand Mitterwaldner auf und klopfte dem Inspektor mit seiner Rechten kurz auf die Schulter, mit der er ihn gleichzeitig sanft zur Tür hinausschob.

Die Audienz war beendet.

Unterdessen hatte Walz die Telefonate mit den drei Kurzzeit-Geliebten der Neuberger geführt, und sie am Nachmittag, in geziemendem zeitlichen Abstand voneinander, ins Büro bestellt.

Gerade als Vogel seinem Kollegen erzählen wollte, dass ihr Vorgesetzter schon wieder eine neue Sekretärin hatte, deren offensichtlichste Qualifikation darin bestand, sehr jung zu sein und besonders lange Beine zu haben, klopfte es leise.

Vogel, der direkt neben der Tür stand, riss diese auf und bat den Besucher mit einer schwungvollen Armbewegung herein.

Zögernd betrat ein hagerer Mann von undefinierbarem Alter den Raum, der zwar sehr korrekt, aber gleichzeitig geschmacksmäßig ein wenig nachlässig gekleidet war. Mit seinem sorgsam gescheitelten Haar und seinen eckigen Bewegungen machte er auf die Inspektoren den Eindruck eines gehobenen Beamten mit wenig Publikumsverkehr, denkbar wäre etwa der Amtsvorstand für die diplomatische Beglaubigung von Urkunden zur Vorlage im Ausland oder eben den eines Gymnasialprofessors der Philologie. Unter seinem ordentlich zugeknöpften hellbraunen Trenchcoat, sogar der Gürtel war akkurat geschnürt, kam ein ziemlich fadenscheiniger lehmfarbener Anzug zum Vorschein, der mit dem blassrosafarbenen Hemd und der dazu gewählten blauen Krawatte einfach nicht harmonieren wollte.

»Michael Habenreither«, sagte er mit leiser Stimme, »Wer von Ihnen ist bitte Herr Walz?«

»Das bin ich, und das ist mein Kollege, Chefinspektor Vogel«, antwortete der Angesprochene und reichte dem Besucher die Hand.

Dieser hängte seinen Mantel sorgfältig an den eisernen Kleiderständer, um danach den ihm angebotenen Platz einzunehmen. Walz' Frage, ob er vielleicht einen Kaffee oder ein Glas Wasser wünsche, lehnte er dankend ab.

»Nun, Herr Habenreither, der Grund, warum wir Sie herbaten, mag Ihnen möglicherweise seltsam vorkommen.« Der Inspektor machte eine bedeutsame Pause, während der er seinen Gast genau beobachtete, der ihn abwartend anschaute. »Es dreht sich um Frau Brigitte Neuberger, geborene Locher, die während Ihrer Schulzeit in Ihre Parallelklasse gegangen ist.«

Diese Mitteilung zeigte dann doch Wirkung. Bestürzt blickte der Mann Walz an, wobei seine ohnehin bleiche Gesichtsfarbe noch ein wenig fahler zu werden schien.

»Was ist denn mit Brigitte?«, fragte er mit tremolierender Stimme, während er, wie zum Trotz, sein Kreuz noch mehr durchdrückte.

»Ich muss Ihnen die traurige Mitteilung machen, dass Frau Neuberger vor etwa zwei Wochen ermordet in ihrer Wohnung aufgefunden wurde.«

Fassungsloses Entsetzen zeigte sich auf Habenreithers Gesicht.

Langsam beugte er sich vor.

»Was?«, flüsterte er gedehnt, um nach einem beileidsvollen Nicken von Walz in sich zusammenzusinken und seine Augen mit der linken Hand zu bedecken.

Vogel brachte ihm sogleich einen Becher Wasser.

Erst nachdem er ihn sanft an der Schulter berührt hatte, nahm Habenreither das dargebotene Getränk überhaupt wahr und schaute den Inspektor verwundert an, bevor er es ihm aus der Hand nahm und apathisch vor sich hinstellte.

»Sie haben Sie sehr gerne gehabt, nicht wahr?«, erkundigte sich Walz einfühlsam, als er den Eindruck gewann, dass sich Habenreither ein wenig gefangen hatte.

Traurig schaute dieser ins Leere.

»Sie war die einzige Frau, die ich wirklich geliebt habe!«

Wieder machte Walz eine kleine Pause, ehe er fortfuhr.

»Das tut mir aufrichtig leid. Dem entnehme ich, dass Sie nicht verheiratet sind …«

»Doch«, antwortete er leise, »aber sagen Sie bitte meiner Frau nichts davon, wir haben einen Sohn …«

»Natürlich nicht!«, sagte Walz, der den Eindruck vermittelte, als hätte er für Alles in der Welt größtes Verständnis. »Dürfte ich erfahren, was Sie beruflich machen?«

»Ich unterrichte am Akademischen Gymnasium Philosophie und Geschichte«, erwiderte er sachlich.

Er schien seine Fassung wiedergewonnen zu haben.

»Gut, Herr Professor. Können Sie sich vielleicht daran erinnern, wann Sie Frau Neuberger das letzte Mal gesehen haben?«

»Natürlich kann ich das. Das war im August vor zwei Jahren gewesen, in der Inneren Stadt.«

»Und haben Sie mit ihr gesprochen?«

Verwundert schaute Habenreither den Inspektor an und richtete sich wieder kerzengerade auf.

»Nein, wo denken Sie hin!«

»Und wieso nicht, wenn ich fragen darf?«

»Na, erlauben Sie einmal, das, was sie mir damals angetan hat, vergisst man sein Leben lang nicht!«

Walz, der sich hütete, nachzufragen, was er ohnehin schon wusste, fuhr ungerührt fort.

»Haben Sie gewusst, dass sich Frau Neuberger vor zwei Jahren scheiden ließ?«

»Nein!«, rief er völlig überrascht aus und blickte auf, wobei, wie Walz schien, in seinen Zügen eine gewisse Genugtuung zu erkennen war.

»Dann ist Ihnen wahrscheinlich auch nicht bekannt, dass sie sich bei einer Partnerschaftsagentur angemeldet hatte ...«

»Nein, natürlich nicht«, erwiderte er in einem völlig veränderten Tonfall. »In solchen Kreisen pflege ich mich nicht aufzuhalten.«

»Nun, dann habe ich nur noch eine Frage an Sie, die ich der Form halber stellen muss: Können Sie sich vielleicht erinnern, wo Sie am Nachmittag des 3. November so gegen 16 Uhr waren?«

Mit seiner plötzlich wiedergewonnenen Autorität entnahm Habenreither der Innentasche seines Sakkos die aktuelle Ausgabe des rot eingebundenen *Lehrerkalenders*, der in Walz sogleich die schlechtesten Erinnerungen wachrief, hatten doch etliche seiner früheren Professoren nach mündlichen Prüfungen die Noten in eben ein solches Büchlein eingetragen.

»3. November, ah ja, hier haben wir es, da war ich noch in der Schule in einer Besprechung mit einem Klassenvorstand. Falls Sie das überprüfen wollen, kann ich Ihnen gerne den Namen aufschreiben.«

Walz schaute zu seinem Kollegen hinüber, der unmerklich den Kopf schüttelte.

»Nein, den benötigen wir, glaube ich, nicht. Vielen Dank, dass Sie sich die Mühe gemacht haben, Herr Professor.«

Steif erhob sich der Lehrer, nahm seinen Mantel vom Haken und verabschiedete sich mit einem kurzen Gruß.

»Was um alles in der Welt hat die Neuberger geritten, sich mit einem solchen Typen einzulassen?«, fragte Vogel entgeistert.

»Vielleicht wurde er erst aus der offensichtlich sehr schmerzhaften Erfahrung mit der Neuberger zu dem, was er heute ist. Du hast ja anfangs gesehen, dass in dieser korrekten Lehrer-Schale eigentlich ein ganz anderer Kern verborgen ist. Na, wenigstens fällt der als Täter aus, das ist doch auch schon mal etwas«, entgegnete Walz zufrieden.

»Und du Armer hast einen ganzen Abend damit verbringen müssen, um deiner Sophia diesen Namen zu entlocken … Kannst du mir vielleicht sagen, warum in Österreich eigentlich jeder Lehrer als ›Professor‹ tituliert wird?«

»Das geht, wenn die Legende stimmt, auf die Kaiserzeit zurück. Als die Lehrer zum Franz Joseph gingen, um mehr Geld zu fordern, hat er angeblich zu ihnen gesagt: ›Geld hab' ich keines, aber ihr dürft euch dafür von nun an »Professor« nennen‹. Damit waren sie zufrieden, unsere Herren Lehrer. Das verhält sich übrigens ganz ähnlich wie mit dem Beamtenadel. Anstelle von Geld wurde höheren Beamten bei ihrer turnusmäßigen Beförderung einfach angeboten, in den Adelsstand erhoben zu werden. Vielleicht wurde er ja auch deshalb abgeschafft …«

»Und schon wieder erstarre ich voll Ehrfurcht vor deiner Bildung, o du mein Walz!« Vogel schaute auf seine Uhr. »Und was machen wir jetzt? Der erste Kavalier von der Neuberger ist auf 13 Uhr bestellt, bis dahin haben wir noch gute zwei Stunden Zeit … Wenn du nichts dagegen hast, würde ich einmal ganz gerne schauen, wie weit meine Recherchen gediehen sind …«, sagte Vogel, der die letzten Minuten unruhig auf seinem Sessel umhergerutscht war.

»Da du mit deinem unvergleichlichen Charme unseren Chef davon überzeugt hast, dass er uns der Fron des Tagesgeschäfts enthebt, kann ich daran nichts Anstößiges finden«, erwiderte Walz und nahm sich nochmals die Akten des LKA vor.

Es bedurfte nur weniger Mausklicks, bis sich Vogel auf der Seite von *finallylove* eingeloggt hatte, um kurz darauf seinem Kollegen jubelnd mitzuteilen, dass sich eine neue Nachricht in seinem Postfach befände.

Neugierig stand Walz auf und schaute seinem Freund über die Schulter, um die Ursache seiner Freude persönlich begutachten zu können.

»›Lieber Greyhound,

vielen Dank für deine sehr informative Nachricht. Deine Bitte nach einem Bild muss ich leider abschlagen, da ich aus verschiedenen Gründen, auf die ich hier nicht näher eingehen will, ein Blind Date bevorzuge. Ich will auch kein Bild von dir, weil Fotos meist nur einen unverbindlichen Eindruck vermitteln, der in den meisten Fällen der Realität ganz und gar nicht entspricht. Außerdem werden dadurch unter Umständen Erwartungen geweckt, die zu Enttäuschungen führen könnten. Und das will ich uns doch ersparen. Allerdings kann ich dir versichern, dass ich eine sehr attraktive Frau bin. Immerhin hast du mich mit deinem Schreiben mehrmals zum Schmunzeln gebracht, was mir zeigt, dass du anscheinend über den Humor verfügst, der mir gefällt. Man könnte ihn fast britisch nennen ;-). Ja, ich glaube, ich würde mich gerne mit dir treffen, damit wir sehen können, ob wir uns auch en face gut verstehen. Schlage vor, wann und wo, ich verfüge über ziemlich viel Freizeit. Lou.‹«

»Na, das klingt aber ziemlich gut …«, gab Walz anerkennend zu, »du scheinst mit deinem Brief ja ordentlich Eindruck gemacht zu haben. Und, schreibst du ihr gleich zurück?«

»Natürlich«, sagte Vogel aufgeräumt, »ein bisserl Zeit haben wir ja noch. Kannst mir ja helfen, wenn du willst.«

»Nein, besser nicht, sonst verliebt sie sich am Ende noch in mich … Ich blättere lieber ein wenig in den Akten von der Neuberger, vielleicht finde ich noch etwas Interessantes darin.«

Doch aus dem Vorhaben Walz' wurde vorerst nichts, da Vogel seinen Kollegen an seinen Überlegungen lautstark teilhaben ließ.

»Was meinst, was sollen wir als Erkennungszeichen ausmachen?«

Walz dachte kurz nach.

»Ich würde ein Buch nehmen, das ist am Unauffälligsten. Eine Zeitung trägt ja fast jeder mit sich herum und eine Blume im Knopfloch hat doch heutzutage nur mehr der, der von jemandem erkannt werden will. Stell dir vor, dass plötzlich drei Kavaliere mit Nelke im Knopfloch umherstolzieren, die alle ein Blind Date ausgemacht haben. Vielleicht gehst dann am End' mit der Falschen ins Bett, das wär ja furchtbar!«

Vogel war viel zu sehr mit seinem Problem beschäftigt, als dass er auf die Extempores seines Kollegen eingehen wollte.

»Ein Buch, das ist eine glänzende Idee. Aber was für ein Buch soll ich nehmen?«

»Nimm die *Merowinger* von Doderer, die passen irgendwie zum Thema«, antwortete Walz mit hinterlistigem Lächeln.

Skeptisch musterte Vogel seinen Freund.

»Walz, ich trau dir nicht … worum geht es darin?«

»Um die totale Familie, aus sehr persönlicher Sicht. Außerdem kannst du dann gleich ihren Bildungsstand testen.«

Unwillig verzog Vogel das Gesicht.

»Will ich das? Ich hab's ja selbst auch nicht gelesen. Stell dir einmal vor, es ist ihr Lieblingsbuch und sie stellt mir Fragen dazu … Das wäre eine schöne Blamage!«

Walz bedachte ihn mit einem spöttischen Blick.

»Dann nimm halt ein Buch, das du schon gelesen hast, den *Mann ohne Eigenschaften* vielleicht … Damit outest du dich als hochintellektuell, allerdings ist es ziemlich unhandlich.«

»Müssen wir überhaupt dasselbe Buch mitbringen? So

viele Leute werden ja nicht mit einem Buch unterm Arm herumlaufen.«

»Natürlich nicht, aber deine Lektüre gibt doch schon eine gewisse Auskunft über dich als Mensch. Wenn du als Mann mit den *Feuchtgebieten* rumläufst, weiß ja auch jeder, dass du ein Problem hast. Ich hab eine Idee: Nimm die *Tante Jolesch*, die hast du ja letztens sogar zitiert, außerdem beweist du ihr damit, dass du Humor hast.«

»Das ist eine glänzende Idee, o du mein Walz, die hab ich mir sogar mehrmals zu Gemüte geführt!«, jubelte Vogel. »So, das wäre gelöst, und wo, meinst du, sollen wir uns treffen?«

»Ich würd mir was Verschwiegenes aussuchen, vielleicht ein kleines Restaurant am Stadtrand mit einem dazugehörigen Hotel. Ihr wollt ja schließlich ins Bett miteinander.«

Vogel dachte kurz nach.

»Ja, am Kahlenberg gibt's so was, ein sehr nettes Hotel mit einem Super-Restaurant, das schlag ich ihr vor!«

Bestärkt von dem Gedanken, soeben grundlegende Entscheidungen getroffen zu haben, ging er mit Verve daran, sein Schreiben zu verfassen. Sein ostinates Gemurmel, mit dem er seine Ergüsse untermalte, war allerdings nicht unbedingt dazu angetan, dass Walz sich mit der notwendigen Konzentration dem Studium der Akten widmen konnte.

Endlich war Ruhe eingekehrt.

Vogel schien sich im Endstadium zu befinden, eine Vermutung, die sich sogleich als zutreffend erwies, denn völlig unvermittelt begann er laut vorzulesen:

»Liebe Lou, mit deinem Vorschlag eines Blind Dates bin ich sehr einverstanden, da dies die Spannung noch mehr erhöht. Ich würde also vorschlagen, dass wir uns heute, also am Donnerstag, oder morgen um 20 Uhr im

Restaurant des *Hotels am Kahlenberg* treffen. Als Erkennungszeichen würde ich ein Buch vorschlagen, das wir beide gut sichtbar mit uns führen. Da ich der Überzeugung bin, dass der gemeinsame Humor eine der Grundlagen für ein gutes Verständnis darstellt, habe ich mir gedacht, dass wir die unvergleichliche *Tante Jolesch* als Identifikationssymbol wählen sollten. Angesichts ihrer unendlichen Weisheit glaube ich von mir behaupten zu dürfen, dass ich in ihren Augen, und vielleicht auch in den deinigen, ein Luxus bin …

Greyhound*.«

»Bravo, Kajetan, darauf wird sie sicher anbeißen!«, lobte Walz ganz ohne Ironie, »vor allem der Querverweis beschreibt dich als echten Homme de Lettres!«

»Und was ist, wenn sie das Buch nicht kennt?«

»Dann ist sie deiner nicht würdig! So einfach ist das. Gehen wir jetzt was essen? Angesichts des regen Publikumsverkehrs am Nachmittag kommen wir sonst eh nicht dazu.«

»Gut, das ungewohnte Fabulieren hat mich ohnehin unendlich ermattet … Wo, gedenkst du, sollen wir speisen?«

»Was hältst du von der *Stadt Krems* in der Zieglergasse? Dort isst man wirklich gut. Das gehört seit ein paar Jahren denselben Burschen wie das *Steman*.«

»Na, dann gehen wir doch dorthin. Gibt's da auch ein Menü? Ich muss ein bisserl sparen wegen dem Kahlenberg.«

»Genauso wie beim *Steman* und in ähnlicher Qualität!«

---

* Laut Friedrich Torberg hatte die Tante Jolesch einst behauptet: »Was ein Mann schöner is wie ein Aff', is ein Luxus.«

Nach einem etwa zehnminütigen Fußmarsch waren die Kriminalisten in dem traditionellen Restaurant angekommen, das schon seit dem 19. Jahrhundert bestand und vor nicht allzu langer Zeit von zwei jungen Wirten übernommen worden war, deren Streben dahin ging, ihrem Publikum ein qualitativ hochwertiges und dennoch preisgünstiges Wirtshaus alter Prägung zu bieten.

Wie Vogel und Walz erkennen mussten, traf dieses Konzept bei den Besuchern auf große Gegenliebe, denn ungeachtet der frühen Uhrzeit – es war gerade 12 Uhr vorbei – war das Lokal so gut besucht, dass unsere Helden im vorderen Teil nur mehr einen unbesetzten Tisch vorfanden.

»Die haben sogar eine alte Kegelbahn im Keller«, bemerkte Walz, während sich Vogel mit anerkennender Miene im Lokal umsah.

»Wirklich sehr gemütlich hier … ah, die kenn' ich doch«, rief Vogel aus, als er der blonden Serviererin ansichtig wurde.

»Nicht so laut, Kajetan«, flüsterte Walz energisch, »das ist die Karin, die Frau vom Chef! Vielleicht hast du die schon mal im *Steman* gesehen.«

Erschrocken verzog Vogel das Gesicht.

»Ach, Entschuldigung, ich hab's nicht so laut sagen wollen …«

Und schon kam sie strahlend an den Tisch.

»Servus, Alfons, heut einmal in der Dependance?«

»Ich muss doch überprüfen, ob es hier genauso gut ist wie im Stammhaus … Was gibt's denn heut als Menü?«

»Salzburger Braten mit Püree und davor eine Lauchcremesuppe. Tagesteller ist ein Spinatstrudel mit Crème fraîche.«

»Wunderbar! Das Menü bitte und ein großer Apfelsaft gespritzt.«

Vogel schloss sich seinem Kollegen vollinhaltlich an, nicht ohne der Chefin einen bewundernden Blick hinterherzuwerfen.

»Wenn er so gut kocht, wie sie ausschaut, dann muss das ja ein Festmahl werden.«

»Wirst schon sehen …«

Als sie hochzufrieden und leidlich gesättigt an ihren Arbeitsplatz zurückkehrten, ging ein auffällig gekleideter Mittvierziger vor der Tür ihres Büros unruhig auf und ab, wobei die eisenbeschlagenen Absätze seiner Westernstiefel bei jedem Schritt ein klackerndes Geräusch von sich gaben. Er war ziemlich groß und hatte seine langen, schwarzen Haare zu einem Zopf gebunden. Von seinem Gesicht war nicht viel zu erkennen, da er seiner naturgegeben starken Behaarung offensichtlich keinerlei Einhalt zu bieten gewillt war.

»Wollen Sie zu uns?«, erkundigte sich Vogel bevor er dem Besucher die Tür aufhielt und ihn, ohne seine Antwort abzuwarten, hineinbat.

»Ja, Henner, wer von Ihnen ist Inspektor Walz?«, fragte er mit gestützter Stimme, die seinem Organ eine künstlich wirkende Tiefe verlieh.

»Das bin ich«, erwiderte der Gesuchte und schloss hinter sich die Tür, »und das ist mein Kollege, Chefinspektor Vogel.«

Nachdem er seine schwarze Lederjacke ausgezogen hatte, unter der er ein ebenfalls schwarzes wild gemustertes T-Shirt trug, das seine tätowierten Arme von beachtlichem Umfang betonte, und sie über einen freien Sessel gelegt hatte, sagte Henner:

»Ich bin irrsinnig im Stress, ich hab extra wegen Ihnen

meine Aufnahmen unterbrechen müssen. Ich habe Ihren Kollegen doch schon alles erzählt.«

»Ja, Herr Henner, das Protokoll Ihrer Einvernahme liegt uns natürlich vor, es wird sicherlich nicht lange dauern«, erwiderte Walz freundlich, nachdem er seine Raulederjacke sorgfältig am Kleiderständer aufgehängt hatte. »Wann haben Sie Frau Neuberger zuletzt gesehen?«

»Ich hab sie nur ein einziges Mal getroffen, und das war am 26. Oktober. Wir haben uns im *Wirr* im 7. Hieb getroffen. Danach sind wir zu mir gegangen. Aber genau das habe ich Ihren Kollegen doch schon alles erzählt.«

»Wollten Sie sie danach nicht wiedersehen?«, fragte Walz ruhig.

»Na, das Schnackseln mit ihr war halt nicht so leiwand, wenn Sie verstehen, was ich meine.«

»Und dass es sich um eine ganz andere Frau handelte, als diejenige, als die sie sich auf ihrem Bild darstellte, das hat Sie nicht irritiert?«, wollte Walz weiter wissen.

»Ich fand es a bissl zickig, aber da sie es mir vor unserem Treffen eh g'sagt hat, war das in Ordnung. Für die Tatzeit hab ich ein Alibi, aber das wissen'S ja eh scho'. Wenn Sie nichts dagegen haben, verzupf' ich mich jetzt wieder, meine Haberer warten im Studio auf mi.«

»Reisende soll man nicht aufhalten …«, äußerte Walz lächelnd, »und vielen Dank für Ihre Zeit«.

Nachdem Henner eilig das Büro verlassen hatte, wiegte Vogel seinen Kopf.

»Also, ob diese erneute Einvernahme der Stecher von der Neuberger überhaupt etwas bringt, da hab ich nach diesem Henner so meine Zweifel. Oder hast du eine neue Erkenntnis daraus gewonnen?«

»Nein, natürlich nicht«, erwiderte Walz mürrisch.

»Und Darwin hatte doch recht! Dass die nach ihrem Ehemann, der ja einen durchaus gepflegten Eindruck machte, auf einen solchen Zausel gestanden ist, soll einer verstehen … Bei der Behaarung will ich mir seinen Rücken gar nicht vorstellen! Die Tante Jolesch muss so einen späten Nachfahr des Homo erectus im Sinn gehabt haben, als sie ihren Spruch prägte.«

»Das fügt sich doch ins Bild. Wahrscheinlich wollte die Neuberger halt einmal das Gegenteil ausprobieren, aber wie du siehst, hat das auch nicht geklappt. Wie sagt doch unser unvergleichlicher Karl Kraus; ›Die Sexualität der Frau besiegt alle Hemmungen der Sinne, überwindet jedes Ekelgefühl‹.«

»A propos Frauen, bis der nächste Aspirant kommt, haben wir eigentlich noch ein bisserl Zeit … Mal schauen, ob sich die Lou gemeldet hat.«

Während Walz aufstand und hinter seinen Freund trat, kam schon ein freudiger Ausruf Vogels.

»Na bitte, ist doch ein braves Mädchen. Hat gleich zurückgeschrieben. Hör dir das an: ›Lieber Greyhound, bist scheinbar von der schnellen Sorte, Windhund halt … Ich hoffe, du hast es nicht überall so eilig ;-). Deine Buchwahl begeistert mich übrigens sehr, da die »Tante Jolesch« zu meinen absoluten Lieblingen gehört. Gut, also treffen wir uns heute Abend 20 Uhr im Kahlenberg, bin gespannt. Lou.‹ Na, was sagst?«

»Du brauchst ein Alibi«, antwortete Walz trocken, »und das möglichst für die ganze Nacht.«

»Na ja, wenigstens bis 4 Uhr …«, wiegelte Vogel ab.

»Wie viel weiß die Martina von unserem Fall?«

»Nichts, wir haben uns ja gestritten gestern.«

»Na dann. Wir haben einen dringenden Einsatz, weil

wir einen Tipp bekommen haben, dass heut am Abend ein usbekischer Mädchenhändler mit einer neuen Ladung aus seiner Heimat über Ungarn nach Wien kommen wird. Da in diesem Fall dringender Handlungsbedarf besteht, müssen wir ihn heute Nacht festnehmen. Und wenn sie fragt, wann du zurückkommst, sagst einfach, die Uhrzeit hat der Informant nicht genau sagen können, daher kann es auch länger dauern.«

»Genial. Mit deinen Fähigkeiten wärst du der ideale Ehemann, o du mein Walz.«

»Eine Frau ist da, damit der Mann durch sie klug werde. Er wird es nicht, wenn er aus ihr nicht klug werden kann. Oder wenn sie zu klug ist …«

»Seltsam, immer wenn ich nicht klug aus deinen Anmerkungen werde, habe ich den Eindruck, dass du Karl Kraus zitierst …«

»So ist es, mein Lieber!«

Unterdessen war es 2 Uhr geworden, und die beiden erwarteten den nächsten Galan der Neuberger.

»Mit wem dürfen wir gleich rechnen?«, erkundigte sich Vogel.

»Wilfried Drexel, 46 Jahre alt, von Beruf Bildhauer, nach seinen Angaben hat er sie viermal getroffen, dreimal davon in eindeutiger Absicht«, las Walz aus dem Akt vor, »nämlich am 15., 19. und 22. Oktober.«

»Hm, Musiker, Bildhauer, die schönen Künste scheinen es ihr angetan zu haben«, brummte Vogel. »Aber immerhin hat er nicht so früh aufgegeben wie der Henner. Wahrscheinlich aus dem Grund, dass er der Meinung war, dass alle guten Dinge drei sind«.

»Der Glaube an die Segnungen der heiligen Zahl Drei

ist ja in unseren katholischen Breiten immer noch weit verbreitet …«, meinte Walz vergnügt, als es an der Tür klopfte.

Nach der Einladung hereinzukommen, trat ein imposant aussehender, gut zwei Meter großer Hüne ins Büro, der alleine schon durch seine Persönlichkeit den ganzen Raum einzunehmen schien.

»Grüß Gott, Drexel mein Name, Sie wollten mich, glaub ich, noch einmal wegen des unglückseligen Todes der Frau Neuberger sprechen«, tönte er mit skrotalem Bass, wobei er passenderweise eine ernste Miene aufsetzte.

Beide Inspektoren waren aufgrund seiner Präsenz unvermittelt aufgestanden.

»Ja, Grüß Gott, Herr Magister«, sagte Walz, während er ihm seine Hand hinstreckte, die vollständig in seiner Pranke verschwand, »es ist sehr freundlich von Ihnen, dass Sie unserer Aufforderung so bereitwillig nachgekommen sind. Walz mein Name, und das ist mein Kollege Chefinspektor Vogel.«

Auch Vogel war vor seinen Schreibtisch getreten, um dem Besucher artig die Hand zu reichen.

Nachdem er sich seines Wetterflecks aus Loden und seines breitkrempigen Hutes aus demselben Material entledigt hatte, nahm er bereitwillig Platz. Auch er hatte eine schon mit grauen Strähnen durchzogene Mähne, die trotz ihrer Länge einen sehr gepflegten Eindruck machte.

»Was also wollen Sie von mir wissen?«, fragte er freundlich, während hinter seinem Bart eine Reihe von makellos weißen Zähnen hervorblitzte.

»Wie unseren Akten zu entnehmen ist, haben Sie Frau Neuberger insgesamt viermal getroffen. Unsere erste Frage lautet dahingehend, warum Ihr Verhältnis danach beendet wurde.«

»Ja, mei, ob Sie es glauben oder nicht, Sie wollte plötzlich eine engere Beziehung haben, als wir eigentlich ausgemacht hatten«. Erst jetzt merkten die Inspektoren, dass es sich bei Drexel um einen Bayern handelte. »Ich bin glücklich verheiratet und habe aus rein persönlichen Gründen, die hier nichts zur Sache tun, eine Geliebte oder ein Pantscherl gesucht, wie ihr Österreicher zu sagen pflegt.«

Drexel schaute die Inspektoren offen an.

»Ja, und dann musste ich ihr sagen, dass ich sie wirklich sehr gern habe, aber nicht meine Familie für sie aufgeben würde. Und dann war sie bös' auf mich. So war das«, fügte er mit einem bedächtigen Nicken hinzu.

»Hat Frau Neuberger versucht, Sie danach nochmals zu kontaktieren?«

Drexler nickte energisch.

»Ich war klug genug, mir davor ein Wertkartenhandy anzuschaffen. Darauf hat sie dann einige SMS geschrieben, und später hat sie mir auch auf die Mailbox gesprochen. Das war nicht schön. Trotzdem tut es mir unendlich leid für sie, so ein Ende hat sie nicht verdient, denn eigentlich war sie schon eine besondere Frau!«

»Haben Sie das Handy noch?«

»Das hab ich mir gedacht, dass Sie das fragen würden …«, antwortete er und zog ein etwas altertümliches Mobiltelefon aus der Tasche seines braunen Cord-Sakkos, das er Walz reichte. »Die Mailbox hat sich inzwischen gelöscht, aber die SMS können Sie lesen, wenn Sie wollen.«

Nachdem der Inspektor ratlos auf einigen Knöpfen herumgedrückt hatte, gab er es Drexler zurück, der es ihm nach wenigen zielsicheren Handgriffen hinüberreichte.

»›Es war so schön mit dir, ich würde dich wirklich gerne

wiedersehen!‹«, las Walz laut vor, »das nächste: ›Warum kann es nicht einfach so weitergehen? Vergiss bitte, was ich zu dir gesagt habe.‹«

Erwartungsvoll schaute Walz Drexler an.

»Ich wollte einfach keine Beziehung, die auf einer falschen Hoffnung fußt. Beim nächsten Treffen wär es doch noch schwerer geworden. Es wurde mir einfach zu viel. Deshalb hab ich auch auf ihre ganzen SMS nichts erwidert. Vielleicht hätt' ich es ja tun sollen, vielleicht wär sie dann sogar noch am Leben. Sie können es mir glauben, das hab ich mich die ganze Zeit gefragt«, meinte er nachdenklich, »aber sie war so fordernd, und Sie wissen wahrscheinlich auch, dass man sich schwertut mit jemandem, der ständig die definierten Grenzen überschreitet.«

Walz konzentrierte sich wieder auf das Display des Telefons.

»Das nächste: ›Warum hör ich nichts von dir? Du fehlst mir so‹. Dann das Letzte: ›WARUM?‹«

Mit einem Seufzer gab Walz dem Besucher das Handy zurück.

»Ja, und dann sprach sie ähnliche Dinge auf die Mailbox, was noch viel schlimmer ist, weil man da die Sehnsucht und später auch den Zorn in der Stimme hört … Es war so unendlich traurig … Ich bin nach dem Vorfall sofort aus diesem Klub ausgetreten, etwas Derartiges will ich nicht noch einmal erleben. Vor allem ihre Stimme auf der Mailbox, die hab ich Trottel mir nach ihrem Tod noch einmal angehört, das war wirklich furchtbar.«

Niedergeschlagen schaute Drexler ins Leere.

»In Ihrem Briefwechsel davor hatten Sie ja ausdrücklich betont gehabt, dass Sie lediglich ein Abenteuer suchten und Ihre Familie nicht verlassen wollten, daher brauchen Sie sich eigentlich keine Vorwürfe machen«, versuchte ihn Walz zu trösten.

Erstaunt schaute der Bildhauer Walz an.

»Ach so, natürlich, den Briefwechsel haben Sie ja auch.«

»Dem entnehmen wir im Übrigen, dass Sie sich sehr befremdet darüber geäußert haben, dass sie ein falsches Bild in ihr Profil gestellt hat«, mischte sich nun Vogel ein, der die ganze Zeit in den Akten geblättert hatte.

»Ich fand es völlig unnötig. Die Brigitte war doch eine schöne Frau, die hat sich nicht verstecken müssen. Ich habe ihre Argumentation bis heute nicht verstanden. Aber die kennen Sie ja, Sie brauchen ja nur nachzulesen.«

»Sie haben also vor Ihrem ersten Treffen schon darüber Bescheid gewusst.«

»In ihrem letzten Brief davor hat sie es mir gebeichtet und mir per Mail ein richtiges Bild von sich geschickt, damit ich sie auch erkenne. Das war vielleicht auch der Grund dafür, dass ich bei unserem ersten Treffen nicht mit ihr nach Hause gegangen bin, obwohl sie es wollte. Ich war einfach irritiert, weil ich gefürchtet habe, dass sie vielleicht nicht ganz richtig ist im Kopf. Und so was kannst dir als verheirateter Mann nicht leisten.«

»Die Frage nach Ihrem Alibi haben Sie ja den Kollegen schon beantwortet, wie ich sehe …«, stellte Vogel fest und deutete auf das Gesprächsprotokoll.

»Ich war zu der Zeit in Italien. Soweit ich weiß, haben das Ihre Kollegen eh schon überprüft. Auf jeden Fall hab ich denen die Unterlagen dazu gegeben, die müssten sich auch in Ihren Akten befinden.«

Vogel hielt nach kurzem Suchen einige Blätter in die Höhe und nickte bestätigend.

»Gut, das war es auch schon«, sagte Walz und erhob sich

zum Zeichen, dass die Vernehmung beendet war. »Vielen Dank und Ihnen alles Gute, Herr Magister.«

»Ja, Ihnen auch, Sie verstehen, wenn ich in diesem Falle auf die übliche Grußformel verzichte … Ade, meine Herren!«

Mit diesen Worten nahm der hünenhafte Mann seinen Umhang und verließ das Büro, ohne ihn angezogen zu haben.

»Die Neuberger scheint ja ein sehr breites Interessenspektrum gehabt zu haben«, meinte Vogel verwundert. »Also, wenn du mich fragst, hat sie den Henner nur deshalb genommen, weil der Drexler sie verschmäht hat.«

»Oder weil er genau das Gegenteil von ihm war. Sie wollte vielleicht nicht noch einmal so etwas wie mit dem Drexler erleben. Und schon hat sie sich die nächste Abfuhr von diesem Zausel geholt.«

»Das sagt er. Es kann genauso gut auch umgekehrt gewesen sein. Oder kennst du einen Mann, der das zugeben würde? Ich nicht.«

»Da siehst aber, was man mit einem solchen Rendezvous alles anstellen kann. Offensichtlich muss man sehr gefestigt sein, wenn man sich darauf einlässt. Hast du eigentlich schon daran gedacht, was du machst, wenn du dich in diese Lou unsterblich verliebst, und sie von dir verlangen würde, dass du deine Frau verlässt?«

»Bitte, sei jetzt nicht komisch«, entgegnete Vogel ungehalten, »ich hab schon so viele Freundinnen neben der Martina gehabt, und selbst bei der Miriam, die ich, denk ich, wirklich geliebt habe, kam mir niemals der Gedanke, dass ich für sie meine Familie verlassen würde.«

»Gut, du musst es ja wissen … Wie schaut denn unser nächster Kandidat aus? Da bin ich jetzt wirklich gespannt.«

»Robert Lanzenberg, 43 Jahre alt, Maler von Beruf. Glaubst du, im Sinne von Anstreicher? Das würde wohl nicht ganz zu der Neuberger passen …«

»Wofür haben wir das Internet? Robert Lanzenberg, da haben wir ihn ja schon. Wow, da gibt es viele Einträge für den. Moment, geboren in Düsseldorf, hat seit 2009 eine ordentliche Professur für Art and Science an der Universität für Angewandte Kunst, was auch immer das bedeuten mag. Sag nur einmal Anstreicher zu ihm und du kriegst a Detschn, da kannst sicher sein. Und in welchem Zeitraum hat er sie beglückt?«

»Zwischen dem 1. und dem 31. Oktober steht da, den hat sie laut seiner Aussage fünfmal getroffen.«

»Moment, da waren doch der Drexler und der Henner dazwischen. Der Henner ist mir wurscht, aber der Drexler, der passt doch da gar nicht hinein. Von wegen großer Liebe und so …«

»Wart, ich schau einmal. Ja, die haben sich zwischen dem 1. und dem 13. Oktober dreimal getroffen, und dann wieder am 27. und am 31. Oktober. Das bedeutet, dass der Drexler nicht gelogen haben muss. Der war genau dazwischen. Außerdem kann ich mir beim besten Willen nicht vorstellen, dass der etwas mit dem Tod von der Neuberger zu tun hat.«

Mit etwa zehnminütiger Verspätung stürzte, ohne vorher angeklopft zu haben, ein außerordentlich jugendlich aussehender, schlaksiger Mann in das Büro und entschuldigte sich völlig außer Atem, dass er »leider den Bus verpasst« habe.

Mit seinen wirren blonden Haaren und seinem Sommeranzug aus gebleichtem Jeansstoff, den er über einem wild bemalten T-Shirt trug, schien er aus einer anderen Jahreszeit herbeigeeilt zu sein.

Nachdem er sich ein wenig beruhigt hatte, gestand er mit entwaffnendem Lächeln, dass sein »Zeitmanagement leider nicht das beste« sei.

Vogel brachte ihm erst einmal einen Becher Wasser, das er gierig hinunterstürzte.

»Herr Professor Lanzenberg, wie ich annehme«, begrüßte ihn Walz endlich.

»Bitte lassen Sie den ›Professor‹ in Ihren Akten, mein Name ist Robert Lanzenberg«, erwiderte er fröhlich.

»Gut, Herr Lanzenberg, Sie wissen ja, weshalb wir Sie hierhergebeten haben.«

Noch immer ein wenig außer Atem nickte er stumm.

»Laut unseren Akten haben Sie Frau Neuberger fünfmal getroffen. Allerdings mit einem größeren zeitlichen Abstand dazwischen. Worin lag diese Pause begründet?«

Mit einer gezierten Handbewegung schob er die langen Haare hinter seine Ohren, streckte sich dabei ein wenig und spitzte seine Lippen.

»Ich will erst einmal vorausschicken, dass ich dieser Agentur aus einem ganz bestimmten Grund beigetreten bin, der Sie vielleicht überraschen wird. Dies geschah nämlich im Zusammenhang mit einem sehr spannenden Projekt, das ich in diesem Semester mit meiner Klasse durchführe, das die Untersuchung interaktiver Prozesse zwischen den verschiedenen Bildungs- und Sozialschichten zum Ziel hat. Also, Menschengruppen, die sich im Alltag üblicherweise höchstens in der U-Bahn begegnen. Und dafür ist eine solche Agentur geradezu ideal geschaffen, denn man muss mit jemandem völlig Unbekannten kommunizieren und ihn davon überzeugen, dass man ungeachtet der vielleicht völlig divergenten Bildung oder Herkunft miteinander soweit übereinkommen kann, dass es im besten Fall zur intimsten Handlung kommt, zu der die Menschen fähig sind, nämlich zum Geschlechtsverkehr. Dabei geschieht das Werben ohne Ansehen von sozialen Unterschieden und anfangs sogar nur auf verbaler Ebene, das ist das Essenzielle an diesem Projekt.«

»Aha«, sagte Walz ein wenig ratlos, »das heißt, auch Ihre Studenten haben sich bei *finallylove* eingeschrieben?«

»Ja, natürlich, das gehört zum Projekt, denn nur so können sie diesen Prozess nachvollziehen. Und teilweise wurden tatsächlich erstaunliche Ergebnisse erzielt. Die meisten von ihnen haben sich mit Menschen getroffen, die ansonsten niemals ihren Weg gekreuzt hätten. Auf diese Weise entsteht ein suprasozialer Dialog, der den Studenten zeigt, dass es auch eine Welt außerhalb ihres Elfenbeinturms gibt. Die durchaus lustvoll durchschritten werden kann. Schauen Sie, hätte ich zu meinen Studenten gesagt, wir machen jetzt ein Projekt, bei dem wir zu den Asylantenheimen gehen und dort mit den Menschen kommunizieren, wäre das Ganze eher missmutig aufgenommen worden. Die Kommunikation hätte dann im Endeffekt bestenfalls auf sehr allgemeiner Ebene und nur oberflächlich stattgefunden. Aber so hatten die Studenten ein Ziel, das zu erreichen unter Umständen großes Engagement erfordert.«

»Und wurden die kontaktierten Personen dann post festum davon unterrichtet, dass sie im Dienste der Wissenschaft geschnackselt haben?«, erkundigte sich Vogel, der aus dem Staunen nicht herauskam.

»Wie ich Ihrer Äußerung entnehme, scheinen Sie den Grundgehalt dieses Seminars nicht begriffen zu haben«, erwiderte Lanzenberg scharf und sah ihn dabei böse an.

»Doch, das habe ich durchaus, es hätte mich halt nur interessiert«, meinte Vogel gemütlich.

»Ob sie ihren Partnern mitteilen wollen, dass sie quasi Teil einer Studie sind, habe ich meinen Studenten völlig freigestellt. Immerhin gab es ja auch die denkbare, und vielleicht sogar wünschenswerte Konsequenz, dass sich einer meiner Studenten in seinen Sexualpartner verliebt, und da wäre eine solche Offenbarung doch eher kontraproduktiv.«

»Und haben Sie es Frau Neuberger mitgeteilt?«, fragte nun Walz.

»Nein, zugegebenermaßen nicht. Bei mir war es ja etwas anderes. Ich habe mich schließlich nur deshalb dort eingeschrieben, damit ich meinen Studenten bei auftauchenden Fragen behilflich sein kann, die ich als Außenstehender nicht hätte beantworten können.«

»Und wie kam dann der Kontakt mit Frau Neuberger zustande?«

»Das Kuriose daran war ja, dass ich mich ausgerechnet in ihr Bild verliebte, das ja, wie Sie wissen, nicht sie darstellte. In diesem Zusammenhang erlebte ich übrigens eine amüsante Episode. Just zu der Zeit, als ich mit Brigitte in regem Briefaustausch stand, begegnete ich auf dem Naschmarkt der Dame auf dem Bild. Sie war offensichtlich gerade beim Einkaufen, da sie einen Korb mithatte, der voller Gemüse war. Als sie mich passierte, sah sie mir zwar kurz in die Augen, ging aber dann ohne eine weitere Reaktion an mir vorbei und wandte sich einem Obststand zu. In der irrigen Annahme, dass sie Brigitte sei, rief ich ihren Namen aus, wovon sie sich nicht angesprochen fühlte. Ich lief sogar zu ihr hin und legte meine Hand auf ihre Schulter, weil ich dachte, sie habe mich nicht erkannt, was allerdings, aus heute verständlichen Gründen, bei ihr auf völliges Unverständnis stieß.«

»Und was passierte dann?«, erkundigte sich Vogel gespannt.

»Sie hat mich eiskalt abblitzen lassen. Mit einem vernichtenden Blick, der schönen Frauen zuweilen eigen ist, sodass ich mich natürlich sofort entschuldigte, etwas von einer Verwechslung murmelte und mich ohne eine nähere Erklärung entfernte. Es war offensichtlich, dass es ein Irrtum sein musste.«

»Erzählten Sie Frau Neuberger von diesem Erlebnis?«, wollte Walz weiter wissen.

»Natürlich. Ich habe ihr gleich geschrieben und sie gefragt, ob sie vielleicht eine Zwillingsschwester habe. In ihrer Antwort beichtete sie mir dann die Wahrheit, nicht ohne mir ein Bild von ihr per Mail zu senden. Inzwischen haben mir aber ihre Briefe schon so gut gefallen, dass ich dies als lässliche Sünde hinnahm, obwohl ich ihren Beweggrund nicht ganz nachvollziehen konnte. Zumal sie ein ganz anderer Typ war, ebenfalls hübsch, wenn auch in einem ganz anderen Sinne.«

»Mich würde noch interessieren, ob Sie Ihren Studenten von diesem Verhältnis erzählten«, schaltete sich wieder Vogel in das Gespräch ein.

Missmutig schaute Lanzenberg den Inspektor an.

»Nein, habe ich nicht, weil das überhaupt keinen Bezug zum Gegenstand des Seminars hatte, das ja, wie ich schon erwähnt habe, den suprasozialen Kontakt thematisiert. Überdies gehörten Brigitte und ich derselben sozialen Schicht an, waren also nicht prototypisch.«

»Unseren Unterlagen entnehmen wir, dass Sie sich gleichsam in zwei Tranchen trafen, zuerst dreimal bis zum

13. Oktober und dann nach vierzehn Tagen noch zweimal. Gibt es eine Erklärung für diese Unterbrechung?«

»Ja, was es halt in jeder Beziehung gibt: Wir haben miteinander gestritten, und nach zwei Wochen hat sie wieder angerufen und dann haben wir uns versöhnt.«

»Worum ging es denn in Ihrem Streit?«, erkundigte sich Walz interessiert.

»Um nichts Wesentliches, Kleinigkeiten, worüber man sich halt manchmal streitet …«, antwortete Lanzenberg ausweichend.

»Geht's ein wenig konkreter? Immerhin waren Sie der Letzte, der vor Ihrem Mörder mit ihr in Kontakt stand«, sagte Vogel, dem Lanzenbergs Getue offensichtlich ziemlich auf die Nerven ging.

»Aber ich war zur Tatzeit doch auf der Universität«, protestierte der Künstler lautstark, »das habe ich Ihren Kollegen alles schon erzählt, und die haben es nachgeprüft.«

»Dass wir den Grund Ihrer Auseinandersetzung wissen wollen, heißt ja nicht, dass wir Sie verdächtigen«, beruhigte ihn Walz, »wir erhoffen uns nur einen Einblick in die Persönlichkeitsstruktur von Frau Neuberger, und da kann jede Kleinigkeit aufschlussreich sein.«

»Es ging eigentlich nur darum, dass ich anscheinend ein bisschen zu hohe Ansprüche an sie gestellt habe«, gab er zögerlich zu.

»Und die waren?«, fragte Walz interessiert.

»Wie soll ich das sagen?«, verlegen kratzte sich Lanzenberg am Kopf. »Ich hätte sie halt gerne öfter getroffen …«

»Und sie wollte das nicht?«

Lanzenberg nahm einen Schluck Wasser.

»Nein, anscheinend nicht. Ich glaubte sogar, dass sie einen anderen hätte, was sie übrigens immer bestritt.«

»Dahingehend kann ich Sie beruhigen, Sie hatte in dem Zeitraum Ihrer Treffen wirklich keinen Kontakt zu einem anderen Mann, zumindest bei *finallylove* nicht«, tröstete ihn Walz.

»Sie haben tatsächlich den gesamten Briefverkehr von uns vorliegen? Das ist mir fast ein wenig peinlich jetzt«.

»Uns ist nichts Menschliches fremd«, warf Vogel in gleichmütigem Ton ein, während er insgeheim nach den Briefen von Lanzenberg suchte.

»Wer hat denn wen nach dem Streit verlassen?«, setzte Walz nach.

»Verlassen«, meinte der Maler mit verächtlichem Gesichtsausdruck, »das kann man so nicht sagen. Nach dem Streit ist sie halt davongelaufen. Da hab ich mir gedacht, sie wird sich schon wieder melden, wenn sie Lust dazu hat. Und so war es ja auch.«

»Warum ist es dann wieder auseinandergegangen?«

»Ist es ja eigentlich nicht, wir hatten bei unserem letzten Date eine Verabredung getroffen, die sie aus bekannten Gründen nicht mehr einhalten konnte, denn der Termin wäre am 4. November gewesen …«, sagte er mit plötzlich tonloser Stimme.

»Hatten Sie zwischen Ihren Treffen auch persönlichen Kontakt miteinander?«

»Nein, das wollten wir beide nicht. Unsere Zusammenkünfte waren immer eine Flucht aus der Realität, durch einen täglichen Kontakt hätten diese ihren ganzen Zauber eingebüßt, weil wir sie dadurch in die banale Wirklichkeit gezerrt hätten. Zwischen unseren Verabredungen haben wir uns lediglich schriftlich ausgetauscht, um einen neuen Termin zu vereinbaren.«

»Demnach hat Ihnen Frau Neuberger auch nichts von

dem Mann erzählt, den sie am 3. November traf und der sie wahrscheinlich auch ermordet hat?«

»Nein!«, erwiderte er heftig. »War's das?«

»Also, mich würde schon noch interessieren, was jetzt eigentlich bei Ihrem Experiment herausgekommen ist«, ließ sich wieder Vogel vernehmen, »hatten alle Ihre Studenten Erfolg bei ihren Bemühungen?«

»Bis jetzt kann man noch nichts darüber sagen, weil das Projekt erst am Ende des Wintersemesters seinen Abschluss findet. Bis auf einen hatten alle meine Studenten schon zumindest ein Treffen. Wie weit diese führten, kann ich Ihnen jetzt noch nicht genau beantworten, was auch nicht relevant ist. Wichtig ist, dass der Kontakt als solcher hergestellt wurde! So, meine Herren, jetzt hab ich Sie lange genug aufgehalten, ich muss laufen, sonst komme ich zu meinem nächsten Termin auch noch zu spät. Oder ist noch was?«

Als beide Inspektoren verneinten, sprang er auf und verließ mit einem kurzen Kopfnicken eilig das Büro.

7. KAPITEL
(DONNERSTAG)

»Wenn ich mir so anschaue, was die Studenten heutzutage alles lernen, sollte ich vielleicht doch noch den Besuch einer Universität in Erwägung ziehen«, meinte Vogel vergnügt, nachdem Lanzenberg den Raum verlassen hatte. »Bei einem solchen Seminar wär ich auch gern dabei, vor allem würd ich mir gern einmal die Studentinnen anschauen, die bei so was mitmachen …«

Ganz im Gegensatz zu seinem geradezu übermütigen Kollegen machte Walz ein ausgesprochen finsteres Gesicht.

»Oder mitmachen müssen … Ich finde das nachgerade empörend, was dieser Lanzenberg unter dem Schutzmäntelchen der Lehre so treibt. Ich kann mir nicht vorstellen, dass ein gerade einmal 20-jähriges Mädchen, das davon träumt, eines Tages als Künstlerin ihr Leben zu verbringen, freiwillig bei einem solchen Projekt mitmacht und sich womöglich noch von fettbäuchigen Mittvierzigern abgrapschen lässt, um beim Herrn Professor einen Erfolg vorweisen zu können. Würde ich als Vater eines solchen Mädchens auf derartige Lehrmethoden aufmerksam werden, ginge ich sofort auf die Barrikaden. Dieser Lanzenberg scheint mir nichts anderes als ein Zwangsneurotiker zu sein, der seine unerfüllten sexuellen Sehnsüchte auf seine Studenten projiziert! Eigentlich müsste man dem sofort die Lehrbefugnis entziehen. Und du solltest bei deinen künftigen Recherchen tunlichst aufpassen, mit wem du dich einlässt. Hüte dich vor allzu jungen Mädchen, sonst gerätst du gar noch in Gefahr, zum Forschungsobjekt für diesen Erotikzausel zu avancieren – das wär dann, glaub ich, wirklich peinlich. Stell dir doch nur vor, deine Laura würde nach ihrer Matura Kunst studieren und müsste dann solche Sachen machen!«

Vogel nickte nachdenklich.

»So hab ich das noch gar nicht gesehen … A propos peinlich: weil es ihm so peinlich war, dass wir darüber gesprochen haben, hab ich mir gleich noch einmal den Briefwechsel zwischen der Neuberger und dem Lanzenberg rausgesucht«, erwiderte Vogel und hielt einen Stapel Papiere in die Höhe, »ziemlich pikant, das Ganze, was sich übrigens genau ins Bild fügt, das du gerade vom Herrn Professor gezeichnet hast. An seiner Stelle wär ich auch gleich abgepascht … da kannst du ganz genau erfahren, auf welche Weise sie es miteinander getrieben haben. In allen Einzelheiten. Wie es scheint, ist es ziemlich versaut, unser Lehrorgan … Willst du dir einmal anhören, wie er es am liebsten hat – so ganz en detail?«

»Nein, bitte verschon mich damit, das ist mir dann doch zu unappetitlich«, antwortete Walz mit angewiderter Miene, »mir genügt schon sein unerträgliches intellektuelles Gefasel. Wenn ich mir auch noch anhören muss, wie er der Neuberger die soziologische Wertigkeit des Analverkehrs erklärt, indem er ihr in gestelzten Ausdrücken den vollständigen Flüssigkeitsaustausch als Symbol ganzheitlicher Körpervereinigung verkauft – das will ich mir doch lieber ersparen.«

Belustigt sah Vogel von seiner Lektüre auf.

»Bravo, o du mein Walz, mit deinen Mutmaßungen liegst du gar nicht so weit daneben!«

»Das habe ich befürchtet. Mich würde viel mehr interessieren, ob sein Alibi wirklich so wasserdicht ist, wie er behauptet. Dem Burschen trau ich nämlich alles zu.«

»In den Akten steht, dass er zur Tatzeit eine Vorlesung gehalten hat, und die Kollegen haben das angeblich auch überprüft«, sagte Vogel, nachdem er endlich das betreffende Protokoll gefunden hatte, »allerdings, und das ist schon ein bisserl merkwürdig, sind hier keine Dokumente oder Namen von Zeugen beigefügt, die das bestätigt haben.«

»Er hat doch behauptet, dass sie sich etwas für den 4. November ausgemacht hätten, findest du etwas darüber?«

Vogel untersuchte den Papierstoß mit den Mails.

»Nein, da steht nichts drinnen«, erwiderte er nach einiger Zeit.

»Lanzenberg hat doch behauptet, sie hätten niemals miteinander telefoniert … Befinden sich auch die Gesprächsprotokolle von ihrem Handy in dem Konvolut?«

»Ich nehme es doch an …«, rief Vogel ungeduldig aus. »Diese elende Sucherei macht mich noch wahnsinnig«, fluchte er und schob seinem Kollegen einen Gutteil des bereits ziemlich durcheinander geratenen Aktes hinüber.

Nach eifriger Suche, die von nur halb unterdrückten Flüchen begleitet war, meldete Vogel endlich Erfolg.

»Hier ist es … Also, seine letzte SMS vom 31. Oktober, die offensichtlich unbeantwortet blieb, lautet: ›Es war wieder einmal unheimlich geil mit dir. Mein ganzer Körper riecht noch so sehr nach Brigitte, dass ich mich gar nicht waschen will. Sehen wir uns wieder am 4. zur üblichen Zeit?‹ Die Verabredung war also, wie es scheint, durchaus einseitig. In den Mails war davon nämlich auch nicht die Rede.«

»Sie können es ja auch bei ihrem letzten Treffen ausgemacht haben, das würde ich nicht überbewerten. Trotzdem sollten wir uns diesen Lanzenberg noch einmal näher anschauen, er ist von den ganzen Kavalieren immerhin der einzige, der mit der Neuberger gestritten hat, und dadurch vielleicht auch ein Motiv hätte.«

»Den hast du aber aufg'schrieben. Doch ganz so ist es nicht, der Drexel hätte ja vielleicht auch ein Motiv gehabt. Die Neuberger könnte ihn ja beispielsweise gestalkt haben, und dann ist er halt durchgedreht, immerhin hat er Familie«, wandte Vogel ein, während er sich eine Pfeife stopfte.

»Das glaub ich, offen gestanden, aus mehreren Gründen nicht. Erstens hätte er uns dann sein Zweithandy nicht gezeigt, das ihn in einem solchen Falle nur belasten würde, und zweitens darfst du nicht vergessen, dass die Neuberger sich nach dem Drexel mit ihren beiden anderen Verehrern getroffen hat. Ein Stalker würde das niemals tun, der ist viel zu besessen von seiner Idee …«

Vogel nickte nachdenklich.

»Da hast du natürlich auch wieder recht. Aber kannst du dir vorstellen, dass der Lanzenberg so geistreiche Briefe schreibt? So ganz ohne sein gelehrtes Gedöns? Bei aller Wertschätzung gegenüber dem universitären Lehrkörper: Ich nicht …«, entgegnete er, während er genüsslich seine Pfeife entzündete.

»Das könnte ihn wirklich entlasten. Wie ich den einschätze, bringt der doch keinen geraden Satz zustande, in dem er sich nicht mit mindestens fünf Fremdwörtern schmückt. Wie befand doch einst Karl Kraus über unsere Lieblingsnachbarn: ›Die Deutschen sitzen an der Tafel der Kultur, bei der Prahlhans Küchenmeister ist‹.«

Nicht zum ersten Mal blätterte Walz ratlos in den Akten.

»Weißt was?«, sagte Vogel bedeutungsvoll, »Wir machen jetzt Feierabend. Wenn es dich freut, dann schau noch einmal auf der Angewandten vorbei und überprüfe das Alibi vom Lanzenberg. Die Akten kannst du schließlich auch zu Hause studieren und ich muss mich auf meine Recherche vorbereiten, vielleicht fördert auch die so manch Erhellendes zutage, wer weiß …«

Nachdem Walz sich telefonisch davon überzeugt hatte, dass das Sekretariat noch besetzt war, fuhr er zur Universität für Angewandte Kunst, die am Oskar-Kokoschka-Platz im ersten Wiener Gemeindebezirk gelegen war.

Als er vor dem Gebäude stand, das 1877 vom großen Heinrich Ferstel im Renaissance-Stil erbaut worden war, konnte sich Walz kaum vorstellen, dass in diesen ehrwürdigen Mauern an solch zweifelhaften Projekten wie dem von Robert Lanzenberg gearbeitet wurde.

Im Sekretariat empfing ihn eine etwa 55-jährige Dame, die über sein Kommen keineswegs erfreut schien, schaute sie doch äußerst missmutig über die Ränder ihrer Brille hinweg, als er nach kurzem Klopfen eintrat.

»Heute ist kein Parteienverkehr mehr«, rief sie ihm mahnend zu und zeigte auf ihre Armbanduhr. »Wir haben von Montag bis Freitag von 8 bis 12 Uhr geöffnet.«

»Entschuldigen Sie bitte die späte Störung, Frau Huber, Chefinspektor Walz mein Name, wir haben vorhin, glaube ich, miteinander telefoniert.«

Ihren Namen hatte Walz, stets auf Höflichkeit bedacht, auf dem Schild neben der Tür entdeckt.

»Ach so, das ist natürlich etwas anderes«, erwiderte sie in nur wenig freundlicherem Ton, »was wollen Sie wissen?«

»Wir bräuchten eine Bestätigung für eine Vorlesung, die Professor Robert Lanzenberg am 3. November um 16 Uhr gehalten hat.«

»Vom Lanzenberg?«, fragte sie in einem Tonfall, der keinen Zweifel darüber ließ, was sie von dem Professor für Art and Science hielt, während sie Walz mit gerunzelter Stirn über ihre Brille hinweg ansah.

»Na, schaun wir halt mal nach«, fuhr sie in gereiztem Tonfall fort und wandte sich mit ihrem Drehsessel dem Computer zu. »Am 3. November sagen Sie?«, murmelte sie vor sich hin. »Ja, freitags hat der Lanzenberg üblicherweise Vorlesung von 16 bis 18 Uhr.«

»Was heißt üblicherweise, hat er sie jetzt am 3. November abgehalten oder nicht?«

»Ich nehme es an, da er für diesen Zeitraum keinen Urlaub beantragt hat«, beschied ihm Huber achselzuckend.

»Haben Sie denn keine schriftlichen Unterlagen darüber, ob und wann Vorlesungen durchgeführt werden?«

»Schauen Sie, an der Angewandten geht es ein bisserl anders zu als auf einer normalen Universität«, entgegnete sie mit einem tiefen Seufzer, der wohl zeigen sollte, dass es ihr durchaus recht gewesen wäre, wenn hier mehr Ordnung geherrscht hätte. »Die Professoren haben mit ihren Klassen sehr viele Auswärtstermine, etwa Ausstellungsbesuche oder andere künstlerische Aktivitäten, die nicht hier im Hause stattfinden. Es kann also durchaus sein, dass der Lanzenberg am 3. November mit seinen Studenten irgendeine Exkursion gemacht hat, darüber führen wir nicht Buch.«

»Es wäre also auch denkbar, dass er seine Vorlesung zu einer anderen Uhrzeit gehalten hat?«, erkundigte sich Walz interessiert.

»Wenn er mit seinen Studenten eine Ausstellung besucht hat, dann kann das schon so sein«.

»Würden Sie mir bitte eine Liste der Studenten ausdrucken, die bei ihm eingeschrieben sind?«

Wieder dieser Blick über die Brille hinweg.

»Ich weiß, es ist auch für Sie schon fast Feierabend«, gab sich Walz verständnisvoll, »aber Sie würden mir damit wirklich einen großen Gefallen tun.«

»Was hat er denn ausgefressen, der Lanzenberg?«, fragte sie halblaut, während sie sich wieder dem Computer zuwandte.

»Gar nichts, es handelt sich lediglich um eine Routineangelegenheit«, bemühte Walz die in einem solchen Falle übliche Floskel.

»Das mag glauben, wer will«, murmelte sie vor sich hin, während sie dem Inspektor ein Blatt Papier reichte, auf dem etwa 30 Namen aufgeführt waren.

»Ich weiß, dass ich Ihre Geduld damit überbeanspruche, aber wäre es vielleicht möglich, dass Sie mir noch die Telefonnummern der Studenten ausdrucken?«, bat Walz mit verlegenem Lächeln, »mir würden, sagen wir, die ersten fünf reichen …«

Nachdem er den schon obligaten Blick über die Brillenränder tapfer ertragen hatte, seufzte die Sekretärin tief.

Ohne den Polizisten überhaupt einer Antwort gewürdigt zu haben, rollte sie wieder maulend zu ihrem Computer.

Die nächsten Minuten waren mit beständigem Murren erfüllt, wobei mehr als einmal der Name Lanzenberg im Zusammenhang mit wenig schmeichelhaften Adjektiven fiel.

Endlich reichte sie dem Inspektor das gewünschte Blatt Papier, auf dem tatsächlich die ersten fünf Namen der Liste mit ihren persönlichen Daten aufgeführt waren.

»War's das jetzt?«, wollte sie angriffslustig wissen.

»Im Prinzip schon, allerdings würde ich mich doch noch dafür interessieren, warum Sie auf den Herrn Professor Lanzenberg anscheinend nicht so gut zu sprechen sind …«

»Der Lanzenberg«, schnaubte sie verächtlich, »so einer hat doch an unserem Institut nichts zu suchen. Das ist aber bitte nur meine Privatmeinung.«

Walz, der sehr wohl wusste, welch einen Einblick eine Sekretariatsangestellte in die Interna einer Universität hatte, wartete gelassen ab, was Huber ihm noch mitzuteilen gedachte.

Und seine Geduld wurde tatsächlich belohnt.

Nachdem sie ihn mit unterdrücktem Ärger gemustert hatte, fuhr sie fort:

»Wir haben hier die bedeutendsten Künstler als Professoren, und dann kommt so ein Würstel wie der Lanzenberg, und führt sich auf, als hätte er die Weisheit mit Löffeln gefressen. Ständig kommt er mit neuen Ideen daher, die an einer Universität wirklich nichts zu suchen haben … Letztes Jahr schlug er doch glatt vor, dass sich die Erstsemsester, um die ›Scheu voreinander zu verlieren‹, wie er sich ausgedrückt hat, alle in einer öffentlichen Aktion ausziehen und gegenseitig anmalen sollen … das wurde aber glücklicherweise nicht genehmigt. Das sind doch noch halbe Kinder.«

Empört blickte Huber über ihren Brillenrand hinweg und sah den Inspektor herausfordernd an.

Dieser hütete sich jedoch, dazu Stellung zu beziehen und bedankte sich herzlich für ihre Unterstützung.

Für heute hatte Walz genug, mit der Liste wollte er sich erst am nächsten Tag auseinandersetzen.

Seine Müdigkeit, die noch vom vorigen Abend herrührte, wurde indes auf dem Heimweg durch eine SMS erheblich gemindert, in der Sophia Dernberg anfragte, ob er sich schon vom gestrigen Abend erholt hätte. Zu Hause angekommen, schrieb er ihr zurück und regte »irgendwann demnächst« ein weiteres Treffen an, das vielleicht weniger vom Alkohol geprägt sein sollte, weil er »noch unter einem leichten Hangover litt«, wie er sich ausdrückte. Tatsächlich musste er nicht lange auf eine Replik warten, die lediglich aus einem Wort bestand: »Wann?«

Was seine Laune mit einem Schlag grundlegend besserte.

Kurz überschlug er sein geplantes Abendprogramm, das lediglich darin bestand, seine Schuhe einer gründlichen Säuberung zu unterziehen, was, insgesamt nicht mehr als zwei Stunden Zeit in Anspruch nehmen sollte. Auf das eigentlich geplante Aktenstudium wollte er angesichts der neuen Lage großzügig verzichten.

Also schlug er ein Treffen um 21 Uhr vor, im *Fusan* auf der so genannten *Zweierlinie*.

Was von Sophia freudig bestätigt wurde.

Die Abendgestaltung seines Kollegen Vogel nahm sich, wie wir uns vorstellen können, ein wenig komplizierter aus.

Schließlich musste er erst einmal den häuslichen Frieden wiederherstellen, was allerdings nach seiner Erfahrung keine allzu große Herausforderung darstellte, da Martina glücklicherweise überhaupt nicht nachtragend war. Selbst die Tatsache, dass er sich nicht entschuldigen wollte, stellte üblicherweise keinen Hinderungsgrund für eine Einigung dar.

So betrat er also hoffnungsfroh seine Wohnung, und rief, nachdem er seinen um ihn tanzenden Hund angemessen begrüßt hatte, laut nach seiner Familie.

Doch es schien niemand da zu sein.

Ungeachtet dessen, dass er mit seiner Frau nicht in bestem Einvernehmen stand, war er doch irgendwie enttäuscht, gibt es doch nichts Trostloseres als eine unversehens verwaiste Wohnung, in die man von seiner Arbeit zurückkehrt.

Selbst die begeisterte Emily konnte ihn nicht gänzlich darüber hinwegtrösten.

Da er aber davor zurückschreckte, Martina anzurufen, um sich nicht gleich wieder anhören zu müssen, dass sie es ihm doch schon tausendmal erzählt hatte, wo sie an diesem Tag sei, womit wieder einmal mehr der Beweis dafür erbracht war, dass er ihr nie zuhörte, beschloss er, seinen üblichen Abendspaziergang heute etwas früher als sonst durchzuführen.

Da er nun über genügend Zeit verfügte, wählte er dafür den Wienerberg, ein weitläufiges Erholungsgebiet von über 100 Hektar im 10. Wiener Gemeindebezirk, das auf dem früheren Areal des damals größten Ziegeleiwerks Europas errichtet worden war. Nachdem der Lehmabbau in den 60er-Jahren des 20. Jahrhunderts unrentabel geworden war, wurde das Gebiet zwischenzeitlich von der Stadtverwaltung als riesige Mülldeponie genutzt. Da aber ein solcher Schandfleck inmitten einer aufstrebenden Kulturmetropole nicht tragbar und auch das Thema »Ökologie« nicht mehr aus den Schlagzeilen herauszuhalten war, wurde der Wienerberg zwanzig Jahre später von der Stadtregierung zum geschützten Naherholungsgebiet erklärt.

Dorthin zog es also Vogel heute, und Emily erklärte sich mit dieser Wahl durchaus zufrieden, bot das weitläufige Areal doch genügend Plätze, wo sie sich richtig ausrennen konnte und dabei manchmal sogar auf einen Hasen stieß, der als eine willkommene Bereicherung der üblichen Spaziergangsroutine angesehen wurde.

Als der Inspektor gegen 18:30 Uhr wieder nach Hause kam, war die Wohnung nicht mehr verwaist, und es stellte sich heraus, dass seine Frau mit ihrer Tochter Laura beim Zahnarzt gewesen war.

Seine Entscheidung, nicht nach ihrem Verbleib zu fragen, hatte sich also als goldrichtig erwiesen, denn tatsächlich fiel ihm jetzt wieder ein, dass ihn seine Gattin von dem bevorstehenden Zahnarztbesuch ausführlich unterrichtet hatte.

Der Streit vom Vorabend war über die aufregende Neuigkeit einer Zahnspange für Laura völlig in Vergessenheit geraten und wurde auch mit keinem Wort mehr erwähnt, so dass die Grundlage für ein gemütliches Abendessen gegeben war. Allerdings stand Vogel noch vor der schwierigen Aufgabe, seiner Frau mitzuteilen, dass er heute noch einmal das Haus verlassen müsse.

Um die wiedergewonnene Harmonie während des Essens nicht zu gefährden, schob er den Zeitpunkt der Mitteilung unschlüssig vor sich her.

Gerade als Laura ihm davon berichtete, welche Farbe sie für das Behältnis ihrer Zahnspange wählen würde, hatte er eine grandiose Idee.

Mit dem Vorwand, dass er eine neue Pfeife aus seinem Zimmer holen müsse, telefonierte er von dort aus mit seinem Kollegen Walz, er möge ihn bitte in zehn Minuten anrufen, um ihn zu einem dringenden Einsatz zu beordern.

»Stell dir vor, wir sind gerade mit einem schrecklichen Fall beschäftigt«, sagte er, nachdem er wieder am Esstisch Platz genommen hatte. »Wir haben gestern einen Tipp bekommen, dass in den nächsten Tagen ein Mädchentransport aus Usbekistan nach Österreich geplant ist. Es kann also durchaus sein, dass ich noch heute Abend ganz schnell weg muss …«

»Kajetan, wie oft habe ich dich schon darum gebeten, dass du solche Dinge nicht vor dem Kind erzählen sollst«, mahnte ihn Martina. »Es ist schon schlimm genug, dass du mit solchen Sachen zu tun hast.«

»Ist das gefährlich, Papa?«, fragte Laura besorgt.

»Nein, mein Schatz, überhaupt nicht. Ich muss nur helfen, das Ganze aufzuklären und die Täter vernehmen, wenn sie schon festgenommen sind«, beruhigte Vogel seine Tochter, während seine Frau ihn böse anblickte.

Verabredungsgemäß läutete bald darauf sein Mobiltelefon.

»Servus, Alfons … Was, es ist schon so weit? … Aha, der Wagen hat vor einer halben Stunde die Grenze passiert, und wird in dreißig Minuten in Wien erwartet. Gut, ich fahre gleich los«, echote Vogel.

»O je, ihr habt's ja gehört, ich muss euch leider dringend verlassen«, wandte er sich mit bedauerndem Gesichtsausdruck an seine Familie, »aber ich werde versuchen, es kurz zu machen und bald wieder da sein. Ich zieh mich nur noch rasch um.«

Verwundert schaute ihn Martina an.

»Wieso musst du dich dafür umziehen?«

»Ich hab heute so viel Lauferei gehabt und bin ganz verschwitzt. Außerdem weiß ich nicht, wie lange der Einsatz heute Nacht dauern wird, da will ich mir lieber rasch noch etwas Frisches anziehen. Du weißt ja, wie heikel der Alfons ist – und ich hasse es einfach, zu stinken!«

»Das ist auch gut so«, krähte Laura zustimmend, so dass ihre Mutter lachen musste.

Nachdem er sich noch schnell geduscht hatte, zog er zu einer braunen Cord-Hose ein hellblaues Hemd und eine rote Krawatte an, darüber eine gelbe Weste und sein liebstes Tweed-

Sakko von Lanvin, das er in Paris einmal second-hand erstanden hatte. Diese feine Adjustierung verbarg er unter seinem üblichen dunkelblauen Trenchcoat, in der Hoffnung, dass Martina ihn, wie üblich, nicht so genau musterte, wenn er dienstlich das Haus verließ. Sein Parfüm verbarg er neben der *Tante Jolesch* in seiner braunen Schirmtasche, ebenso wie eine frische Zahnbürste und das obligate Pfeifenetui.

Martina stand gerade am Abwaschbecken und war mit dem Geschirr beschäftigt, als er ihr zum Abschied einen flüchtigen Kuss ins Genick gab und seiner Tochter die schon lange nicht mehr bereitwillig gegebene Abschiedsumarmung abverlangte.

Es blieben ihm noch 40 Minuten, um von Hietzing zum Kahlenberg zu gelangen, was nicht allzu großzügig kalkuliert war, da er dafür die ganze Stadt durchqueren musste. So gab er seinem Jaguar S-Type, den er vor kurzem mit einem stattlichen Aufpreis gegen seinen alten Rover eingetauscht hatte, gehörig die Sporen.

Nur leicht verspätet, immerhin hatte er sich nach seiner Ankunft im Auto noch sorgfältig adjustieren müssen, betrat er das Restaurant, das vereinbarte Buch sichtbar vor sich hertragend.

Doch dieser eigentlich wegen seiner Diskretion von ihm ausgesuchte Ort erwies sich dazu als überhaupt nicht geeignet, denn die erste Frau, die er dort erblickte, war niemand anderer als Monika Leinreuther, die beste und älteste Freundin seiner Frau, und darüber hinaus auch noch ihre Trauzeugin.

Gerade als er panisch wieder das Weite suchen wollte, winkte sie ihm mit der *Tante Jolesch*, die vor ihr auf dem Tisch gelegen hatte zu, womit sich Vogel unversehens in der denkbar unangenehmsten Situation wiederfand.

Unschlüssig darüber, was er jetzt tun sollte, blieb er mit einem blöden Lächeln im Gesicht wie angewurzelt stehen, bis ihn Leinreuther energisch zu sich winkte.

»Also, du bist der Greyhound«, rief sie lachend aus, »bei deiner Beschreibung hätte ich mir das eigentlich fast denken können …«

Es war ja nicht so, dass Vogel die beste Freundin seiner Frau nicht mochte, aber diese Situation überforderte ihn sichtlich, blieb er doch völlig stumm.

»Komm, jetzt sei nicht komisch und setz dich her, wir haben uns zum Abendessen verabredet und sonst ist ja noch nichts geschehen«, sagte sie ihm aufmunternd und gebot ihn mit einer einladenden Handbewegung, am Tisch Platz zu nehmen.

Schüchtern kam der Inspektor der Einladung nach und starrte ins Leere, offensichtlich hatte er einen veritablen Schock davon getragen.

»Jetzt machen wir einfach das Beste draus und vergessen einmal die nächsten zwei Stunden, dass wir uns eigentlich schon kennen … und ich verspreche dir hiermit hoch und heilig, dass ich Martina nichts von unserem Treffen erzählen werde! Na, ist das ein Angebot?«

»Das wäre wirklich nett, Monika, sonst bringst du mich in Teufels Küche«, antwortete Vogel endlich.

»Das weiß ich doch auch, aber sag, steht es tatsächlich so schlecht um eure Ehe, dass du dich in einer Partnervermittlung umsehen musst?«

Monika Leinreuther legte ihre Hand auf die seine und schaute ihn besorgt an.

»Nein, überhaupt nicht, denn eigentlich bin ich ja dienstlich hier«, raunte Vogel mit Verschwörermiene, »wir untersuchen gerade einen Mordfall, der im Zusammenhang mit dieser Agentur steht, und da meinten wir, dass es hilfreich wäre, wenn ich mir einmal anschauen würde, wie es hier so zugeht.«

»Na, da bin ich aber froh«, gab sich Leinreuther erleichtert, ohne auf die ein wenig hatscherte Logik ihres Gegenübers näher einzugehen, »jetzt kannst du ja einmal an mir ausprobieren, wie es hier läuft. Üblicherweise beginnt man einen solchen Abend mit einem Apéritif. Ich nehme einen Bellini.«

Vogel hatte sich wieder so weit gefangen, dass er sogleich den Kellner herbeiwinkte.

»Für die Dame bitte einen Bellini, und mir einen trockenen Sherry, und die Speisekarte bitte«, wies er den Ober an.

»Na also, geht doch«, sagte sie fröhlich zwinkernd.

Ihr schien diese seltsame Situation überhaupt nicht unangenehm zu sein, sie amüsierte sich, wie es schien, königlich dabei.

»Hattest du schon öfter solche Treffen?«, fragte Vogel.

»Ja, einige schon. Seit meiner Scheidung vor drei Jahren bin ich ja überzeugter Single, und treibe mich eigentlich überall herum, wo man auf nette Männer stoßen kann.«

»Und wie laufen diese Dates so ab, ich meine in dieser Agentur?«

»Ich hab eine Idee. Wir tun jetzt so, als würden wir uns hier zum ersten Mal sehen, dann kannst du es ja selbst erleben, und vielleicht auch deine Schlüsse daraus ziehen, die dir bei deinen Recherchen weiterhelfen. Und kein Wort, das heute Abend zwischen uns fällt, wird nach draußen getragen. Einverstanden?«

Vogel war's recht, und so konnte er, während sie die Speisekarte studierte, sein Gegenüber erst einmal einer genaueren Inspektion unterziehen.

Verwundert stellte er fest, dass er Monika niemals als Frau angesehen hatte, da sie als beste und älteste Freundin seiner Gattin in seinen Augen eigentlich eine Unberührbare war. Doch so, fernab jeder argwöhnischen Beobachtung Martinas, stellte er fest, dass sie durchaus attraktiv zu nennen war.

Unter ihren dunkelbraunen Locken, die sie kinnlang trug, wölbte sich eine schöne Stirn, die in halbmondförmige Augenbrauenbögen mündete. Ihre Nase hatte knapp unterhalb der Wurzel eine kleine Verdickung, was ihr ein unvollkommenes, aber gerade dadurch reizvolles Profil verlieh. Die Lippen waren eher schmal, aber schön geformt. Bemerkenswert war die Linie, die sich von ihrem Nacken zu einem langen, schlanken Hals zog. Ihre Körperhaltung, war nobel, fast schon aristokratisch zu nennen.

Seine oberflächliche Betrachtung wurde von der Ankunft des Kellners unterbrochen, der die Getränke brachte und sich erkundigte, ob sie schon die Speisen gewählt hätten.

»Ich hab eigentlich schon zu Hause zu Abend gegessen, werde daher nur etwas Kleines nehmen«, erklärte Vogel, während er die Karte überflog und kurz entschlossen die Rinderfiletspitzen wählte. Seine Begleiterin entschied sich für den geschmorten Kalbstafelspitz, nachdem sie sich dezent bei Vogel informiert hatte, ob die Rechnung von der Wiener Polizei übernommen wurde, was dieser schlicht bejahte.

Beim Wein kamen sie überein, dass ein Grüner Veltliner von Jurtschitsch am besten dazu geeignet sei.

»Du hast also schon bei Martina gegessen? Ich nehme an, sie weiß nichts davon, dass du hier bist«, konstatierte Leinreuther, nachdem der Ober gegangen war.

»Nein, natürlich nicht«, erwiderte er nach kurzer, aber intensiver Überlegung, »das würde ihr, glaub ich, auch nicht gefallen.«

»Das glaube ich auch nicht, was hast ihr denn erzählt?«

»Dass ich zu einem dringenden Einsatz muss«, erwiderte er ausweichend.

»Ah, die übliche Ausrede eines Polizisten, nehm ich einmal an. Wie geht es euch denn eigentlich, ich meine, in eurer Ehe?«

Jetzt kam es darauf an, wie sich der weitere Abend gestalten würde, dessen war sich Vogel wohl bewusst.

»Na ja, du weißt schon, Martina ist ein bisserl eine Prinzessin, und ich bin alles andere als ein Märchenprinz, daher gestaltet sich unsere Ehe zuweilen nicht ganz einfach …«

»Ich verstehe. Schließlich kenne ich Sie schon lange genug, und sie war schon in der Schule so ein Blümchen-rühr-mich-nicht-an, umso mehr, das kann ich dir ja jetzt sagen, hat es mich gewundert, dass sie so einen Hallodri, wie du einer bist, zum Mann genommen hat«.

Vogel wollte schon protestieren, doch an ihrem spöttischen Blick merkte er, dass sie ihn eigentlich nur provozieren wollte.

»Ein Hallodri war ich früher vielleicht einmal, aber unterdessen bin ich doch ziemlich gesetzt, schau mich doch an«, entgegnete Vogel, der noch nicht genau wusste, worauf sein Gegenüber eigentlich hinaus wollte.

»Weißt du, meine lange Erfahrung hat mich eines gelehrt: ein Mann ändert sich niemals grundlegend. Wenn er einmal vom süßen Gift der Untreue genascht hat, dann kann er nicht mehr davon lassen.«

»Glaubst du das wirklich von mir?«, fragte Vogel leise.

»Natürlich! Denkst du, ich erkenne nicht den Blick des Jägers? Alleine, wie du mich vorhin gemustert hast, als ich die Karte studierte. Und du fühltest dich so unbeobachtet dabei, und hast nicht einmal bemerkt, dass ich das sehr wohl gespürt habe. Hätte uns der Kellner mehr Zeit gelassen, hättest du mich in deiner Fantasie schon ausgezogen. Ach, ihr Männer seid alle so einfach gestrickt …«, lachte sie.

Und sie hatte ein wunderbares Lachen, fand Vogel, und beschloss, auf dieses Spiel einzugehen.

»Wenn wir Männer nicht so schwanzgesteuert wären, wäre die Menschheit doch schon lange ausgestorben. Das hat die Natur schon so eingerichtet. Und gegen die sollte man sich nicht auflehnen, das sagt dir jeder Arzt.«

»Nein, nein, ihr wollt einfach nicht dagegen ankämpfen, da liegt der Hase begraben. Ihr müsst einfach untreu sein, weil ihr euch darin als Mann bestätigt seht. Und soll ich dir was sagen? Gerade das gefällt mir an euch! Das macht euch so berechenbar.«

Die Unterhaltung wurde von den Kellnern unterbrochen, die zuerst den Wein und etwas später die Speisen servierten.

Kaum hatten sie den Tisch verlassen, fuhr Monika fort.

»Und soll ich dir noch etwas sagen? Du bist gar nicht hier, weil du recherchieren willst, diese Schutzbehauptung hast du nur aufgestellt, weil ich eine Freundin von Martina bin. Vielleicht gab es tatsächlich einen Mord in diesem Zusammenhang, das mag sein, vielleicht wolltest du dich anfangs wirklich nur umsehen, wie es da zugeht, doch dann hast du das vielfältige Angebot an willigen Frauen gesehen, und damit war dein Jagdfieber geweckt. Wär ich eine andere gewesen, hättest du deine Recherchen gar nicht erwähnt, darauf wette ich! Stimmt's?«

Vogel versuchte Zeit für seine Antwort zu gewinnen, indem er ein großes Stück einer Rinderfiletspitze in den Mund schob und genüsslich darauf herumkaute.

Es war ihm rätselhaft, wie er sich nun verhalten sollte.

Gab er ihr Recht, brach sein gesamtes Lügengebäude zusammen, das er schon seit Jahren gegenüber seiner Frau aufrechterhielt. Und immerhin, auch wenn Monika versprochen hatte, dass kein Wort nach außen dringe, war das doch eine höchst ungemütliche Situation. Ein Versprecher nur von ihrer Seite, und seine Ehe war perdu, mit allen schrecklichen Konsequenzen, die er sich gar nicht ausmalen wollte.

Andererseits war Monika die beste Freundin seiner Frau, und wenn Martina sie so erleben würde, wäre es auch mit deren Freundschaft sofort vorbei.

Doch irgendwann ist auch das größte Stück Fleisch so sehr bekaut, dass es sich nur mehr als formlose Masse im Mund befindet, und ganz von alleine die Kehle hinunterschlüpft.

»Stimmt!«, sagte er endlich und nahm einen großen Schluck Wein.

Monika nickte zufrieden.

»Wenigstens bist du ehrlich … Das kann doch schon einmal die Grundlage für einen reizenden Abend sein. Gehst du eigentlich oft fremd?«

Vogel schaute sie an, als hätte er nicht richtig verstanden.

»Na ja, ich meine, du triffst dich heute doch nicht zum ersten Mal mit einer Frau. Und wie ich dich einschätze, hast du Martina auch darüber im Unklaren gelassen, wie lange der sogenannte dringende Einsatz dauern würde. Und ein Zimmer hast du hier vielleicht auch schon reserviert, natürlich unter falschem Namen, falls etwas schief gehen sollte. Es könnte ja sein, dass ich dir nicht gefalle oder dass du mir nicht zusagst …«, sie legte wieder ihre Rechte auf seine Hand und senkte ihre Stimme, »was zumindest von meiner Seite aus ganz und gar nicht der Fall ist.«

Sogleich nahm sie ihre Hand zurück, um nach ihrem Glas zu greifen und ihm lustig zuzwinkernd einen Schluck zu nehmen.

Vogel begann sich angesichts dieser aggressiven Werbungsversuche wieder unbehaglicher zu fühlen. Misstrauisch, wie er als Polizist nun einmal war, witterte er eine mögliche Falle, die in dem Moment zuschnappen könnte, wenn er der Versuchung nachgab.

Dennoch spürte er an seinem Körper langsam die Veränderung, die üblicherweise der reinen Unvernunft vorausgeht.

»Willst du noch eine Nachspeise?«, fragte er hilflos.

Doch dieses letzte Aufbegehren gegen das Unvermeidliche verfing nicht.

»Vielleicht später … Magst du mir nicht zuvor das Zimmer zeigen?«

Ob es weibliche Ahnung war oder gar die Schilderung Martinas über die triebhafte Veranlagung ihres Gatten in der Frühzeit ihrer Ehe, Vogels Widerstandskraft war gebrochen.

Wortlos winkte er dem Kellner, um die Rechnung zu verlangen.

»Und den Rest des Weines nehmen wir mit hinauf!«, beschloss Monika mit lüsternem Grinsen.

Als sie in dem von Vogel unter dem Namen *Fink* telefonisch reservierten Zimmer angelangt waren, stellte sie mit vergnügtem Glucksen die Weinflasche auf den Tisch und schlang sogleich ihr rechtes Bein um ihn, während sie mit der Linken wohlig seufzend seinen Kopf zu sich hinabzog und ihn leidenschaftlich küsste.

Vogel, der ohnehin kein großer Freund allzu saftiger Küsse war, ging das alles definitiv zu schnell. Sanft aber entschieden entzog er sich ihrer stürmischen Attacke und nahm sie, weniger aus Zärtlichkeit denn aus Notwehr, fest in seine Arme, wobei er immerhin einige Erkenntnisse über die Beschaffenheit ihres kräftigen Körpers und den Duft ihre Haare gewinnen konnte.

Was ihn wiederum zu weiterem Tun inspirierte.

Liebevoll nahm er ihren Kopf in die Hände, beugte ihn nach hinten und küsste sie von ihrem Scheitel ausgehend langsam nach unten, wobei er ihrem fordernden Mund großräumig auswich und ihn nur mit einem flüchtigen Kuss bedachte. Mit seinen Lippen erforschte er die anmutige Linie ihres Nackens bevor er von ihrer noch geschlossenen Bluse kurzzeitig aufgehalten wurde.

Langsam öffnete er Knopf für Knopf, jedes frei werdende Stück Haut zärtlich liebkosend.

Dabei atmete er gierig ihren Duft ein und versenkte seinen Kopf in ihre noch von einem Büstenhalter gestauten Brüste.

Diese zu befreien war nun das nächste anstehende Projekt unseres Inspektors, der sich inzwischen mit seiner Rolle als Liebhaber der besten Freundin seiner Frau versöhnt zu haben schien. Allerdings gestaltete sich dieses Vorhaben schwieriger als gedacht. Denn während seine Hände hinter ihrem Rücken hektisch nach dem befreienden Verschluss suchten, mischte sie sich mit einem glucksenden Lachen ein, und öffnete ihn zum Erstaunen Vogels mit einem Handgriff.

»Überraschung! Manche gehen halt auch vorne auf …«, grinste sie ihn an.

Und wurde dafür auch gleich mit einem Kuss auf die Lippen belohnt, bevor er sich wieder der lingualen Exploration der nunmehr frei schwebenden und wenn auch ziemlich kleinen, doch durchaus ansehnlichen Brüste widmete. Wobei er mit besonderer Hingabe an den kleinen

Warzen knabberte, bevor er zum Bauch aufbrach, einem seiner Lieblingsgebiete des weiblichen Körpers.

Und tatsächlich erwies sich Monika besonders in dieser Region als wohltrainiert und sehnig, was den noch immer leidenschaftlich expedierenden Inspektor bald zu weiterem Tun animierte. Ihre schwarze Hose war dankenswerterweise nur mit einem Reißverschluss gesichert, der Vogels Fingerfertigkeit auf eine nur geringe Probe stellte.

Gerade als er sich entzückt mit Monikas völlig rasiertem Unterbauch beschäftigen wollte, zog sie seinen Kopf nach oben, nahm sein Gesicht zwischen ihre Hände und fragte ihn:

»Warum so eilig? Hast du heute Abend noch einen Einsatz, oder was?«

Dann schüttelte sie lässig die Hose ab, und ging lediglich mit ihrem String bekleidet zur Bar, holte von dort zwei Gläser und füllte sie mit dem Rest des Weines.

Nachdem sie miteinander angestoßen hatten, meinte Monika nur:

»Bist auch nicht gerade der große Küsserkönig, wie?«, und nahm einen großen Schluck, ohne seine Replik überhaupt abgewartet zu haben.

Da Vogel diese Frage ohnehin nur als Feststellung verstanden hatte, nippte er schweigend an seinem Glas und betrachtete wohlwollend den Körper seiner Partnerin.

»Eine Schande ist das, ich hab schon fast alle meine Karten auf den Tisch gelegt, und von dir weiß ich noch nicht einmal, ob du überhaupt ein Blatt hast«, sagte sie verschmitzt und zog ihm das Sakko aus, denn tatsächlich war Vogel noch vollständig angezogen.

Obwohl er ihr dabei behilflich war, dauerte es doch eine ganze Weile, bis auf beiden Seiten wieder Gleichstand eingetreten war, und der Inspektor in seiner Boxershort vor ihr saß.

Nachdem sie ihn eingehend betrachtet hatte, tastete sie mit abwägender Miene seinen wohl gestalteten Oberkörper ab und zwang ihn hernach sanft aufs Bett, um wieder die Sache in die Hand zu nehmen.

Doch Vogel ließ sich das nicht allzu lange gefallen, er liebte es nicht, wenn die Frau im Bett die Initiative übernahm.

Stattdessen nahm er sie bei den Schultern und drehte sie auf den Rücken, um ihr das winzige Etwas, herabzustreifen, das sie noch von der völligen Nacktheit trennte.

So glich ihr erstes Zusammensein mehr einem liebevollen Ringkampf als einem Geschlechtsakt, versuchten doch beide beständig, die Oberhand zu gewinnen.

Das konnte zwangsläufig nicht gut gehen, so dass endlich Vogel seine körperliche Überlegenheit dazu nutzte, um die Stoßrichtung vorzugeben.

Dies geschah allerdings nicht ohne Gegenwehr, so dass beide nach einem fast synchronen Höhepunkt ermattet niedersanken.

»Sex ist einfach das Schönste, was es gibt«, stellte Monika noch immer schwer atmend fest.

Zärtlich streichelte sie ihm über den Kopf.

»Du wirst schon sehen, beim zweiten Mal wird's noch besser gehen. Ich muss mich halt erst noch an dich gewöhnen«, flüsterte sie, während sie die Hände unter ihrem Kopf verschränkte. »Und du musst mir sagen, was du besonders gern magst.«

Vogel, der es liebte, sich nach einem vollzogenen Akt halbschlafenen Tagträumereien hinzugeben, gab keinen Laut von sich.

»Was ist los mit dir? Schläfst du etwa? Na, das werden wir gleich ändern«, kündigte sie in entschiedenem Tonfall an, und wollte sich schon wieder über ihren wohlig dösenden Partner hermachen. Dieser jedoch drückte ihren Kopf mit sanfter Gewalt auf seine Brust.

»Im Gegensatz zu euch Frauen, die den Geschlechtsakt offenbar stets als erfrischend empfinden, müssen wir Männer uns immer davon erholen, wenn wir euch unser Bestes gegeben haben«, brummte Vogel und kraulte ihr zur Beruhigung den Kopf.

»Du bist und bleibst ein Macho!«, lachte sie und setzte sich auf, um noch einen Schluck Wein zu nehmen.

Vogel hingegen dachte nach.

Vom hormonellen Überschwang befreit, reifte in ihm die Erkenntnis, soeben einen großen Fehler gemacht zu haben.

Nicht nur, dass er tatsächlich die grenzenlose Dummheit begangen hatte, mit der besten Freundin seiner Frau im Bett zu liegen. Nein, es drängte ihn sogar, sofort aufzustehen und das Weite zu suchen. Er wusste nicht, was es war, aber plötzlich erschien ihm der Körper an seiner Seite gar nicht mehr begehrenswert, er stieß ihn sogar ein wenig ab, ebenso wie die lästigen Zärtlichkeiten seiner Gespielin, mit dem sie ihn wieder in Stimmung zu bringen suchte.

Diese Erfahrung war für unseren Schürzenjäger etwas absolut Neues, und daher dachte er angestrengt nach, wie er dieser Situation unbeschadet entfliehen könnte.

Ächzend stand er auf, gab ihr einen flüchtigen Kuss und entschuldigte sich für einen Moment. Das Bedürfnis nach einer Dusche war einfach übermächtig in ihm geworden.

Gerade, als er sich unter den Wasserstrahl stellte, wurde

ihm mit einem Mal bewusst, was ihn zu dieser seltsamen Sinneswandlung bewogen hatte. Es war ihr Geruch, den sie mit ihrem Schweiß abgesondert hatte.

Verlegen lächelnd kam er aus dem Badezimmer, das Hotelhandtuch um seinen Unterleib geschlungen, und setzte sich neben sie auf die Bettkante.

»Du, ich muss jetzt gehen!«, sagte er leise zu ihr, wobei er versuchte, eine leidende Miene aufzusetzen.

»Was? Jetzt schon? Hat's dir nicht gefallen?«, fragte sie entsetzt.

»Doch, natürlich, aber ich habe plötzlich fürchterliches Schädelweh, und damit es nicht zu einer Migräne ausartet, muss ich schnell nach Hause, um meine Tabletten zu nehmen, die ich fahrlässigerweise nicht bei mir habe. Und dann muss ich gleich schlafen gehen, sonst bin ich morgen zu nichts zu gebrauchen.«

»Und das wäre doch allzu schade«, bemerkte sie mit einem kundigen Griff in seine Weichteile.

»Es geht mir wirklich nicht gut«, betonte Vogel nochmals und schob sachte ihre Hand beiseite, wobei er sich so sehr in seine Rolle hineinsteigerte, dass er tatsächlich schon ein leichtes Stechen in seinem Kopf empfand.

»Das tut mir jetzt wirklich leid, Kajetan. Wann sehen wir uns wieder?«

»Rufen wir uns einfach zusammen«, entgegnete Vogel und gab ihr einen Kuss auf die Stirn bevor er aufstand, um sich anzuziehen.

»Dazu bräuchte ich aber deine Telefonnummer, ich kann ja schlecht bei der Martina anrufen, und dann dich verlangen«, erwiderte sie lachend.

»Gib mir einfach deine. Ich ruf dich dann in den nächsten Tagen an.«

Vogel nahm sein Mobiltelefon zur Hand und speicherte die Ziffern, die ihm Monika ansagte.

»So, und jetzt kannst du mich ja gleich anrufen, dann hab ich deine auch«, schlug sie ihm vor.

Innerlich fluchend kam er ihrem Vorschlag nach, hatte er doch gerade das vermeiden wollen.

Das *Fusan* ist ein thailändisches Restaurant, dessen Qualität über jeglichen Zweifel erhaben ist. Dass die Preise der angebotenen Speisen sich dessen ungeachtet in sehr moderaten Regionen bewegen, ist einfach der etwas ungünstigen Lage des Lokals geschuldet. Denn die so genannte *Zweierlinie* ist eine sehr belebte Parallelstraße zum Ring und wurde gleichzeitig mit ihr auf dem alten Glacis als deren »Lastenstraße« gebaut, da auf der Prachtstraße, die die Innere Stadt umschloss, kein Schwerverkehr gestattet war, ein Verbot, das übrigens bis heute aufrecht ist. Ihr Name geht auf die bis 1980 dort verkehrenden Straßenbahnen zurück, die *Zweierlinien*, die parallel zu den *Einserlinien* des Rings geführt wurden. Obgleich diese Durchgangsstraße auch einen »richtigen« Namen hat, würden viele Wiener wohl ratlos den Kopf schütteln, würden sie nach dem Getreidemarkt oder der Museumsstraße gefragt werden. Wie so vieles in Wien blieb auch der Name der *Zweierlinie* im Volksmund erhalten, auch wenn der Pate dafür, in diesem Falle die Tramwaylinie, längst in Vergessenheit geraten ist.

Der üblichen mühsamen Parkplatzsuche in dieser Gegend waren sowohl Walz, als auch Sophia Dernberg enthoben, da beide in Gehdistanz wohnten.

Der Inspektor studierte schon die Karte, als seine Freundin ein wenig verspätet das nur schütter besuchte Restaurant betrat.

Nach einer unkomplizierten Wangenkuss-Begrüßung nahm sie ihm gegenüber Platz und strahlte ihn lustig an.

»Wie geht's dir, Alfi? Hangover over?«

Die Beantwortung der Frage musste jedoch für kurze Zeit hintangestellt werden, da der Besitzer des Lokals mit den Speisekarten an den Tisch trat und das Paar herzlich begrüßte.

Walz bestellte ein kleines Bier, während Dernberg einen weißen Gespritzten vorzog.

»Noch nicht ganz, aber nach dem Reparatur-Seiterl wird's schon wieder gehen«, erwiderte Walz lächelnd, der die ungezwungene Fröhlichkeit seines Gegenübers sichtlich genoss.

»Also, mir geht's prächtig. Und wie war dein Tag heute? Habt ihr ihn jetzt endlich, den Mörder von Brigitte?«

»So schnell, mein liebes Sopherl, geht's leider nur im Fernsehen. Aber den Habenreither haben wir heute schon vernommen.«

»Habenreither?«, fragte Dernberg verständnislos.

»Na, der Michael«, sagte Walz eindringlich.

»Richtig, so hieß er!«, rief sie laut aus, »Habenreither! Und war er's?«

Der Inspektor lachte herzlich.

»Ich glaube, den können wir wirklich ausschließen, da hattest du völlig recht mit deiner Einschätzung. Ich frage mich nur, was Brigitte mit einem solchen Typen angestellt hat. Der ist ja nur fad. Aber sie ist seine große Liebe gewesen, das hat sich bis heute nicht geändert, das hat er offen zugegeben.«

»O je, der Arme …«, meinte sie bekümmert, »war er schockiert über die Nachricht ihres Todes?«

Walz berichtete ihr in wenigen Worten über das Treffen mit ihm.

»Im Übrigen haben wir heute ihre drei Liebhaber von *finallylove* kennen gelernt, das waren schon ganz andere Kaliber«, fuhr er fort, »hast du von ihnen allen gewusst?«

Dernberg nickte.

»Wir haben ja fast jeden Tag miteinander telefoniert.«

»Das ist ja hochinteressant, dann sag mir doch mal, was sie dir von denen erzählt hat.«

Unterdessen servierte der Wirt die Getränke und erkundigte sich nach den Speisewünschen. Da beide sich jedoch noch nicht mit der Karte beschäftigt hatten, baten sie ihn, ein wenig später wiederzukommen.

»Also, da war zuerst dieser Bildhauer«, begann Dernberg eifrig, »Wilfried hieß der, glaub ich, von dem war sie völlig begeistert. Das muss aber auch ein ganz besonderer Typ gewesen sein, in den war sie richtig vernarrt. Aber der war halt leider verheiratet und hat sie nach drei Treffen sitzenlassen. Das hat sie völlig fertiggemacht. Ich glaube sogar, dass sie den auf der Stelle geheiratet hätte. Da das aber nicht möglich war, und sie nur mehr ein Häufchen Elend, hab ich ihr geraten, sich mit jemandem anderen abzulenken, Auswahl hatte sie ja genug, sie hat mir erzählt, dass sie an die 300 Zuschriften bekommen hat.«

»300?«, wunderte sich Walz, »in ihrem Postfach haben wir aber bei weitem nicht so viele gefunden.«

»Die meisten hat sie ja gleich gelöscht. Aus gutem Grund. Du kannst dir ja nicht vorstellen, was da für Briefe dabei waren. Einige hat sie mir ja gezeigt … Pornografie pur, in Wort und Bild, und das noch mit einer Rechtschreibung, dass man von einer dramatischen Unterversorgung von Blut im Hirn ausgehen musste. Wir haben sehr gelacht darüber.«

»Das kann ich mir gut vorstellen, dass ihr euch über uns arme Männer lustig macht, während wir uns mit unseren

Hormonen plagen. Dabei wollen wir doch nur euer Bestes! Und was war jetzt mit den anderen Liebhabern, die sie erhört hat?«

»Richtig, um über den Bildhauer hinwegzukommen, hat sie sich zuerst mit einem one-night-stand getröstet. Das war irgendein Musiker, mit dem sie halt nur deswegen ins Bett gegangen ist, um sich vom Wilfried abzulenken. Was natürlich nicht gut gehen konnte.«

»Inwiefern?«, erkundigte sich Walz interessiert.

»Das muss ein ziemliches Fiasko gewesen sein. Warum das so war, das hat sie mir nicht im Detail erklärt. Auf jeden Fall schien er eine sehr eigenwillige Vorstellung von Sex gehabt zu haben. Ein bisserl SM-lastig halt, und das war ganz und gar nicht ihre Sache.«

»Na, so hat er auch ausg'schaut. Und was weißt du vom Lanzenberg?«

»Ist das der Maler? Er war ja der Erste, den sie in dieser Agentur getroffen hat, nicht der Bildhauer. Der war völlig verrückt, ein richtiger Spinner. Irgendwie hat er ihr aber doch gefallen in seiner exzentrischen Art. Und es muss sehr wild zugegangen sein bei den beiden. Natürlich hat Brigitte mir nicht alles erzählt, aber da ging scheinbar wirklich die Post ab, so richtig animalisch muss es sich da abgespielt haben. Das hat ihr tierisch viel Spaß gemacht, aber dann ist er auf einmal eifersüchtig geworden, das hat die Brigitte überhaupt nicht ausgehalten und ihn abserviert. Nach dem Wilfried ist es ihr aber so dreckig gegangen, dass ich ihr geraten habe, doch zu ihm zurückzukehren. Von dem wusste sie wenigstens, dass er gut im Bett war. Und mehr brauchte sie ja in dem Moment nicht. Und dann glaubte sie plötzlich, den Richtigen gefunden zu haben – und den hat sie nicht überlebt …«

Walz nickte bedächtig.

»Das deckt sich alles mit den Aussagen ihrer Stecher. Unser Problem ist das Motiv. Wenn wir das haben, ist auch der Weg zum Mörder nicht mehr weit, davon bin ich überzeugt. Aber wir haben rein gar nichts!«

»Ich hab auch lange darüber nachgedacht, mir ist aber definitiv nichts eingefallen. Allerdings ist mir noch immer nicht klar, warum sie ein falsches Bild von sich ins Netz gestellt hat, das passt so überhaupt nicht zu ihr.«

»Ihren Verehrern hat sie es damit erklärt, dass sie nicht von jedem gleich erkannt werden wollte. Diese Logik soll einer verstehen. Wenn sie das nicht will, kann sie ihr Profil ja auch ohne Bild einstellen. Aber stell dir vor, was uns der Lanzenberg erzählt hat: er hat am Naschmarkt die Frau getroffen, deren Foto die Brigitte benutzt hat, und hat sie prompt angesprochen. Die hat natürlich nur Knackwurst verstanden und ihn ordentlich abfahren lassen.«

»Hat er ihr erklärt, warum diese Verwechslung zustande kam?«

»So weit ist er gar nicht gekommen, unser Malerfürst«, lachte Walz, »die hat ihn gleich des Feldes verwiesen.«

»Schade, es wäre doch interessant gewesen, was sie dazu gesagt hätte. Stell dir doch nur vor, irgendein Mann würde dein Foto benutzen, um damit fremde Frauen zu ködern. Das würd dir, glaub ich, auch nicht gefallen. Also, ich wär stinksauer, wenn das einer mit mir machen würde!«

Plötzlich schaute Walz sie eindringlich an, nahm ihren Kopf zwischen seine Hände und küsste sie auf den Mund.

»Sopherl, du bist genial!«, jubelte er. »Das könnte die Lösung sein! Wir müssen unbedingt die Frau finden …«

»Aber zuerst essen wir was, ich hab' schon einen Riesenhunger!«

8. KAPITEL (FREITAG, 17. NOVEMBER)

Es waren wirklich keine guten Tage für Alfons Walz.

Am vorigen Abend war er direkt nach dem Essen von einer urplötzlich einsetzenden Müdigkeit befallen worden, so dass er trotz seiner überaus unterhaltsamen Begleiterin nach einem zwar mannhaft geführten, aber letztlich erfolglosen Kampf gegen Morpheus am Tisch eingenickt war. Sophia, der der Zustand ihres Begleiters, einmal in Erzähllaune gekommen, anfangs gar nicht aufgefallen war, hatte den schon nahezu somnambulen Inspektor daraufhin mit einem abschätzigen Kommentar, in dem an exponierter Stelle unter anderem das Wort »Greisenschlaf« fiel, ungehalten in ein Taxi verfrachtet, das ihn nach Hause brachte, wo er sogleich in einen tiefen und traumlosen Schlaf fiel, der ihn bis um 7 Uhr gefangen hielt.

Als Folge dieser ungewöhnlich langen Ruhephase voll des Tatendrangs machte er sich, gerade im Kommissariat eingetroffen, bereits um 8 Uhr daran, die Liste der Studenten von Lanzenberg abzuarbeiten. Natürlich war dieser außerordentliche Eifer auch darin begründet, dass er damit die ihn marternde Erinnerung an den gestrigen Abend in den Hintergrund drängte.

Als Erstes wählte er die Nummer einer Lena Assmann, die an oberster Stelle stand.

Nach viermaligem Läuten meldete sich eine völlig verschlafene Stimme, die lediglich einen grunzenden Laut von sich gab.

»Entschuldigen Sie die Störung, spreche ich mit Frau Lena Assmann?«

Wieder erfolgte ein kehliger Laut, den man mit viel gutem Willen als Zustimmung deuten konnte.

»Chefinspektor Walz am Apparat, ich bräuchte eine Auskunft von Ihnen«.

»Wer?«, grunzte es aus der Leitung.

Zwar war Walz die Situation ausgesprochen unangenehm, er tröstete sich jedoch damit, dass er seine Gesprächspartnerin ohnehin schon aufgeweckt hatte und wandte den Kniff an, der bei einem unbescholtenen Bürger niemals seine Wirkung verfehlte.

»Hier spricht die Polizei!«, rief er mit plötzlich stählerner Stimme aus.

»Um Gottes willen, ist etwas passiert?«, rief Assmann erschrocken aus.

»Nein, aber ich bräuchte eine Auskunft von Ihnen«, fuhr Walz etwas weniger stählern fort.

»Ach so …«, hörte er noch.

»Sie besuchen doch die Vorlesungen von Herrn Professor Lanzenberg?«

Unser Held benötigte einige Sekunden, bis er bemerkt hatte, dass es Frau Assmann anscheinend vorgezogen hatte, sich wohlig seufzend in ihre warmen Pfühle zurückzuziehen, um ihren so rüde unterbrochenen Schlaf fortzusetzen.

Wodurch sie folgerichtig die Antwort schuldig blieb.

Eine solche Missachtung seiner immerhin staatlichen Autorität konnte ein Chefinspektor natürlich nicht auf sich sitzen lassen.

Als er die Wahlwiederholung drückte, meldete sich jedoch lediglich die Stimme einer sehr munteren Lena, die ihn in fröhlichem Ton dazu aufforderte, ihr doch eine Nachricht zu hinterlassen.

Nur kurz streifte ihn der Gedanke, dieser Aufforderung nachzukommen, er ließ es dann aber doch sein, zumal ihm eine Bestätigung seiner Anfrage genügen würde, und immerhin hatte er ja noch vier andere Möglichkeiten.

Bei den nächsten drei Studenten meldete sich sofort die Sprachbox.

Seine letzte Hoffnung lag nun in einer hoffentlich schon ausgeschlafeneren Patricia Feroce.

Doch anstelle der erwarteten weiblichen Stimme meldete sich ein Mann mit einem barschen »Ja!«.

»Guten Morgen, Chefinspektor Walz am Apparat, könnte ich bitte Frau Patricia Feroce sprechen?«

»Nein!«

»Aber das ist doch ihre Telefonnummer?«

»Ja, aber sie ist nicht da!«, beschied ihm der Unbekannte ungehalten.

»Ich müsste aber dringend mit ihr reden. Hier spricht die Polizei!«, versuchte er es abermals.

Doch offensichtlich gehörte dieser Gesprächspartner nicht zu den unbescholtenen Bürgern, denn seine Antwort kam für Walz gänzlich unerwartet:

»Verarschen kann ich mich selber, du Trottel!«

Nach dieser groben Fehleinschätzung unterbrach er kurzerhand die Leitung.

Achselzuckend beschloss der Inspektor, Frau Assmann noch eine Stunde Schlaf zu gönnen.

Schließlich gab es auch sonst genug zu tun.

Walz war gerade dabei, das Bild der unbekannten Schönen mit der Kartei abzugleichen, als sein Kollege wohl ausgeruht und etwas zu aufdringlich nach *Givenchy Gentleman* duftend, das Büro betrat.

»Stell dir vor«, begrüßte ihn Walz aufgeregt, »die Sophia hat mich gestern auf eine unglaubliche Idee gebracht!«

»Warst du schon wieder mit der Dernberg aus?«, fragte Vogel verwundert. »Ich muss sagen, ich finde es schon sehr lobenswert, in welchem Maße du dich für die Lösung unseres Falles einsetzt. Wenn das der Mitterwaldner hört, wird der so begeistert von dir sein, dass er dir sicherlich seine neue Sekretärin ausleiht, wenn die Dernberg gerade einmal nicht kann.«

»Nein, Kajetan, ganz im Ernst, jetzt hör mir mal zu. Wir müssen die Frau auf dem Bild finden! Vielleicht besteht da tatsächlich irgendeine Verbindung zu der Neuberger …«

Vogel blickte ihn verständnislos an.

»Und welcher Art sollte diese sein?«

»Ich weiß nicht recht, ich hab da so ein Gefühl …«, antwortete Walz, unschlüssig seinen Kopf hin und her wiegend. »So, wie wir momentan feststecken, sollten wir jede Möglichkeit in Betracht ziehen. Außerdem hege ich den Verdacht, dass das Alibi unseres verehrten Professors unter Umständen doch nicht ganz so wasserdicht ist, wie er angegeben hat.«

Vogels bislang skeptische Miene hellte sich mit einem Mal auf.

»Diese Möglichkeit gefällt mir schon entschieden besser!«, frohlockte er. »Was, o du mein Walz, bewog dich also zu diesem Sinneswandel?«

So erzählte Walz, was er bei der famosen Frau Huber in der Universität und mit den morgendlichen Anrufen erlebt hatte.

»No ja, so ganz überzeugt mich deine Theorie noch nicht. Dass er ein Sexualneurotiker ist, war uns ja schon bekannt und macht ihn noch nicht zum Mörder. Wenn er allerdings seine Vorlesung nicht gehalten hat, dann schaut die Sache schon anders aus. Gib mir einmal die Liste mit den Studenten«, befahl Vogel und streckte seinen Arm aus. »Nachdem dich diese Italienerin so ungebührlich hat abfahren lassen, werden wir gleich einmal mit der anfangen! Ihr Stecher oder wer auch immer das war, wird sich gleich anschauen.«

Mit finsterer Miene drückte er die Wahlwiederholung.

Offenbar hatte sich die Laune des Gesprächspartners noch immer nicht gebessert, denn auch Vogel wurde mit einem barschen »Ja« begrüßt, das noch um Nuancen ungehaltener klang als zuvor.

»Vogel, LKA, Mordkommission!«, blaffte er zurück. »Wenn Sie mir nicht gleich sagen, wo sich Frau Patrica Feroce befindet, kommen wir persönlich bei Ihnen vorbei!«

»Warum müsst ihr Scheiß-Kieberer eigentlich immer so früh anrufen, leidet ihr unter seniler Bettflucht, oder was?«

Diese Frage war nicht eben dazu angetan, Vogels Miene zu erhellen.

»Jetzt pass einmal auf, du Wappler!«, knurrte er, »Ich zähle jetzt bis drei. Wenn ich bis dahin keine Auskunft bekomme, die mich zufriedenstellt, bekommst du gleich ungebetenen Besuch. Und dann wirst nicht mehr so goschert sein, das garantier ich dir! Eins, zwei …«

»Patricia Feroce, wer spricht, bitte?«, kam es plötzlich atemlos aus dem Hörer.

»Ah, gut, dass Sie selbst an den Apparat kommen, Bezirkskommissariat Josefstadt, Chefinspektor Vogel. Wenn ich Ihnen einen wohlmeinenden Rat geben dürfte: Sie sollten sich schnellstmöglich einen neuen Sekretär suchen, sonst könnten Sie noch in echte Schwierigkeiten geraten …«

»Ja, was gibt es denn?«, offensichtlich war Feroce gerade aus dem Tiefschlaf erwacht, worauf ihre belegte Stimme hinwies.

»Wir bräuchten eine Auskunft von Ihnen, und zwar bezüglich Ihres Professors Lanzenberg. Sie studieren doch bei ihm?«

»Robert?«, rief sie überrascht aus, »Ja, was wollen Sie denn wissen?«

»Es geht um den 3. November. Können Sie sich daran erinnern, ob Herr Professor Lanzenberg zwischen 16 und 18 Uhr seine Vorlesung in der Angewandten gehalten hat?«

»Was ist denn passiert?«, erkundigte sie sich erschrocken.

»Nichts weiter als eine Routineangelegenheit, es geht nur um die Überprüfung einer Zeugenaussage … Also nicht Schlimmes«, beruhigte sie Vogel.

»Warten Sie, am 3. November … Ich weiß ja nicht einmal, welcher Tag heute ist!«

»Heute ist Freitag, der 17. November, es handelt sich also um die Vorlesung, die genau vor zwei Wochen stattgefunden hat.«

»Ja, da hat er sie gehalten, soweit ich mich erinnere«, sagte Feroce zögernd.

»Sind Sie ganz sicher?«

»Ja, ganz sicher!«, echote sie.

Plötzlich hob Vogel seinen rechten Zeigefinger und schaute seinen Kollegen triumphierend an.

»Wie verhält es sich eigentlich bei Ihnen an der Universität mit den Beginnzeiten? Werden die Vorlesungen cum oder sine tempore abgehalten?«

»Mit oder ohne Zeit, was heißt das bitte?«, fragte die Italienerin verständnislos.

»An der Universität ist es doch üblich, dass die Vorlesungen zuweilen *cum tempore*, also eine Viertelstunde später beginnen. Da aber die Angewandte vor nicht allzu langer Zeit durch eine nicht ganz nachvollziehbare Laune unserer Bildungsministerin zur Universität geadelt wurde, wollte ich wissen, ob Sie diesen Brauch mit übernommen haben.«

Es folgte eine Pause der Ratlosigkeit.

»Können Sie das bitte noch einmal wiederholen? Ich hab das, was Sie gerade gesagt haben, überhaupt nicht verstanden.«

»Fangen bei Ihnen die Vorlesungen immer pünktlich an?«, wiederholte Vogel seine Frage und verdrehte dabei die Augen.

»Ach so, das meinen Sie, nein, bei uns ist das nicht so genau«.

»Es ist also durchaus üblich, eine Vorlesung ein wenig später beginnen zu lassen?«

»Ja, das passiert manchmal.«

»Können Sie sich vielleicht erinnern, ob Professor Lanzenberg die besagte Vorlesung am 3. November pünktlich begonnen hat?«

»Robert kommt immer spät, das ist bei ihm ganz normal«, antwortete Feroce lachend.

Nachdem Vogel das Gespräch beendet hatte, schaute er seinen Freund, der das Telefonat mitangehört hatte, bedeutungsvoll an.

»Ich beziehe die letzte Aussage einmal auf die Beginnzeiten seiner Vorlesung. Bei dem Lanzenberg kann man ja nie wissen … Laut Protokoll ist die Neuberger gegen 16 Uhr erschlagen worden. Lass es 10 Minuten früher gewesen sein, vom 4. Bezirk in die Angewandte kannst du es leicht in einer Viertelstunde schaffen.«

»Chapeau, Kajetan, da hätt ich eigentlich auch selber draufkommen können. Allerdings, erinnere dich, der Lanzenberg kommt wirklich immer zu spät, das hat er uns selbst gesagt. Außerdem haben wir bereits festgestellt, dass der Mörder wahrscheinlich nicht mit einer Tötungsabsicht zur Neuberger gegangen ist, sonst hätte er ja die Mordwaffe mitgebracht. Und welchen Sinn sollte es machen, dass er sie unter einem falschen Namen umwirbt?«

»Vielleicht wollte er ihr eine Falle stellen, um ihre Treue zu überprüfen? Die Dernberg hat dir doch erzählt, dass er so eifersüchtig war. Und als er sie dann überraschen wollte, dazu noch ohne Torte, war sie dermaßen enttäuscht, dass sie ihn mit der Mitteilung davonjagte, dass sie kein Interesse mehr an ihm habe. Er geht aber nicht. Daraufhin wird sie handgreiflich, er dreht durch und bringt sie mit dem nächstbesten Teil um.«

Fragend schaute Vogel seinen Kollegen an. »Nicht überzeugend?«

»Definitiv zu weit hergeholt«, verneinte Walz entschieden.

»Trotzdem und für alle Fälle: Haben wir die Fingerabdrücke?«

Triumphierend öffnete Walz eine Schublade seines Schreibtischs und zog den Becher hervor, aus dem Lanzenberg getrunken hatte. Nach seinem Besuch hatte Walz ihn in ein Plastiksackerl gepackt und säuberlich beschriftet.

»Noch nicht, aber bald …«

Während Vogel das Gefäß zur Spurensicherung brachte,

suchte Walz weiter nach dem Bild der unbekannten Schönen in der Kartei.

»In einer Stunde wissen wir mehr …«, berichtete Vogel, als er zurückkam. »Und, hast sie gefunden?«

»Wart noch eine Sekunde, gerade hab ich ihr Bild bei *tineye* eingegeben … Schau, schau, da haben wir sie ja schon. Wow, auch der Rest der Dame ist ganz und gar nicht zu verachten.«

Vogel, der hinzu geeilt war, pfiff anerkennend durch die Zähne.

»Jetzt versteh ich auch, warum du die unbedingt kennenlernen willst … Hast wohl schon vorher geschaut? Ihr Name scheint aber nicht dabeizustehen«, murmelte er, während er mit zusammengekniffenen Augen den Bildschirm absuchte.

»Ich seh auch nichts. Anscheinend stammt das Bild aus einem Kalender mit erotischen Fotos von 2007. Immerhin steht da unten der Name des Fotografen. Markus Lichtenthal heißt der. Den werden wir jetzt anrufen, und schon haben wir unser Schneewittchen gefunden.«

Nachdem sie die Telefonnummer des Fotografen auf seiner Website entdeckt hatten, rief ihn Vogel sogleich an. Leider meldete sich unter der angegebenen Nummer nur die Sprachbox, auf der Lichtenthal mitteilte, dass er sich derzeit im Ausland aufhalte, und erst am 28. November wieder erreichbar sei.

»Künstler müsste man halt sein …«, seufzte Vogel. »Der kann mitten im November einfach mal so drei Wochen Urlaub machen, weil er sich von den vielen schönen Frauen erholen muss, die sich für ihn im harten Berufsalltag ausziehen … Oder vielleicht macht er gerade einen neuen Kalender und hat die Mädels an einen geeigneten

Ort mitgenommen. Stell dir vor, zwölf solcher Kaliber auf Mauritius – und jeden Tag legt sich eine andere für ihn hin …«

Argwöhnisch musterte Walz seinen Kollegen.

»Befindest du dich jetzt eigentlich noch in der Pubertät oder schon in der Midlife Crisis?«

»Weißt du, ich hab gehört, die Übergangsphasen von einem in das andere sind ausgesprochen problematisch, deshalb ist man in einem solchen Zeitraum besonders sensibel …«, erwiderte Vogel vergnügt.

»Und was ist mit dem Verlag von dem Kalender?«, fragte Walz, dem momentan nicht danach war, auf die Ausführungen seines Freundes einzugehen, »der müsste doch auch irgendwo vermerkt sein.«

»Momenterl, ah ja, da ist er schon, der heißt *light valley promotions*. So, jetzt schauen wir noch, wie man den erreicht …«

Als Vogel die angegebene Telefonnummer gewählt hatte, erwies sich, dass sie mit der des Fotografen identisch war, da sich wiederum Lichtenthals Sprachbox meldete.

»Hm, also so kommen wir nicht weiter …«, stellte Walz resigniert fest, während sich sein Kompagnon hinter seinen Schreibtisch setzte und den Computer einschaltete.

»Hat sich die Martina gestern Abend eigentlich noch bei dir gemeldet?«, erkundigte sich Vogel bei seinem Kollegen in auffällig beiläufigem Ton, was Walz sogleich hellhörig machte.

»Nein, wieso? Ist was passiert?«

»Nicht wirklich, aber heute Morgen war sie so seltsam zu mir … Sie hat dich also sicher nicht angerufen?«, wollte er abermals wissen.

»Nein, wenn ich es dir doch sage!«, antwortete Walz

ungeduldig. »Warum fragst du überhaupt? Ist sie dir auf etwas draufgekommen?«

Vogel holte tief Luft und lehnte sich schwer in seinem Bürosessel zurück.

»Worst Case, o du mein Walz. Kannst du dich noch an die Trauzeugin von Martina erinnern, die Monika Leinreuther?«

»Ja, verschwommen – nein, sag bloß ...« Entsetzt schlug Walz die Hand vor den Mund.

»Genau das«, sagte Vogel niedergeschlagen.

Erst heute Morgen, beim familiären Frühstück, war ihm abermals die gesamte Bandbreite möglicher Folgen bewusst geworden, die sich aus dem gestrigen Abend für ihn ergaben. Außerdem hatte er den Eindruck gehabt, dass seine Frau irgendwie verändert war. Entgegen ihrem üblichen Verhalten war sie am Frühstückstisch ausgesprochen wortkarg gewesen und hatte nicht eine Frage nach dem Schicksal des usbekischen Mädchenhändlers gestellt.

»Weiß Martina schon davon?«, fragte Walz vorsichtig.

»Nein, ich glaube nicht. Monika hat mir zumindest versprochen, ihr nichts davon zu erzählen.«

»No, so schlimm wär es ja auch nicht. Du kannst ihr immerhin glaubhaft machen, dass du in diesem Umfeld recherchieren musst. Und ich sag ihr dann halt, dass wir geknobelt hätten, und du dabei verloren hast ... Und die Geschichte mit dem usbekischen Mädchenhändler nehm ich auch auf mich, also wäre noch nichts verloren. Nur schade für dich, dass du um ein Abenteuer umgefallen bist.«

Nachdem die zustimmende Antwort ausblieb, schaute Walz Vogel misstrauisch an, der unmerklich seinen Kopf schüttelte.

»Sag jetzt bitte, dass das nicht wahr ist … Ja, bist du völlig wahnsinnig?«, rief Walz aus und machte sich sogleich Gedanken darüber, wo in seiner Wohnung er ein Bett für seinen Freund aufstellen könnte. »Mit der besten Freundin deiner Frau, die auch noch ihre Trauzeugin ist, bei eurer Hochzeit?… Kajetan, manchmal versteh ich dich nicht! War der Druck wirklich so groß?«

Zerknirscht schaute Vogel seinen Kollegen an.

»Ja, was soll ich dir sagen? Die Monika hat mich nach allen Regeln der Kunst verführt, und ich kann doch so schlecht Nein sagen … Und nachdem sie mir versprochen hatte, dass kein Wort davon nach außen dringt, hab ich halt nicht widerstehen können, aber ich versprech dir, das war wirklich ein einmaliger Ausrutscher.«

»Wollen wir hoffen, dass das alles ohne Folgen bleibt«, ächzte Walz, der es noch immer nicht fassen konnte.

»Was war jetzt mit dir und der Dernberg gestern Abend? Ich meine, neben dem gemeinschaftlich empfundenen Gefühl der Erleuchtung – ihr werdet ja hoffentlich nicht den ganzen Abend dafür gebraucht haben, bis ihr so weit wart …«, wollte Vogel plötzlich wissen, um von dem unangenehmen Thema abzulenken, während er das Pfeifenetui aus seiner Schirmtasche holte.

Gerade als Walz etwas erwidern wollte, ertönte auf Vogels Handy das Signal, dass er eine SMS erhalten hatte.

Übles ahnend kramte er das Telefon aus seinem Sakko.

Nachdem er den Text gelesen hatte, legte er seine Stirn in die aufgestützte Linke. Wortlos gab er Walz, der neugierig aufgestanden war, das Handy.

»›Guten Morgen, mein süßer Chefinspektor‹«, las Walz halblaut vor, »›es war ganz fein mit dir gestern. Wenn auch definitiv zu kurz! Ich bestehe auf eine baldige Wiederholung, schließlich haben wir noch einiges nachzuholen. Geht es deinem Kopf schon besser? Love M.‹ Uijegerl, Kajetan, das klingt gar nicht gut. Hast wieder einmal alles gegeben, wie es scheint. Und was willst du jetzt machen?«

»Ich weiß es doch auch nicht«, jammerte Vogel, während er sein Telefon zurücknahm, ohne seine Haltung zu verändern.

»Bist du von ihr auch so angetan?«, erkundigte sich Walz weiter.

»Nein, eigentlich nicht. Offengestanden graust mir sogar ein bisserl vor ihr«.

»Das kannst du ihr aber schlecht sagen, in deiner Situation. Warum bist du dann überhaupt ins Bett mit ihr?«

»Weil ich da erst später draufgekommen bin. Sie hat wirklich einen knackigen Körper und sieht auch gut aus, da gibt es gar nichts, aber, ich weiß nicht, ob du das kennst, sie riecht ein bisserl komisch, wenn sie schwitzt, und das ist doch ziemlich ernüchternd.«

»War sie nicht gepflegt?«, fragte Walz mit angewidertem Gesicht.

»Doch, natürlich, aber ihr Schweiß hat so einen komischen Eigengeruch und klebt auch so, dass man fast picken bleibt …«

»Verstehe. Da musst du ihr halt erklären, dass dich der Zauber des Augenblicks übermannt hat, und dass es zwischen euch keine Zukunft geben kann, weil sie die Trauzeugin deiner Frau bei eurer Hochzeit war und so weiter. Wenn sie nur ein bisserl vernünftig ist, wird sie das sicherlich einsehen.«

Nachdenklich schaute Vogel seinen Freund an.

»Hoffen wir's halt«, sagte er schon etwas aufgeräumter

und klopfte ihn auf den Oberarm, »also, erzählst du mir jetzt endlich, was bei dir los war gestern Abend?«

»Wie du siehst, habe ich keine SMS erhalten, anscheinend habe ich weniger Eindruck hinterlassen als du.«

Dass er im Restaurant eingeschlafen war, verschwieg Walz wohlweislich.

»Das ist ja nichts Außergewöhnliches«, Vogel schien langsam sogar seinen Humor zurückzugewinnen, »ich würde nur allzu gern wissen, auf welche Weise ihr eure Erleuchtung gefeiert habt.«

»Mit einem ausgezeichneten Essen im *Fusan*«, replizierte Walz mit freundlichem Lächeln.

Vogel verdrehte die Augen.

»Schau, ich bin doch nur um dein Wohlergehen besorgt. Daher will ich lediglich eine klare Aussage auf eine einzige Frage: Läuft jetzt was zwischen der Dernberg und dir, oder nicht?«

»Wenn du wissen willst, ob wir miteinander geschlafen haben, dann kann ich das eindeutig verneinen. Allerdings verbrachten wir schon den zweiten reizenden Abend miteinander und haben sehr viel gelacht dabei. Das Ganze ist also durchaus noch ausbaufähig.«

»Na, das klingt doch schon recht verheißungsvoll …« Vogel setzte sich wieder hinter seinen Schreibtisch und spielte geistesabwesend mit einem Kugelschreiber.

»Also, du meinst, wir sollen uns um die schöne Unbekannte kümmern. Der Lanzenberg hat doch erzählt, er hätte sie am Naschmarkt mit einem gefüllten Einkaufskorb gesehen. Das bedeutet wahrscheinlich, dass sie dort in der Nähe wohnt oder wenigstens manchmal dort einkauft. Vielleicht erinnert er sich sogar noch daran, an welchem Obststand er sie angesprochen hat.«

»Das können wir ja gleich klären«, sagte Walz und suchte die entsprechende Nummer aus dem Speicher seines Diensthandys.

»Erwähne ihm gegenüber aber nichts von unserer Mutmaßung …«, ermahnte ihn Vogel.

Tatsächlich erinnerte sich der Professor ungeachtet der frühen Uhrzeit – Walz hatte ihn geweckt – an die Lage des Obststandes, den er genau beschrieb.

»Weißt was? Wir gehen jetzt zum Naschmarkt und fragen den Standler nach ihr. Ein bisserl frische Luft wird uns beiden ohnehin gut tun. Und um die Fingerabdrücke vom Lanzenberg können wir uns auch später kümmern.«

Der Naschmarkt, zwischen Linker und Rechter Wienzeile im 6. Wiener Gemeindebezirk gelegen, ist mit seinem mehr als zwei Hektar großen Gelände der größte und wohl auch der berühmteste aller Wiener Märkte. Sein Name leitet sich übrigens weniger von den dort angebotenen »Naschereien« ab, wie oft kolportiert und eigentlich auch naheliegend, sondern wahrscheinlich von der früheren Benutzung des heutigen Marktgebiets als Aschedeponie der Inneren Stadt, die damals noch durch ein Stadttor von dem Areal getrennt war. Die Blütezeit des ursprünglich bäuerlichen Marktes begann im Jahre 1793, als der Reformkaiser Joseph II. die zahlreichen Verkaufsplätze zu regulieren begann und erließ, dass alle Lebensmittel, die auf dem Landweg nach Wien gebracht wurden, auf diesem Markt feilgeboten werden müssten, der damals noch vor der Karlskirche gelegen war. Nach der Regulierung und Überbauung des Wienflusses wurde der Naschmarkt im Jahre 1916 auf diese neu geschaffene Fläche verlegt, wo 940 Verkaufszellen und 57 Verkaufshallen errichtet wurden und 800 Händler Obst und Gemüse feilboten.

Eines dieser Gebäude war nun das Ziel unserer Inspektoren, das sie durch die genaue Beschreibung Lanzenbergs auch gleich fanden.

Es handelte sich um eines der größeren Geschäfte, das an einer Kreuzung gelegen war und daher zwei Verkaufsfronten hatte.

Da vor der Längsseite des Geschäfts einige Kunden auf ihre Bedienung warteten, steuerte Vogel auf die kleinere Seite zu und sprach zielgerichtet den Verkäufer an, der aufgrund seines Alters der Patron dieses offenbar familiär geführten Unternehmens zu sein schien.

Der etwa 60 Jahre alte Herr, wie die meisten der Obstverkäufer türkischer Herkunft, schaute sich das Bild der Frau genau an und reichte es einem seiner jüngeren Verwandten mit einer halblaut hervorgebrachten Erklärung weiter, die die Inspektoren nicht verstehen konnten. Der Jüngere nickte seinem Patron zu und gab den Inspektoren ein Zeichen, sich noch so lange zu gedulden, bis er seine Kundin fertig bedient habe.

Nach ein paar Minuten stand der etwa 30-jährige Mann vor ihnen und bat sie in den Lagerraum des Geschäfts, wo es intensiv nach Obst und Gemüse duftete.

»Ja, ich kenne diese Frau«, sagte er mit leichtem türkischen Akzent, »sie kauft regelmäßig hier ein. Ich hoffe, es ist ihr nichts passiert …«

Mit besorgter Miene gab er den Kriminalisten das Bild zurück.

»Nein, nein«, beruhigte ihn Walz, »wir suchen die Dame nur wegen einer Zeugenaussage. Sie wissen nicht zufällig, wie sie heißt oder wo sie wohnt?«

»Nein, das kann ich Ihnen leider nicht sagen, aber sie kommt so zwei- bis dreimal die Woche hierher.«

»Wann war sie denn das letzte Mal hier?«

»Das muss am Dienstag oder Mittwoch gewesen sein, glaube ich … Geben Sie mir bitte noch einmal das Bild, ich frage schnell meine Brüder.«.

Als er zurückkam, nickte er.

»Ja, am Dienstag war sie hier, mein Bruder meint aber, sie kommt heute sicherlich noch vorbei, weil sie freitags immer für das Wochenende einkauft.«.

Nach einem fragenden Blick von Walz ergänzte er:

»Am Samstag sind zu viele Touristen hier …«

»Ah, natürlich. Gibt es eine bestimmte Uhrzeit, zu der sie üblicherweise kommt?«, fragte Walz weiter.

»Meistens am späten Vormittag. Sollen wir ihr etwas ausrichten, wenn sie da ist?«

Nach einem kurzen Blickkontakt mit seinem Kollegen teilte ihm Walz mit, dass sie sie lieber persönlich treffen wollten und um 10:30 Uhr wiederkämen, um hier auf sie zu warten.

»Da bleibt uns ja noch genug Zeit für einen Kaffee«, meinte Vogel aufgeräumt. »Ich hab gehört, das *Naschmarkt Deli* wär so gut.«

»Dann lass uns doch einfach dorthin gehen.«

In den letzten Jahren hatten sich am Naschmarkt gegen den Willen der eingesessenen Händler mehrere Restaurationsbetriebe angesiedelt, was dessen Attraktivität zwar für die Touristen erheblich steigerte, doch den ursprünglichen Charakter des Marktes zunehmend verfälschte. Neben Restaurants mit japanischen, vietnamesischen, italienischen und auch österreichischen Spezialitäten gab es hier unterdessen auch einige Kaffeehäuser, die vor allem auf die Neigungen der jüngeren Besucher ausgerichtet waren.

Dazu gehörte auch das von Vogel und Walz avisierte Lokal, das sich offensichtlich speziell auf die Bedürfnisse der Spätaufsteher eingerichtet hatte, konnte man hier doch bis um 16 Uhr frühstücken, obwohl schon zu Mittag delikate Grillspezialitäten angeboten wurden. Es konnte hierorts also durchaus passieren, dass ein später Frühstücker auf einen frühen Abendesser traf.

Einem solchen zu begegnen, dieser Gefahr waren unsere Inspektoren in diesem Falle nicht ausgesetzt, war es doch noch nicht einmal 10 Uhr, und das Lokal nur sehr schütter besetzt.

»Schau, was die hier für eine tolle Auswahl haben«, rief Vogel begeistert aus, als er die Karte studierte, »so ein Bagel-Frühstück wär jetzt doch genau das Richtige!«

Verwundert musterte Walz seinen Kollegen.

»Es ist einfach unglaublich, was du am Tag verdrücken kannst, dein Frühstück ist doch kaum zwei Stunden her.«

Schuldbewusst schaute Vogel seinen Freund an.

»Heute Morgen habe ich fast nichts essen können, weil mir die Sache mit der Monika so auf den Magen geschlagen ist. Und dadurch, dass die Martina so seltsam war, hat mir das Wenige dann auch nicht mehr geschmeckt.«

Walz winkte der Bedienung, die eher widerwillig an den Tisch trat.

»Also, ich hätte gerne das Bagel-Frühstück und eine Melange«, sagte Vogel zufrieden.

»Mir reicht ein Häferlkaffee«, setzte Walz hinzu.

»Ein was?«, fragte die in Wiener Kaffee-Spezialitäten offenbar wenig bewanderte Kellnerin unfreundlich.

»Einen Häferlkaffee, bitte«, wiederholte Walz noch immer verbindlich.

»Haben wir nicht!«

Die Servierkraft wollte schon den Tisch verlassen.

»Also gut, ich erkläre es Ihnen: Ein Häferlkaffee ist eine Melange mit viel Milch und wird in einer großen Tasse serviert.«

»Haben wir trotzdem nicht!«, erwiderte sie unwillig, »was Sie haben können, ist ein Cappuccino mit oder ohne Schlag oder einen Café Latte.«

Walz resignierte vor so viel Italianità.

»Also gut, bringen Sie mir halt einen Café Latte, der übrigens nichts anderes ist als ein Häferlkaffee, der allerdings nicht im Glas, sondern in einer großen Tasse serviert wird.«

»Also, wollen Sie jetzt einen Café Latte oder nicht?«

»Ja, bringen Sie mir in Gottes Namen einen Café Latte!«

Nachdem sie endlich kopfschüttelnd davongegangen war, beugte sich Walz zu seinem Kollegen hinüber.

»Also, hier gehen wir nicht mehr her. Ich will, wenn ich in ein Wiener Kaffeehaus gehe, verstanden werden, wenn ich mir einen Häferlkaffee bestelle!«

»Jetzt hab dich nicht so. Immerhin besitzt sie die klassische Unfreundlichkeit eines Wiener Kellners, und ist dadurch auch irgendwie authentisch.«

Als Vogel sein Handy auf den Tisch legte, sah er, dass sich eine ungeöffnete Nachricht auf seinem Telefon befand.

Nachdem er sie stirnrunzelnd gelesen hatte, reichte er seinem Kollegen das Telefon hinüber.

»›Ich bin gerade in einem Geschäft für Damenunterwäsche. Welche Farbe würdest du das nächste Mal gerne ausziehen? Schwarz oder Rot? Und noch eines: Magst du eigentlich Strapse?‹«, las Walz stumm vom Display ab und gab Vogel das Gerät mit einem vielsagenden Blick zurück.

»Da gibt es nur eines, du musst so schnell als möglich

mit dieser Monika sprechen. Stell dir nur einmal vor, die schickt dir so ein SMS und die Martina steht neben dir …«

»Dann war es das mit meiner Ehe«, flüsterte Vogel, der ganz blass geworden war, »du hast recht. Ich werde ihr vorschlagen, sie heute zum Mittagessen zu treffen. Entschuldige, ich geh jetzt raus und sag ihr das gleich. Diese SMSerei geht mir sowieso unendlich auf die Nerven. Da brauchst du eine halbe Stunde für eine Angelegenheit, die du mit einem Telefonat in zwei Minuten abhandeln kannst.«

Unterdessen kam die Bedienung und stellte Walz' Glas so heftig auf den Tisch, dass der Kaffee überschwappte und eine veritable Pfütze auf der Untertasse hinterließ. Das bekümmerte sie offensichtlich überhaupt nicht, denn sie würdigte den solchermaßen düpierten Gast keines Blickes, als sie Vogels Frühstück an seinen Platz stellte.

Derweilen beobachtete Walz besorgt seinen Kollegen, der wild gestikulierend mit seiner Gespielin debattierte und nach heftigen Diskussionen zornig die Verbindung unterbrach.

Ungestüm betrat er das Kaffeehaus und setzte sich verärgert an den Tisch.

»Jetzt hat sie mir doch tatsächlich schon wieder den Appetit verdorben, diese Kuh. Das scheint heute mein Schicksal zu sein. Mein Gott, wie war ich blöd!«, mit einem Zug stürzte er das Glas des frisch gepressten Orangensafts hinunter, der zusammen mit dem Frühstück serviert worden war.

»Was ist denn passiert?«, fragte Walz besorgt, »will sie dich nicht zum Mittagessen treffen?«

»Doch, natürlich will sie«, erwiderte Vogel grantig, »aber dieses Gesäusle, ob ich danach auch noch Zeit für sie hätte und wann sie mir endlich ihre neue Unterwäsche vorführen darf – das geht mir alles grenzenlos auf die Nerven!«

»Du musst ja wirklich in einer Bombenform gewesen sein, gestern«, stellte Walz mit spöttischem Grinsen fest, »aber trotzdem solltest du sie nicht verärgern, du weißt, wozu Frauen in ihrer Wut fähig sind! Wie sagte doch einst unser unvergleichlicher Karl Kraus: ›Da das Halten wilder Tiere gesetzlich verboten ist, und die Haustiere mir kein Vergnügen machen, so bleibe ich lieber unverheiratet‹.«

»Das, o du mein Walz, sagst du mir leider 11 Jahre zu spät!«

Pünktlich um 10:30 Uhr bezogen Vogel und Walz Position im Lagerraum des Geschäfts, wohin sie der Patron gebeten hatte. Zwar war es hier auch nicht wirklich wärmer als draußen, aber immerhin konnten sie sich hinsetzen. Außerdem erinnerte Walz der Geruch hier drinnen an den Vorratskeller seiner geliebten Großeltern, die einen Bauernhof in Niederösterreich besessen hatten. Der Patron hatte ihnen versprochen, sie sofort davon in Kenntnis zu setzen, wenn sich die unbekannte Schöne nähern sollte, zumal Walz ihm versichert hatte, dass sie sie wirklich nur befragen wollten.

Nach etwa einer halben Stunde schaute der Ladeninhaber in das Versteck und nickte kurz.

Die beiden Inspektoren hatten vereinbart, dass Walz sie nach ihrem Einkauf freundlich ansprechen sollte, damit kein unnötiges Aufsehen erregt werde, was die Dame noch mehr erschrecken könnte.

Der Inspektor stellte sich also brav hinter die wahrhaftig ungewöhnlich schöne Frau und wartete geduldig, bis sie ihre Einkäufe getätigt hatte. Dabei sog er den Duft ihrer Haare ein und erinnerte sich an eine Untersuchung, von der er jüngst gelesen hatte, die besagte, dass der Eigengeruch des Menschen unmittelbar mit seiner Attraktivität zusammenhing. In diesem Kontext musste er plötzlich an Vogels prekäre Lage denken und lächelte in sich hinein. Anscheinend war seine Monika doch nicht so hübsch, wie er ihm gegenüber behauptet hatte.

Gerade als sie nach rechts abbiegen wollte, stellte sich Walz ihr in den Weg und zeigte ihr möglichst unauffällig seine Polizeimarke.

»Bitte erschrecken Sie nicht, gnädige Frau«, raunte er ihr zu, »es handelt sich lediglich um eine Auskunft, die wir von Ihnen benötigen. Könnten wir uns vielleicht irgendwo ungestört unterhalten?«

Unterdessen war auch Vogel aus seinem Versteck gekommen und hatte sich zu ihnen gesellt, sodass die Unbekannte sich nun zwischen ihnen befand.

»Das ist mein Kollege, Chefinspektor Kajetan Vogel, mein Name ist Chefinspektor Walz, haben Sie etwas dagegen, wenn wir uns in irgendein Kaffeehaus setzen? Es wird sicher nicht lange dauern.«

Die Schöne hatte bislang noch kein Wort gesprochen, sondern nur erschrocken ihre beiden Begleiter taxiert, was diesen wiederum die Möglichkeit gab, ihre neue Bekanntschaft einer genaueren Betrachtung zu unterziehen.

Sie war Anfang 30 und hatte dichtes schwarzes Haar, das in einem reizvollen Kontrast zu ihren grünbraunen Augen und den zahlreichen Sommersprossen stand, die sich in großer Menge über ihre melangefarbene Haut verteilten. Sie war mit ihren 1,80 ziemlich groß und bewegte sich dessen ungeachtet mit ungewöhnlicher Anmut, raubkatzenartig, wie Vogel insgeheim befand, der sofort dem Bann ihrer Schönheit verfallen war.

»Ich weiß zwar nicht, was Sie von mir wollen«, sagte sie endlich mit tiefer, wenn auch etwas belegter Stimme, »aber es scheint sich ja um etwas sehr Dringendes zu handeln, wenn mich gleich zwei Chefinspektoren beim Einkauf am Naschmarkt abfangen. Ich sage Ihnen aber gleich, ich habe nicht viel Zeit.«

»Gut, dann gehen wir doch gleich um die Ecke ins *Amacord*«, schlug Walz vor, »wir werden Sie nicht lange aufhalten.«

Da sich der Gemüsestand in Höhe der Schleifmühlgasse befand, erreichten sie das *Café Amacord* binnen einer Minute.

»Hätten Sie vielleicht einen Ausweis bei sich? Wir wissen ja noch nicht einmal Ihren Namen …«, räumte Walz mit einem verlegenen Lächeln ein.

»Was?«, rief sie ungläubig aus, »Sie holen mich einfach von der Straße und wissen noch nicht einmal, wer ich bin? Ich verstehe überhaupt nichts mehr. Bin ich bei Rot über die Ampel gegangen oder was?«

Mit beschwichtigender Geste gab Vogel ihr das Bild von Neubergers Profil.

»Erkennen Sie sich auf diesem Bild wieder?«, erkundigte sich Vogel.

»Ja natürlich, das ist ein Foto von mir«, wunderte sie sich, »woher haben Sie es?«

»Sagt Ihnen der Name Brigitte Neuberger etwas?«, fragte er weiter.

»Nein, wer soll das sein?«, erwiderte sie zögernd.

»Frau Neuberger gab dieses Bild als ihre eigene Porträtaufnahme aus. Können Sie sich vorstellen, woher sie die Fotografie hatte?«

»Ja, natürlich. Diese Aufnahme ist Teil eines Bildes, das ein Fotograf von mir für einen Wandkalender gemacht hat. Vor meiner Heirat habe ich als Fotomodell gearbeitet.«

»Na, das erstaunt mich nicht«, sagte Vogel charmant. »Bevor wir jedoch fortfahren, dürfte ich Sie jetzt um einen Lichtbildausweis bitten?«

Nervös kramte sie in ihrer schwarzen Prada-Geldtasche, aus der sie endlich ihren Führerschein hervorzog, den sie Vogel übergab, der sogleich ihre persönlichen Daten notierte.

»Und wo hat sich diese Dame mit meinem Bild ausgewiesen?«

»Das ist jetzt ein wenig heikel. Kennen Sie das Portal *finallylove*?«

Man sah regelrecht, wie Walz sich wand.

»Nein, nie gehört, was soll das sein?«

»Eine Partnerschaftsagentur im Netz«, antwortete Walz vorsichtig.

»Besser gesagt, eine Seitensprungagentur, Frau Magister Novak«, mischte sich jetzt Vogel ein, der unterdessen die Personalien aufgeschrieben hatte und ihr den Führerschein zurückgab. »Frau Neuberger hat ihrer Annonce dieses Bild beigefügt. Eigentlich sah sie ganz anders aus.«

»Mein Bild?«, rief sie empört aus, »Das ist wohl wirklich das Letzte!«

In dem Moment trat die Bedienung an den Tisch.

Novak bestellte einen kleinen Braunen, Vogel eine Melange und Walz wie stets einen Häferlkaffee, dessen Bestellung zu seiner größten Zufriedenheit ohne weitere Nachfrage aufgenommen wurde.

»Ich werde diese Frau natürlich anzeigen! Mein Mann ist schließlich Anwalt«, fügte sie heftig hinzu. »Ich danke Ihnen sehr für diese Information, sind Sie deshalb zu mir gekommen?«

»Ja, auch«, entgegnete Vogel ernst, »allerdings wollten wir in erster Linie herausfinden, ob Sie Brigitte Neuberger persönlich gekannt haben.«

Misstrauisch musterte sie den Inspektor.

»Warum wollen Sie das wissen?«

»Weil sie am 3. November ermordet wurde«, sagte er eindringlich.

Fassungslos schaute Novak den Inspektor an.

»Und Sie glauben, das könnte mit meinem Bild zusammenhängen?«, fragte sie nervös.

Fragend hob Vogel die Augenbrauen.

»Wie meinen Sie das?«

»Könnte es nicht sein, dass der Mörder eigentlich mich umbringen wollte?«

»Nein, das halte ich für unwahrscheinlich, weil Neuberger dem Mörder vorher mitgeteilt hatte, dass sie nicht die Frau auf ihrem Profilbild sei.«

»Warum um alles in der Welt hat sie überhaupt mein Bild verwendet, wenn sie den Schwindel dann sowieso selbst aufdeckt?«

Eine in diesem Fall durchaus angebrachte abfällige Bemerkung über die weibliche Logik behielt Vogel in diesem Fall lieber für sich.

»Darauf haben wir leider auch noch keine Antwort, aber vielleicht benutzte sie Ihr Bild gleichsam als Reklame für sich, das kennt man ja aus der Werbung.«

Ratlos schaute die Frau die Inspektoren an, während die Kellnerin die bestellten Getränke brachte.

Novak trank erst einmal einen tiefen Schluck Wasser, bevor sie sich erneut an Vogel wandte.

»Nachdem Sie mich jetzt dankenswerterweise darüber aufgeklärt haben, warum ich in den vergangenen Wochen von so vielen Männern angesprochen wurde … Kann ich jetzt gehen?«

»Ach, ist das in letzter Zeit häufiger passiert?«, erkundigte sich Vogel interessiert.

»Ja, ständig. Ich war zwar gewöhnt, schon einmal von fremden Männern angemacht zu werden, aber in den vergangenen Wochen ist das doch ziemlich oft vorgekommen, sodass ich mich schon ernsthaft gefragt habe, woran das liegen könnte.«

»Jetzt haben Sie die Lösung dafür … Das ist halt die Bürde, die so schöne Frauen zu tragen haben«, bemerkte Vogel mit einer leichten Verbeugung.

»Ja, das war schon ziemlich unangenehm. Und jetzt, wo ich weiß, warum … Wenn ich mir überlege, was die Leute von mir gedacht haben – das ist ja fürchterlich«, klagte sie, ohne auf Vogels Kompliment einzugehen. »Brauchen Sie mich noch?«, wollte sie nach einer kurzen Pause wissen. »Ich müsste nämlich langsam weiter.«

»Nein, momentan nicht. Es könnte zwar sein, dass wir noch einmal Ihre Hilfe in Anspruch nehmen müssen, wenn es auch nicht sehr wahrscheinlich ist. Aber das nächste Mal rufen wir Sie vorher an, versprochen«, bemerkte Vogel mit einem Augenzwinkern.

Nachdem sie sich verabschiedet hatte, schaute sich der Inspektor vorsichtig um und nahm ein kleines Plastiksäckchen aus seiner Schirmtasche, um Novaks Wasserglas behutsam darin zu verpacken.

»Glaubst du, die hat was damit zu tun?«, fragte Walz.

»Es ist die einzige Spur, die wir haben, wenn wir vom Lanzenberg absehen«, antwortete Vogel achselzuckend, »und sie würde sicherlich der Schmuck eines jeden Gefängnisses sein … Gibt es eigentlich schon eine Misswahl im Häf'n?«

»Ich glaube nicht. Das wäre aber eigentlich eine großartige Idee, die solltest du gleich unserer Finanzministerin unterbreiten. Was glaubst, wie gut sich ein erotischer Wandkalender von unseren weiblichen Gefangenen verkaufen würde!«

»Ich sehe vor meinem inneren Auge schon die Novak, lediglich mit Handschellen bekleidet – den würd ich mir auch kaufen …«

Während Walz das Glas ins Labor brachte, um die Fingerabdrücke mit denen am Tatort gefundenen vergleichen zu lassen, gelangte Vogel durch die Schleifmühlgasse in den 4. Bezirk, wo er Monika Leinreuther um 12 Uhr im *Gasthaus Sperl* treffen wollte. Es war zwar nicht sehr warm, aber die Sonne hatte ausnahmsweise einmal die Oberhand über den in Wien obligaten Novembernebel gewonnen, und so flanierte er gemütlich über die Wiedner Hauptstraße, bis er in die Graf-Starhemberggasse einbog und über die Rainergasse die Karolinengasse erreichte, wo das traditionelle Wiener Gasthaus beheimatet war.

Obwohl er sein Ziel etwas zu früh erreichte, saß Monika bereits an einem Tisch nächst dem Eingang und lachte ihn glücklich an.

»Servus, Inspektor, was macht die Unterwelt?«, begrüßte sie ihn, als er zu ihr trat, und legte mit gespitzten Lippen ihren Kopf in den Nacken.

Nachdem er sie flüchtig geküsst und seinen Trenchcoat über einen der freien Sessel gelegt hatte, schaute sich Vogel interessiert in dem ihm noch unbekannten Lokal um, das sie als Treffpunkt vorgeschlagen hatte.

»Ja, danke, sie hält mich auf Trab«, entgegnete er und setzte sich, »fesch ist's hier. Magst du etwas essen?«

»Gerne«, erwiderte sie und umfasste seine Hände. »Und, was liegt bei dir heute noch an? Bist du im Dienst oder hast du nachher ein bisserl Zeit für mich?«

»Leider habe ich noch einen Termin im Kommissariat«, log Vogel, »die Mordsache, von der ich dir erzählt habe, macht uns ordentlich zu schaffen.«

»Oh, das ist schade«, sagte sie und bedachte ihn mit einem zärtlichen Blick, »aber Essen kannst du doch mit mir?«

Vogel überschlug kurz die alternativen Möglichkeiten, bevor er antwortete.

»Ja, eine Kleinigkeit esse ich schon mit …«

»Dann ist's ja gut. Also, was denkst du, können wir uns am Wochenende sehen?«

»Das ist genau das, worüber ich mit dir sprechen wollte«, begann er zögernd, während er sich aus ihren Händen befreite und stattdessen einen Stapel Bierdeckel ergriff, »ich glaube, wir haben gestern einen großen Fehler gemacht. Schau, du bist Martinas Trauzeugin und älteste Freundin. Es geht einfach nicht, dass wir ein Verhältnis miteinander haben.«

Fest schaute er ihr in die Augen.

»Hat es dir denn nicht gefallen?«, fragte sie verwundert und umfasste erneut seine Hände.

»Doch, natürlich, es war wirklich schön mit dir, aber die Umstände machen es einfach unmöglich. Weißt du, ich glaube auch, dass ich deswegen die fürchterlichen Kopfschmerzen bekam. Und jedes Mal Kopfweh zu bekommen, wenn ich mit dir schnacksle, das kann es ja auch nicht sein.«

Liebevoll lächelte sie ihn an.

»Schau, andere müssen davor Viagra nehmen und du nimmst halt danach ein Kopfwehpulver, so ungerecht ist die Welt. Wenn du gestern irgendeine andere Frau getroffen hättest und sie hätte dir gefallen, würdest du ja auch wieder mit ihr schlafen wollen, oder nicht?« Unschlüssig wiegte Vogel seinen Kopf hin und her.

»Das ist schon möglich. Aber du bist nun mal keine andere Frau, sondern die beste Freundin von Martina!«

Zärtlich fuhr sie ihm durchs Haar.

»Jetzt beruhige dich doch erst einmal. Wir haben ja ausgemacht, dass sie nichts davon erfahren wird. Und wenn du ein Pantscherl mit einer anderen Frau vor ihr geheim halten kannst, dann kannst du es auch bei uns. Im Prinzip ist es doch völlig egal, mit wem du sie betrügst.«

»Unterschätze nicht die weibliche Intuition. Die Martina war heute Morgen so seltsam zu mir, dass ich schon gedacht habe, sie wüsste es. Verstehst du, das Ganze ist mir einfach zu heikel.«

»Ich glaube, du steigerst dich nur in was hinein. Verbring heute einmal einen gemütlichen Abend mit deiner Familie, dann wirst du sehen, dass da überhaupt nichts ist. Und irgendwann am Wochenende kannst du dir dann meine neue Unterwäsche ansehen, die ich eigens für dich gekauft habe. Die Farbe musst du selbst herausfinden. Ich hab sonst nichts vor und bin daher völlig flexibel. Ist das ein Angebot?«

Vogel lächelte sie unschlüssig an.

»Wenn du mir jetzt allerdings sagst, dass es dir mit mir überhaupt nicht gefallen hat, lass ich dich sofort in Ruhe.«

Das war die Chance für Vogel, dem ganzen Spuk ein Ende zu bereiten.

Doch so groß die Versuchung auch war, er brachte es einfach nicht übers Herz. Außerdem musste er sich eingestehen, dass sie ihm heute besonders gut gefiel, in ihrem weiten weißen Hemd, dessen Ausschnitt gerade so tief war, dass der Ansatz ihrer kleinen festen Brüste zu sehen war. Vielleicht hatte er sich beim ersten Mal ja getäuscht und sie hatte nur etwas gegessen, was zu diesen seltsamen Ausdünstungen geführt hatte. Darüber hinaus waren ihre Argumente auch nicht ganz von der Hand zu weisen.

Also sagte er:

»Nein, natürlich nicht.«

Und legte seine Hand auf ihre.

Walz hatte unterdessen das Glas von Iris Novak in der Spurensicherung abgegeben und dabei erfahren, dass die Fingerabdrücke von Lanzenberg nicht mit denen auf der Messingfigur identisch waren.

Nicht einmal eine Stunde später herrschte Gewissheit.

Markus Lindner hatte ihn angerufen, und ihm mitgeteilt, dass die Fingerabdrücke von Novaks Wasserglas mit denen auf der Tatwaffe übereinstimmten.

Da das Wochenende bevorstand, eilte Walz sogleich zum zuständigen Staatsanwalt und beantragte einen Haftbefehl gegen Iris Novak, den er mit der erdrückenden Beweislage und ihrer Fluchtgefahr begründete.

Nachdem diesem stattgegeben worden war, rief er seinen Kollegen Vogel an, der noch immer nicht im Kommissariat aufgetaucht war.

Das war auch kein Wunder, war er doch nach einem etwas ausgiebigeren Mittagessen mit Monika in ihre nah gelegene Wohnung gegangen, um sich dort davon zu überzeugen, ob er sich beim letzten Mal nicht doch getäuscht hatte.

Gerade, als sie dort eingetroffen waren, läutete sein Mobiltelefon.

»Wo steckst du, Kajetan?«, rief Walz ungeduldig. »Stell dir vor, die Novak war's.«

»Hast du doch den richtigen Riecher gehabt«, stieß Vogel überrascht hervor, »stimmen die Fingerabdrücke tatsächlich überein?«

»Wenn ich es dir sage! Wir müssen sofort zu ihr hinfahren, die wohnt in der Klimtgasse.«

»In Ober Sankt Veit? Soll ich ins Kommissariat kommen oder holst du mich ab?«

»Bist du noch immer im Sperl?«

»Ja«, log Vogel, »wir haben gerade bezahlt.«

»Gut, ich bin in ein paar Minuten dort«.

»Du hast's ja gehört, Monika, die Pflicht ruft«, sagte Vogel, der einen solchen Anruf noch vor wenigen Minuten begrüßt hätte, mit aufrichtigem Bedauern.

»Schade, dann stimmt das also mit deinem Termin, ich hab schon geglaubt, du schwindelst mich an.«

Neckisch stupste sie seine Nase mit ihrem Zeigefinger.

»Sehen wir uns am Wochenende?«

»Ich rufe dich an«, erklärte Vogel und gab ihr einen heftigen Abschiedskuss.

Als Walz ihn etwa 15 Minuten später beim *Gasthaus Sperl* abholte, war er ganz aufgeregt.

»Das wird nicht so einfach werden mit der Novak«, bemerkte Walz, während er das Auto durch das Gassengewirr des 4. Bezirks zirkelte, »sie hat doch gesagt, ihr Mann sei Anwalt. Und wenn ich mir die Adresse so anschau, dann scheint der Herr Doktor auch ziemlich erfolgreich zu sein. Kennst du vielleicht das Haus? Du wohnst doch da ganz in der Nähe.«

»So nah auch wieder nicht, die Klimtgasse liegt nicht auf meiner Route mit der Emily. Aber ich wundere mich trotzdem, wie cool unsere Schöne heute Morgen geblieben ist.«

»Ganz so locker war sie nicht, hast du nicht gehört, wie belegt ihre Stimme am Anfang war? Und auch später machte sie schon einen angespannten Eindruck.«

»Den möchte ich einmal sehen, der völlig gelassen dabei bleibt, wenn ihm am Vormittag beim Einkaufen zwei Polizisten über den Weg laufen, und ihn bitten mitzukommen. Da läuft doch bei jedem ein ganzer Film mit der Frage ab, was man in letzter Zeit alles angestellt haben könnte.«

»Auch wieder wahr. Und, hast du es der Monika gesagt?«

»Was gesagt?«, erwiderte Vogel, während sein Hirn fieberhaft arbeitete, denn er hatte sich tatsächlich noch nicht entschieden, ob er seinem Freund die Wahrheit eingestehen sollte oder nicht.

»Na, was wohl … Heute Morgen warst du noch das heulende Elend deswegen, und jetzt willst plötzlich nicht mehr wissen, um was es geht. Ich glaube, du hast es ihr nicht gesagt, weil du dich einfach nicht getraut hast. Feigling, alter.«

Vogel antwortete nichts, so war ihm wenigstens die Entscheidung abgenommen worden.

Die restliche Fahrt verlief in einträchtigem Schweigen.

Das Haus der Novaks in der Klimtgasse war ein Bungalow, der vor nicht allzu langer Zeit gebaut oder zumindest grundlegend renoviert worden war. Alles hier schien ziemlich neu zu sein. Von der Gegensprechanlage mit eingebauter Videokamera bis hin zu dem Carport, in dem als Kontrapunkt zur vorherrschenden Perfektion ein alter verbeulter VW Polo geparkt war. Der Rest des Hauses war hinter einer hohen Hecke verborgen.

Vogel drückte die Klingel, die sich auf Kopfhöhe befand, so dass der Hauseigentümer auf seinem Bildschirm sofort erkennen konnte, wer Einlass begehrte.

Doch anstelle der wohltönenden Altstimme Novaks hörten sie durch den Lautsprecher ein eher schrilles Organ, das einer Dame jenseits der 60 zu gehören schien.

»Wer ist da?«

»Grüß Gott, Chefinspektor Vogel von der Polizei, ist Frau Novak zu Hause?«

»Um Gottes willen, ist etwas passiert?«, tönte es aufgeregt aus dem Lautsprecher.

»Nein, nein, keine Sorge. Ist Frau Novak bitte zu sprechen?«

»Nein, sie ist nicht da!«

»Würden Sie uns bitte trotzdem hereinlassen?«

Anstelle des erwarteten Summtons hörten sie das Öffnen der Haustür und danach sich rasch nähernde Schritte.

Im Gartentor erschien eine etwa 65-jährige Dame in einem blauen Hauskleid, die in ländlicher Art ihre mit reichlich Grau durchwirkten Haare hinter dem Kopf zu einem Knoten zusammengebunden hatte und sie besorgt ansah.

»Bitte kommen Sie doch herein, meine Herren. Was ist denn passiert?«, fragte die kleine Frau aufgeregt, während sie hektisch vorantrippelte, um den Besuchern den Weg zu weisen.

»Mit wem bitte haben wir das Vergnügen?«, erkundigte sich Vogel, als sie an der Eingangstür angelangt waren.

»Hannelore Kovics. Ich bin die Haushälterin von den Novaks. Leider ist niemand von den Herrschaften zugegen, auch die Kinder sind zu ihren Freunden gegangen«, rief sie verzweifelt aus, während sie mehrmals die Hände an ihrem Kleid abwischte, »aber bitte, treten Sie doch näher!«

Geschäftig führte sie die Inspektoren in die Küche, die mit allem eingerichtet war, was gut und teuer ist.

»Kann ich Ihnen etwas anbieten? Mein Gott, das ist alles so aufregend! Also, was ist denn eigentlich passiert?«

»Es ist wirklich nichts Ernstes«, beruhigte sie Vogel, »wir hätten nur ein paar zusätzliche Fragen an Frau Novak zu stellen. Wir haben uns schon heute Morgen auf dem Naschmarkt getroffen. Wann erwarten Sie sie denn zurück?«

»Wollen Sie nicht ablegen?«, fragte sie in unmissverständlichem Ton, während sie Anstalten machte, ihren Besuchern die Mäntel abzunehmen.

Da ihnen die Haushälterin offenbar etwas Wichtiges mitzuteilen hatte, gaben sie ihrem Anliegen statt.

»So, jetzt setzen Sie sich erst einmal hin«, sagte sie zufrieden, nachdem sie die Kleidungsstücke behutsam auf einen Garderobenständer gehängt hatte.

Folgsam nahmen die Inspektoren auf zwei der stählernen Barhocker Platz, die vor dem Küchenblock standen, und schauten sie erwartungsvoll an.

»Kann ich Ihnen ein Kaffeetscherl anbieten?«

Da sich in dieser modern eingerichteten Küche natürlich auch eine Espressomaschine neuesten Datums befand, stimmten die Kriminalisten gerne zu.

»Also, wann erwarten Sie Frau Novak zurück?«, wollte Vogel von der an der Nespresso-Maschine hantierenden Haushälterin wissen.

»Das ist nicht so einfach zu beantworten«, erwiderte Kovics zögerlich, während sie den Kaffee servierte, »Frau Novak ist nämlich vor fast vier Wochen von hier ausgezogen.«

»Aha, und warum das?«, fragte Vogel, der einen bedeutungsvollen Blick mit seinem Kollegen wechselte.

»Die genaue Ursache weiß ich natürlich nicht, aber ich bin schon so lange in diesem Haushalt tätig – ich kannte Felix, ich meine Herrn Dr. Novak, schon, als er noch so klein war«, sie hielt ihren Arm etwa auf Hüfthöhe, »dass man sich schon einiges zusammenreimen kann.«

»Was war also Ihrer Meinung nach die Ursache für ihren Auszug?«, erkundigte sich Vogel nochmals.

»Auf jeden Fall hatte es irgendetwas mit diesem Internet zu tun. Ich kenn mich da ja überhaupt nicht aus, zu meiner Zeit gab es das alles noch nicht. Felix hat behauptet, sie habe sich dort mit irgendwelchen Männern getroffen, und sie hat das geleugnet, was er ihr aber nicht geglaubt hat. Darüber haben sie sich fürchterlich gestritten.«

»Und dann ist sie ausgezogen?«, fragte Vogel.

»Nicht wirklich, aussig'schmissen hat er sie, hinausgeworfen«, sagte sie erschüttert. »Und gebrüllt, dass sie nicht würdig sei, seine Kinder aufzuziehen. Furchtbar war das! Vor allem für die Kleinen, die haben das alles mitanhören müssen.«

»Verstehe, und wissen Sie, wo sie jetzt wohnt?«

Mit verschwörerischer Miene beugte sie sich zu den Inspektoren.

»Das wissen Sie aber nicht von mir. Sie hat noch eine kleine Wohnung in der Laimgrubengasse am Naschmarkt, da hat sie gelebt, bevor sie Felix kennengelernt hat. Dort wohnt sie jetzt wieder. Ich weiß auch nicht, wie das weitergehen soll. Die Kinder brauchen doch ihre Mama, sie sind doch erst drei und fünf Jahre alt.«

Mit dem Zipfel ihrer Schürze wischte sie sich eine Träne aus dem Augenwinkel.

»Ja, das ist wirklich schrecklich! Wissen Sie zufällig auch die Nummer des Hauses, in dem Frau Novak jetzt wohnt?«

»Ja, natürlich, ich besuche sie dort ja hin und wieder, wenn ich in der Stadt zu tun habe. Sie wohnt im Haus Nummer 13, auf der Tür 17, ganz oben. Sie dürfen nicht erschrecken, dort schaut es furchtbar aus – richtig heruntergekommen ist es. Und dabei ist Iris so eine elegante und schöne Frau. Sie passt doch dort überhaupt nicht hin. Ich kann zwar nicht beurteilen, wie schlimm das ist mit dem Internet, aber das hat sie nicht verdient! Sie war ihm immer eine gute Frau und ihren Kindern eine gute Mutter.«

»Das ist wirklich eine traurige Geschichte …«, erwiderte Vogel einfühlsam. »Dann haben Sie vielen Dank, Frau Kovics, wir werden alles versuchen, dieses Missverständnis aufzuklären. Schließlich ist das der Grund dafür, dass wir hier sind. Sie würden uns daher einen großen Gefallen tun, wenn Sie Frau Novak nichts von unserem Besuch erzählen.«

Hoffnungsvoll strahlte die Haushälterin den Inspektor an.

»Ich würde mir das so wünschen, dass alles wieder so wird wie früher. Ist es also doch nicht so schlimm, wie Felix glaubt?«

»Nein, wie gesagt, es ist alles ein großes Missverständnis.«

»Jetzt wird die Kovics sicherlich glauben, alles wird wieder gut«, sagte Walz vorwurfsvoll zu seinem Kollegen, als sie wieder im Auto saßen, »hättest du das nicht irgendwie anders machen können?«

»Ich weiß, ich hab mich auch nicht wohl gefühlt dabei, aber wie hätte ich sie sonst dazu bringen können, dass sie der Novak nicht Bescheid gibt? Schließlich hab ich nichts gesagt, was nicht der Wahrheit entspricht«, verteidigte sich Vogel.

»Das wird sie sicherlich anders sehen, wenn sie die ganze Geschichte erfährt. Außerdem ist es noch lange nicht gesagt, dass sie jetzt die Novak nicht anruft …«

»Das ist wahr, aber probieren hab ich's halt müssen.«

9. KAPITEL (FREITAG)

Die Laimgrubengasse, die die Gumpendorfer Straße mit der linken Wienzeile verbindet, ist eine für diese Gegend typische schmale Gasse, deren Planung in die Zeit fiel, als das Straßenbild noch von Pferdefuhrwerken dominiert wurde. Ihr Name leitet sich davon ab, dass sie sich vor ihrer Eingemeindung inmitten der »Laimgrube« befand, einem Armenviertel vor den Toren der Stadt, in dem die Arbeiter untergebracht waren, die von der Lehmgewinnung in dieser Gegend lebten.

Doch diese Zeiten des Elends sind gottlob längst vorbei, unterdessen ist diese Gasse genauso gutbürgerlich wie der gesamte 6. Bezirk, zumal sie durch die Revitalisierung des nicht allzu weit entfernten *Theaters an der Wien* als innovatives Opernhaus und die damit verbundene neu entstandene Infrastruktur während der letzten Jahre einiges an Reiz gewann. Diese Entwicklung blieb natürlich auch den Bauspekulanten nicht verborgen.

Das Haus, in das Ilse Novak geflüchtet war, war ein typisches Gebäude aus der Wendezeit vom 19. ins 20. Jahrhundert, als in Wien ein beispielloser Bauboom herrschte, weil zahlreiche Bürger aus den Kronländern in die imperiale Metropole strömten, damals immerhin die größte Stadt Europas, die 1916 bis auf 2,2 Millionen Einwohner anwuchs. Allerdings hatte das Zinshaus schon bessere Zeiten gesehen, was die Inspektoren zu der Annahme brachte, dass es sich im Besitz eines Spekulanten befand, der dieses absichtlich dem Verfall preisgab, um einen späteren

Abriss zugunsten eines fantasielosen Neubaus zu rechtfertigen, wie es vor nicht allzu langer Zeit in dieser Gasse schon einmal vorgekommen war. Mit einer solchen, durchaus üblichen, Vernachlässigung eines Gebäudes wurde der Denkmalschutz umgangen, denn wenn die Substanz eines Hauses durch jahrzehntelanges Nichtstun einmal so marod geworden war, dass eine Renovierung unverhältnismäßig viel Geld verschlingen würde, ließen die vermeintlich gestrengen Beamten schon einmal Nachsicht walten und stimmten dem Abbruch auch eines historisch bedeutsamen Bauwerks zu.

Was hier allerdings definitiv nicht der Fall war, handelte es sich bei diesem Bau doch um ein Wien-typisches Gründerzeithaus der einfacheren Art.

Natürlich war bei diesem heruntergekommenen Gebäude das Tor durch keine Gegensprechanlage gesichert, was es den Inspektoren ermöglichte, unbemerkt ins Innere zu gelangen.

Zu ihrem großen Leidwesen war es allerdings auch mit keinem Aufzug ausgestattet, so dass die Polizisten ziemlich außer Atem waren, als sie vor Novaks Wohnung ankamen, die sich im 4. Stock befand.

Vogel musste nur einmal läuten, bis ihnen die gesuchte Dame mit überraschtem Gesichtsausdruck öffnete. Offenbar hatte Frau Kovics Wort gehalten und ihr nichts von dem Besuch der Inspektoren mitgeteilt.

Obwohl Novak nur mit einer bequemen hellgrauen Jogginghose und einem weiten, roten Sweatshirt bekleidet war, sah sie, wie Vogel befand, noch immer atemberaubend aus.

»Ah, die Herren Inspektoren«, begrüßte sie ihre Besucher mit nervösem Lächeln, »heute Morgen hatten Sie mir doch versprochen, vorher anzurufen …«

»Aber immerhin machen wir schon Fortschritte und fangen Sie nicht mehr auf der Straße ab«, erwiderte Vogel freundlich, »dürfen wir eintreten?«

»Ja, natürlich, kommen Sie herein.«

Sie führte die beiden durch einen schmalen Vorraum, der von einer orangefarbenen Garderobe aus den 70er-Jahren dominiert wurde, und wies ihnen den Weg in ihr Wohnzimmer.

»Sie werden sich vielleicht wundern, dass ich in solch einfachen Verhältnissen lebe, aber dies hier ist nur mein kleines Appartement, in das ich mich manchmal zurückziehe, wenn ich hier in der Gegend zu tun habe. Ich habe hier während meiner Studentenzeit gelebt und zahle so wenig Miete dafür, dass es absolut unvernünftig wäre, es aufzugeben«, erklärte sie weitschweifig. Es war ihr offensichtlich peinlich, hier Besuch zu empfangen. Erstaunlicherweise schien sie sich aber überhaupt nicht darüber zu wundern, dass die Polizisten Kenntnis von ihrem Stadtdomizil hatten.

»Lohnt es sich für Sie, abzulegen oder bleiben Sie nur kurz?«, wollte sie mit einem leichten Zittern in der Stimme wissen.

»Ich fürchte, wir müssen Sie aufs Kommissariat mitnehmen, Frau Novak«, erklärte Vogel ernst, »Sie werden sehen, dort redet's sich auch leichter.«

»Handelt es sich um diese Frau?«, fragte sie krächzend und stützte sich am Türrahmen ab.

»Ja. Würden Sie sich bitte umziehen, sowie einige Sachen einpacken, die Sie während der nächsten Tage benötigen?«

Sie nickte unmerklich und schlug die Augen nieder: »Darf ich vorher noch meinen Mann anrufen?«

»Natürlich, wir warten so lange im Vorzimmer.«

Durch die geschlossene Tür vernahmen sie nur Wortfetzen, die mit großer Verzweiflung vorgebracht wurden.

»Also, mir tut sie unglaublich leid«, flüsterte Walz, »das ist einfach eine Scheiß-Situation, in die sie da hineingeraten ist. Ich bin nur gespannt, wie sie die Neuberger ausfindig gemacht hat.«

»Ja, manchmal haben wir wirklich einen blöden Beruf«, stimmte ihm Vogel zu, als sie kurz die Türe öffnete, um nachzufragen, wohin sie nun gebracht würde.

»Ich wette, wir wohnen nachher einer großen Versöhnungszeremonie bei«, meinte Vogel, »nur wird es ihr nicht mehr allzu viel nützen.«

»Und ich fürchte, das wird ein verdammt langer Abend werden. Ihr Mann wird sicherlich mit allen Mitteln versuchen, sie frei zu bekommen. Und soll ich dir was sagen? Ich würde mir wirklich wünschen, dass es ihm gelingt. Wenn ich nur an die kleinen Kinder denke, die zu Hause auf ihre Mama warten. Es ist einfach zum Heulen.«

Während unsere Inspektoren über ihren Beruf lamentierten, öffnete Novak unversehens die Türe und schaute ihre Häscher erwartungsvoll an.

Sie hatte sich rasch umgezogen und trug wieder dieselbe praktikable Kleidung wie am Vormittag, ein paar eng geschnittene schwarze Jeans, sowie einen roten Cashmere-Pullover über einem weißen T-Shirt. Dazu ein paar rote Sportschuhe von Bikkemberg.

»Können wir gehen?«, fragte sie entschlossen.

Sie hatte ihre ganze Würde wiedergewonnen, obwohl klar ersichtlich war, dass sie geweint hatte.

»Wollen Sie nicht noch etwas mitnehmen? Es kann durchaus sein, dass Sie länger bei uns sein werden …«, sagte Vogel.

»Ich habe meinen Mann darum gebeten, mir die nötigen Dinge zu bringen«, erklärte sie ruhig, während sie ihr elegant geschnittenes, schwarzes Cape von einem damit gar nicht harmonierenden orangefarbenen Plastikbügel nahm.

Das Vernehmungszimmer im Kommissariat war ein äußerst nüchterner Raum, dessen karge Möblierung lediglich aus einem großen weißen Tisch, einigen Sesseln und einem Wasserspender bestand.

Iris Novak hatte die Inspektoren gebeten, mit ihrer Vernehmung bis zum Eintreffen ihres Ehemanns zu warten.

Mit Ausnahme von einigen belanglosen Bemerkungen Vogels hing jeder seinen Gedanken nach.

Immerhin hatte Mimi Hawranek, das unverzichtbare Faktotum des Kommissariats Josefstadt, die verzweifelt dreinschauende Verdächtige gleich in ihr großes Herz geschlossen, und ihr nicht nur einen Kaffee gebracht, sondern auch ein Stück ihres weit über die Grenzen des Amtes hinaus gerühmten Marmorguglhupfs, den sie jeden Freitag ins Büro mitbrachte.

Felix Novak hatte der verzweifelte Anruf seiner Frau völlig unvorbereitet getroffen. Denn eigentlich hatte der smarte Anwalt mit seiner Ehe abgeschlossen gehabt, nachdem er ihre Annonce auf einen anonymen Tipp hin auf der Website *finallylove* gefunden hatte. Nicht nur, dass sie sich auf einer solchen Seite prostituierte, empörte ihn. Schließlich hatte sie darin sexuelle Vorlieben geschildert, von denen Felix überhaupt keine Vorstellung gehabt hatte. Natürlich fragte er sich, so reflektiert war er immerhin, warum sie nie mit ihm darüber gesprochen hatte, dass sie eine Leidenschaft für ›Fesselspiele, Fetisch, Spanking und Flotten Dreier‹ hegte, wie er lesen musste. Wobei er so wenig Ahnung von dieser Materie hatte, dass er erst einmal im Internet nachschauen musste, was ›Spanking‹ überhaupt bedeutete. Als er dann las, dass dieser Ausdruck ›das Schlagen auf das bekleidete oder entblößte Gesäß, entweder mit der flachen Hand oder mit einem geeigneten Gegenstand‹, bedeutete, war er verblüfft. Seine Frau, mit der er seit sechs Jahren ein, wenigstens in seinen Augen, erfülltes Sexualleben führte, sollte es insgeheim lieben, dass ein unbekannter Mann in Lack und Leder auf ihren Hintern schlug und sie womöglich vorher fesselte? Vielleicht, während sie dabei noch einen anderen Mann oral befriedigte. Diese Vorstellung war mit seinen Wertemaßstäben absolut unvereinbar, und so geriet er allein bei dieser Vorstellung in helle Wut. Diese Frau, die ihm zwei reizende Kinder geboren hatte, war in ihrem Innern ein so verderbtes Wesen? Dann, so schloss er, war sie völlig ungeeignet, seine geliebten Sprösslinge aufzuziehen. Er hätte es sich ja denken können. Insgeheim hatte es ihn immer gestört, dass sie früher auch als Model für erotische Fotos posiert hatte. Nachdem sie ihm lachend versichert hatte, dass sie damit lediglich ihr Studium finanzierte, waren seine Zweifel darüber zwar in den Hintergrund getreten, doch ganz verschwunden waren sie nie.

Mit einer solchen Frau konnte er sich eine Zukunft einfach nicht mehr vorstellen.

Natürlich hatte er sie mit der Annonce konfrontiert, als er nach Hause kam. Sie jedoch gab sich völlig ahnungslos und behauptete, niemals etwas von einer solchen Agentur gehört zu haben. Doch warum in aller Welt sollte sich irgendeine Fremde mit dem Bild seiner Frau schmücken? Das ergab doch überhaupt keinen Sinn und widersprach jeder Logik! So betrachtete er die Ausreden seiner Frau nur mehr als eine Beleidigung seiner Intelligenz. Und auch das war für ihn schwer erträglich. Denn, seien wir doch ehrlich, wer hätte es an ihrer Stelle nicht geleugnet? In seiner Praxis als Anwalt war er oft genug mit den übelsten Auswüchsen von Lüge und Betrug konfrontiert. Wenn es um den Erhalt der Ehe oder um die Höhe der Unterhaltskosten ging, wurden die schmutzigsten Tricks angewendet, und oft genug ließ er sich in seinem Beruf zum Handlanger dafür machen. Ihm sollte es nicht so gehen, so viel stand fest, und wenn sie mit ihm um ihre Unterhaltskosten prozessieren wollte, dann sollte sie sich nicht wundern, wenn er die ganze Geschichte an die Öffentlichkeit zerrte.

Sein Zorn war so heftig gewesen, dass er sie kurzerhand aus dem Haus warf, und insgeheim schon die Scheidungsklage vorbereitete.

Und jetzt stand seine Gattin plötzlich unter dem Verdacht, die Frau, die ihr Bild angeblich missbraucht hatte, ermordet zu haben.

Er wusste wirklich nicht, was er davon halten sollte.

Eines jedoch stand für ihn fest: Auch wenn es äußerst unwahrscheinlich war, dass er sich getäuscht hatte, er musste ihr beistehen, immerhin war sie die Mutter seiner Kinder. Und wenn sie durch seine Unterlassung im Gefängnis landen würde, wie sollte er ihnen das später erklären?

Diese Gedanken gingen durch Novaks Kopf, als er von seiner Kanzlei in die Klimtgasse raste, wo ihn die hoffnungsvoll-besorgte Hannelore Kovics mit einem kleinen Köfferchen erwartete, das sie für die Dame des Hauses gepackt hatte.

Hoffnungsvoll deshalb, weil sich Felix scheinbar mit ihr aussöhnen wollte, hätte er sie sonst angewiesen, einen Koffer »mit Sachen für ein paar Tage« zu packen? Besorgt deshalb, weil er sich in höchster Aufregung befunden hatte, als er sie anrief.

Ihre Sorge wurde nicht geringer, als sie die quietschenden Reifen seines großen BMW X6 hörte, mit dem Felix in den Carport raste. Mit dem untrüglichen Gespür einer langjährigen Hausangestellten eilte sie mit dem Köfferchen zum Gartentor, wo es ihr Felix wortlos aus der Hand riss und damit davonbrauste.

Alleine schon durch sein Äußeres war Felix Novak zum Erfolg prädestiniert.

Mit seinen gut zwei Metern Größe war er in seiner behüteten Jugend schon während der Schulzeit ein talentierter Basketballer gewesen, was ihm später bei seinem Jus-Studium an der New York University durchaus zupass kam.

Seine Lebensplanung war eigentlich dahingegangen, sich in New York einer der großen Anwaltskanzleien für Wirtschaftsfragen anzuschließen. Aufgrund seiner glänzenden Studienerfolge waren auch schon etliche Headhunter großer Sozietäten auf ihn aufmerksam geworden, doch anlässlich eines Heimatbesuchs bei seinen Eltern hatte er auf einem Fest eines Schulkameraden die schöne Iris kennengelernt, die ihn sofort in seinen Bann zog.

Außerdem hatte er mit den offenen Augen eines Besuchers festgestellt, um wie viel höher die Lebensqualität in seiner Heimatstadt Wien war als in dem hektischen Treiben der Metropole am Hudson River.

So war es ihm nicht wirklich schwergefallen, auf die ganz große Karriere zu verzichten, und sich in Wien in einer der honorigsten Anwaltskanzleien niederzulassen, die ihn aufgrund seiner bestechenden Zeugnisse mit offenen Armen aufnahm. Dass sein Interesse an der attraktiven Studentin nicht unerwidert blieb, kam dazu.

Nachdem das Verhältnis nicht ohne Folgen geblieben war und Iris schwanger wurde, entschloss sich das junge Liebespaar, dem Ganzen einen legalen Anstrich zu verleihen und zu heiraten.

Als sie dann nach zwei Jahren erneut guter Hoffnung war, kaufte Felix ein etwas heruntergekommenes Haus in Ober Sankt Veit und ließ es von Grund auf nach ihren Vorstellungen umbauen.

Seine Eltern – der Vater, ebenfalls ein erfolgreicher Anwalt, hatte sich zurückgezogen und war mit seiner Frau auf den Landsitz der Familie in den Wienerwald gezogen – überließen der jungen Familie zur Entlastung ihre Haushälterin, die ohnehin in der Stadt bleiben wollte. Mit einem Wort, das Familienglück schien perfekt zu sein, auch wenn Felix durch seine florierende Kanzlei nicht immer die nötige Zeit erübrigen konnte, dieses auch zu pflegen.

Das ging ihm gerade durch den Kopf, wobei er nicht mit guten Vorsätzen sparte, dies zu ändern, wenn der ganze Spuk zu Ende war und sich tatsächlich die Unschuld seiner Ehefrau herausstellen sollte, als er mit überhöhter Geschwindigkeit in die Fuhrmannsgasse einbog und sich mangels anderer Möglichkeiten kurzerhand auf den für Polizeifahrzeuge reservierten Parkplatz stellte.

Als Novak in das Vernehmungszimmer stürzte, über dessen Lage er sich bei einem verdutzten Beamten kundig gemacht hatte, der ihm gerade erklären wollte, dass sein Wagen hier unmöglich stehen bleiben könne, sprang seine Ehefrau schluchzend auf und warf sich ihm entgegen.

Beruhigend strich der riesige Felix, in dessen Armen die Schöne fast gänzlich verschwand, über ihr Haar und sprach leise auf sie ein. Diese Szene war so intim, dass sich beide Inspektoren diskret abwandten und in ihren Papieren blätterten.

Nachdem sich Iris ein wenig gefangen hatte, ließ sie von ihm ab und setzte sich wieder auf ihren Sessel.

Etwas verlegen begrüßte der Anwalt die Inspektoren mit Handschlag und setzte sich neben seine Frau.

»Also, wie lautet der Verdacht, den Sie gegenüber meiner Gattin hegen?«, fragte er mit fester Stimme, nachdem er sich kurz geräuspert hatte.

»Vor zwei Wochen wurde Frau Brigitte Neuberger erschlagen in ihrer Wohnung aufgefunden. Die Tatwaffe war eine Messingstatute aus dem Besitz des Opfers. Auf dieser konnten eindeutig die Fingerabdrücke Ihrer Frau nachgewiesen werden. Obwohl Ihre Gattin heute Morgen uns gegenüber angegeben hatte, das Opfer nicht zu kennen, sehen wir sie als der Tat dringend verdächtig an.«

»Haben Sie etwas dagegen, wenn ich mit meiner Frau zuerst einmal alleine spreche?«, erkundigte sich Novak verbindlich, obwohl allen Anwesenden klar war, dass diese Frage rein rhetorischer Natur war.

Mit einem Kopfnicken verließen die Kriminalisten das Vernehmungszimmer, nicht ohne dem Anwalt mitzuteilen, wo er sie nach dem Gespräch finden könnte.

Nach etwa einer halben Stunde klopfte Novak an die Bürotür der Inspektoren und teilte ihnen mit, dass sie jetzt mit ihrer Befragung beginnen könnten, bat aber um Verständnis dafür, dass sie die Fragen an ihn stellen mögen, zumal seine Gattin aufgrund ihrer zerrütteten Nerven zu einer klaren Aussage derzeit nicht fähig sei.

Als sie im Vernehmungszimmer Platz genommen hatten, sagte Vogel feierlich:

»Liebe Frau Novak, es liegt uns völlig fern, Ihnen irgendetwas unterschieben zu wollen, was Sie nicht getan haben. Unsere alleinige Aufgabe besteht darin, die Wahrheit über den Tod von Frau Brigitte Neuberger aufzuklären. Falls Sie Näheres darüber wissen sollten, wären wir Ihnen natürlich sehr dankbar, wenn Sie uns dabei behilflich sein könnten. Zumal uns der gewaltsame Tod von Frau Neuberger bisher wie ein Mord aus uns unbekannten Motiven anmutete. Wenn Sie etwas damit zu tun haben sollten und uns den genauen Tathergang schildern könnten, wäre es durchaus möglich, dass aus dem vermeintlichen Mord ein Totschlag oder gar nur eine schwere Körperverletzung mit Todesfolge würde, was das zu erwartende Strafmaß erheblich reduzieren könnte«.

Nach dieser mit nahezu staatstragendem Ernst vorgebrachten Einleitung, die bei seinem Kollegen Walz übrigens für große Verwunderung sorgte, räusperte sich Vogel kurz und schaltete das Aufnahmegerät ein.

»Da Sie sich der Aussage auf Anraten Ihres Anwalts und Ehemanns Dr. Felix Novak entschlagen, stelle ich die Fragen direkt an Herrn Dr. Novak. Falls Sie jedoch, Frau Magister Novak, den Ausführungen Ihres Gatten etwas hinzuzufügen haben, wäre ich Ihnen sehr verbunden, wenn Sie ihr selbstauferlegtes Schweigen zwecks schnellerer Aufklärung aufgeben würden. So, Herr Doktor, war Ihre Gattin mit der Ermordeten Frau Brigitte Neuberger bekannt?«

»Nein.«

»Wie erklären Sie sich dann ihre Fingerabdrücke auf der Tatwaffe?«

»Meine Frau liebt es, bei Antiquitätenhändlern zu stöbern und hie und da auch ein Objekt, das ihr gefällt, in die Hand zu nehmen.«

»Nach den Aussagen des geschiedenen Ehemannes von Frau Neuberger befand sich diese Statue aber schon im Besitz ihrer Eltern, die ihr dieses Stück, übrigens ein wertvolles Werk von Franz Hagenauer, zum 30. Geburtstag geschenkt hatten. Diese Möglichkeit fällt also aus. Wussten Sie, Herr Doktor, dass eine Annonce mit dem Foto Ihrer Gattin auf dem Partnerschaftsportal *finallylove* geschaltet war?«

»Nein, das wusste ich nicht.«

»Und warum haben Sie dann Ihre Frau aus dem Haus geworfen? Wie uns Ihre Haushälterin, Frau Kovics, mitteilte, hing dieses Zerwürfnis unmittelbar mit dem Internet zusammen, in dem Ihre Gattin sich mit ›irgendwelchen Männern traf‹, wie Frau Kovics sich ausgedrückt hat …«

»Das hat alles doch keinen Sinn, Felix«, mischte sich jetzt plötzlich Ilse Novak mit fester Stimme in die Befragung ein. »Ich erzähle Ihnen jetzt die Wahrheit, diese ganze Lügerei bringt doch überhaupt nichts.«

»Dürfte ich bitte noch einmal kurz mit meiner Frau alleine sprechen?«, fragte Novak rasch.

Vogel hielt das Aufzeichnungsgerät an, erhob sich und gab Walz ein Zeichen, den Raum zu verlassen.

Sie mussten nicht lange warten, bis Novak sie wieder ins Zimmer bat.

»Also, meine Herren«, sagte der Anwalt ernst, »meine Gattin hat sich dazu entschlossen, dass es für uns alle am besten ist, wenn sie uns den tatsächlichen Tathergang schildert.«

Bevor sie damit begann, nahm Ilse Novak einen großen Schluck Wasser, während Vogel das Aufnahmegerät wieder einschaltete.

»Es fing eigentlich damit an, dass Felix eines Tages wutentbrannt nach Hause kam und mich mit dieser Annonce auf dem Seitensprungportal *finallylove* konfrontierte. So hatte ich ihn noch nie erlebt. Ich wusste nicht, wovon er überhaupt sprach, da mir nichts ferner liegt, als mich auf einer solchen Seite zu prostituieren. Erstens war ich bis dahin eine glückliche Ehefrau gewesen und zweitens habe ich auch so schon genug Verehrer, derer ich mich ohnehin nur schwer erwehren kann. Mein Kalender mit den erotischen Fotografien war damals ein Verkaufsrenner gewesen und scheint sich noch immer großer Bekanntheit zu erfreuen. Mein Mann, den es sowieso immer schon genervt hat, dass mich fremde Männer anstarren, glaubte mir nicht. Der Streit eskalierte, zumal ich mich völlig im Recht fühlte, und so warf er mich mit den übelsten Beschimpfungen aus dem Haus.«

»Woher wussten Sie überhaupt, dass sich das Bild Ihrer Gattin auf diesem Portal befand?«, wandte sich Walz an Felix Novak.

»Das war ganz seltsam. Ich bekam einen anonymen Anruf, dass ich mich doch einmal auf dem Portal *finallylove* umschauen sollte, dann könnte ich sehen, was meine Frau so treibt, wenn ich nicht zu Hause bin. Der Anrufer teilte mir sogar ihren Decknamen mit, damit ich sie auch wirklich fände.«

»Und welchen Namen hat sich Frau Neuberger dort zugelegt?«

»*Schnuckel82*.«

»Eigentlich hättest du dir denken können, dass ich mir niemals einen solch lächerlichen Namen zulegen würde, Felix, so gut solltest du mich kennen«, warf seine Frau vorwurfsvoll ein.

»Ja, natürlich. Entschuldige, Iris, aber in meiner Wut habe ich das natürlich nicht bedacht. Und unter diesem Namen fand ich sie auch sogleich. Was mich besonders empörte: Unter ihren Vorlieben gab sie sexuelle Praktiken an, die in meinen Augen an Perversion grenzen, und die wir niemals miteinander ausgeübt hatten. Und da bin ich halt durchgedreht – es tut mir so leid, mein Schatz!«

Der Blick, mit dem er sie bedachte, war voll unendlicher Wehmut.

»Haben Sie eine Ahnung, wer Ihre Frau solchermaßen verleumdet hat?«

»Ich kann mir schon denken, wer das war«, mischte sich nun wieder Iris Novak ins Gespräch ein. »Ich habe sehr lange darüber nachgedacht, wer zu so etwas fähig sein könnte. Und da ist mir ein ehemaliger Freund eingefallen, den ich damals wirklich nicht sehr gut behandelt habe … Weißt du noch, der Sebastian, von dem ich dir erzählt habe?«, wandte sie sich jetzt an ihren Mann.

»O ja, ich erinnere mich sehr gut«, sagte er und blies seine Backen auf. »Ich muss gestehen, dass ich dir dein Verhalten an seiner Stelle auch nicht verziehen hätte.«

Missbilligend runzelte sie die Stirn.

»Mir hat's dann eh leidgetan, aber wenn man jung ist, macht man halt manchmal einen Riesenblödsinn. Naja, die Rache, die er mir damals angedroht hat, hat er ja jetzt gehabt …«, fügte sie leise hinzu.

»Frau Novak, uns würde eines brennend interessieren: Wie haben Sie Frau Neuberger überhaupt ausfindig gemacht?«, fragte Walz weiter.

»Das war ja nicht so schwer. Um der Frau auf die Spur zu kommen, die mich in den ganzen Schlamassel hineingeritten hat, habe ich mich einfach als Mann bei *finally-*

love eingeloggt. Um keine Spuren zu hinterlassen, habe ich Prepaid-Karten und verschiedene Internet-Cafés genutzt, wo ich mein Konto verwaltete.«

»Warum haben Sie eigentlich Ihre Spuren so akribisch verwischt?«, wollte nun Vogel wissen, »Man könnte ja fast den Eindruck gewinnen, als hätten Sie den Mord an Frau Neuberger ganz bewusst geplant.«

Erstaunt schaute Novak den Inspektor an.

»O je, das stimmt … Nein, so weit habe ich damals noch nicht einmal im Entferntesten gedacht. Ich habe das eigentlich nur gemacht, damit mir niemand von *finallylove* draufkommt. Komischerweise hatte ich davor einen unglaublichen Schiss.«

Vogel hielt das Aufzeichnungsgerät an.

»An dieser Argumentation sollten Sie noch ein wenig arbeiten, vielleicht fällt Ihnen etwas Besseres dazu ein. Auch wenn es wirklich stimmen sollte, diese Begründung kommt ein bisserl hopatatschig daher, das wird der Staatsanwalt möglicherweise so nicht schlucken«, meinte er, während er den Augenkontakt zu dem Anwalt suchte.

»Da hat der Herr Chefinspektor völlig recht«, wandte sich der an seine Frau. »Da fällt uns noch etwas Besseres dazu ein. Vielen Dank für den Hinweis!«

»Keine Ursache«, entgegnete Vogel freundlich und spulte die Aufnahme des Gesprächs bis zu seiner letzten Frage zurück. »Gut. Überlegen Sie sich halt was Gescheites, die Frage kommt sicherlich. Ich lösche unseren letzten Dialog, fahren Sie einfach mit Ihrer Schilderung fort.«

Mit einem Fingerzeig schaltete er das Gerät wieder ein.

»Diese *Schnuckel* habe ich dann umworben, wobei ich mir ihre Vorlieben genau angeschaut habe. Es war ja glücklicherweise nicht allzu schwierig, da sie relativ konkrete Angaben über ihren Traummann gemacht hatte. Mit dieser Vorgabe habe ich dann ein Bild aus dem Internet gesucht, das möglichst genau diesen Merkmalen entsprach. Gleichzeitig habe ich gebetet, dass sie nicht dahinterkommt, sonst wäre ja nie etwas aus dem Treffen geworden.«

»Was hatten Sie denn eigentlich mit dem persönlichen Kontakt zu ihr bezweckt?«

»Sie werden es vielleicht nicht glauben, aber ich wollte diese Frau zur Rede stellen und an ihr Gewissen appellieren, dass sie mit ihrer blöden Aktion gerade im Begriff war, eine glückliche Familie zu zerstören, und sie bitten, dass sie meinen Mann anruft und ihm das Ganze beichtet. Mehr wollte ich nicht von ihr.«

Vogel nickte zustimmend und hob den Daumen. Diese Aussage war absolut glaubwürdig, befand er.

»Auf den Briefwechsel brauchen Sie nicht detailliert einzugehen, den haben wir in unseren Akten. Wissen Sie übrigens, dass das von Ihnen ausgesuchte Bild einen Mann zeigt, der schon seit einigen Jahren tot ist?«

»Nein, das war mir nicht bekannt – dann sind wenigstens von dieser Seite keine Schwierigkeiten zu erwarten. Als diese Frau Neuberger allerdings feststellte, dass dieses Bild nicht ganz dem von mir angegebenen Alter entsprach, habe ich schon ein wenig Panik bekommen, dass sie vielleicht ein neueres Bild verlangen könnte … Aber das tat sie ja – soll ich jetzt sagen, bedauerlicherweise? – nicht. Also, wie das Treffen dann tatsächlich zustande kam, wissen Sie ja aus Ihren Akten.«

»Was ist passiert, als sie Frau Neuberger dann gegenüberstanden?«

»Sie war natürlich völlig verblüfft, dass nicht ihr Traummann vor ihr stand, sondern genau die Frau, der sie wahrscheinlich am liebsten niemals begegnet wäre.«

Ruhig trank sie wieder einen Schluck Wasser, bevor sie fortfuhr.

»Erwartungsgemäß versuchte sie, mir die Tür vor der Nase zuzuschlagen, doch damit hatte ich gerechnet, und meinen Fuß rechtzeitig dazwischen gestellt. Gleichzeitig versuchte ich, sie zu beruhigen, und teilte ihr mit, dass ich lediglich mit ihr reden wolle und sie sich nicht so anstellen soll.«

»Offensichtlich hatten Sie ihr die versprochene Torte nicht mitgebracht«, sagte Vogel augenzwinkernd, so dass die Inspektoren zum ersten Mal sahen, dass Iris Novak auch lächeln konnte.

»Natürlich nicht, aber irgendwie musste ich ja einen Weg finden, dass sie mich zu sich nach Hause einlädt, im Lokal wäre eine solche Aussprache ja viel schwieriger geworden, weil sie jederzeit hätte davonlaufen können.«

Wieder nickte Vogel zufrieden, diese sicherlich vor Gericht auftauchende Frage war damit auch hinreichend erklärt.

»Mich würde noch eines interessieren«, mischte sich jetzt Walz in das Gespräch ein, »woher wussten Sie überhaupt, dass die *Schwarzwälder Kirschtorte* zu ihren Leibspeisen gehörte?«

»Ich weiß, das klingt unwahrscheinlich, aber es war tatsächlich so: Es war nichts weiter als ein glücklicher Zufall, vielleicht könnte man es auch weibliche Intuition nennen … Ich dachte mir halt, wenn ich ihr verspräche, eine solch aufwändige Torte zu backen, würde sie einem Besuch eher zustimmen.«

»Und wie sind Sie dann in die Wohnung gekommen?«, fragte Vogel weiter.

»Nach kurzem Widerstand hat sie mich schließlich hereingelassen, vielleicht aufgrund meiner körperlichen Überlegenheit – ich war ja viel größer als sie. Im Gegensatz zu ihrer offen zur Schau gestellten Feindseligkeit gelang es mir, sehr freundlich mit ihr zu sprechen. In ruhigen Worten versuchte ich ihr klarzumachen, dass ich mich durch die missbräuchliche Verwendung meines Bildes in einer aussichtslosen Lage befand, aus der eigentlich nur sie mich befreien konnte.«

»Und wie reagierte sie darauf?«

»Sie lehnte es rundheraus ab. Wahrscheinlich war sie maßlos enttäuscht darüber, dass nicht ihr Traummann mit der Torte vor ihr stand. Ich ersuchte sie also, bitte das Bild sofort zu löschen und ein eigenes zu benutzen, oder auch gar keines, das ginge schließlich genauso. Damit erklärte sie sich nach einigem Zögern auch einverstanden. Aber als ich sie bat, Felix zu erklären, dass sie es gewesen war, die mein Bild missbraucht hatte, weigerte sie sich. Wahrscheinlich war es ein Fehler von mir, dass ich erwähnt habe, dass Felix Anwalt sei und sie ohnehin mit rechtlichen Konsequenzen zu rechnen hätte. Auf jeden Fall rastete sie dann völlig aus und wollte mich mit Gewalt aus ihrer Wohnung drängen. Während dieses Handgemenges stieß sie mich gegen einen Tisch, so dass ich mit dem Kopf auf der Platte aufschlug. Direkt neben mir war diese Statue aufgrund der Erschütterung umgefallen und hat dabei meinen Unterarm gestreift. Da habe ich sie überhaupt erst zur Kenntnis genommen. In meiner Verzweiflung habe ich sie dann ergriffen, um ihr damit zu drohen. Doch so weit kam ich gar nicht, da sie mich schon an den Haaren gepackt hatte. In meiner Not schlug ich zu und traf sie damit scheinbar auf den Hinterkopf.«

»Können Sie sich erinnern, wie oft Sie zugeschlagen haben?«

»Ich glaube, nur einmal, denn sie ließ danach sofort von mir ab. Ich denke, ich habe sie versehentlich mit einer spitzen Kante des Fundaments der Statue getroffen. Sie müssen mir glauben, ich wollte sie ganz sicher nicht umbringen, was hätte ich denn davon gehabt? Eine Tote hätte mich doch niemals bei Felix entlasten können.«

»Wann haben Sie realisiert, dass Frau Neuberger tot war?«

»Überhaupt nicht. Ich dachte, oder ich hoffte wenigstens, dass sie nur bewusstlos war, obwohl überall plötzlich so viel Blut war. Dann bin ich in Panik geraten und davongerannt.«

Verzweifelt warf sie sich gegen die Brust ihres Mannes und verbarg ihren Kopf laut schluchzend in seinen Armen, die er schützend um sie gelegt hatte.

Nach einigen Minuten bedrückter Stille, die nur durch das immer verhaltener werdende Weinen von Iris Novak unterbrochen wurde, fragte der Anwalt endlich:

»Ich nehme an, Sie werden meine Frau hierbehalten?«

»Da uns ein gültiger Haftbefehl vorliegt, sehe ich leider keine andere Möglichkeit«, entgegnete Vogel und zog bedauernd seine Schultern nach oben.

»Darf ich den Haftbefehl einmal sehen?«

»Natürlich, Herr Doktor Wagner hat ihn mir vorhin persönlich ausgestellt.«

Mit diesen Worten übergab Vogel dem Anwalt das offizielle Schreiben.

»Der Niki hat das also gemacht …«, murmelte er, während sich seine Stirn in Falten legte. »Wer außer Ihnen und dem Herrn Staatsanwalt weiß noch davon, dass gegen meine Frau ein Haftbefehl vorliegt?«

»Unser Vorgesetzter ist Freitagnachmittag nie in seinem Büro, und daher sind einstweilen nur wir drei darüber informiert«, antwortete der Inspektor.

»Hätten Sie etwas dagegen einzuwenden, wenn ich Herrn Doktor Wagner, den ich persönlich gut kenne, bäte, diesen Haftbefehl übers Wochenende auszusetzen? Bis Montag passiert hier ja eh nichts, und in Anbetracht der minderschweren Tat – meiner Meinung nach handelt es sich bei diesem tragischen Unglücksfall allenfalls um eine schwere Körperverletzung mit Todesfolge, wenn nicht gar nur um eine fahrlässige Körperverletzung – würde ich Herrn Doktor Wagner fragen, ob ich meine Gattin übers Wochenende mit nach Hause nehmen kann. Ich gebe Ihnen mein Wort darauf, dass ich sie am Montag in der Früh unversehrt zurückbringen werde.«

Vogel schaute Walz an, der mit einer Handbewegung signalisierte, dass es von seiner Seite keine Einwände gäbe.

»Wenn der Herr Staatsanwalt nichts dagegen hat – an uns soll es nicht liegen«, erwiderte Vogel, während er Iris anlächelte.

»Dann gestatten Sie mir bitte noch ein Telefongespräch«, bat er höflich, nahm sein Smartphone zur Hand und ging nach draußen.

Wenige Minuten später kam Novak in den Vernehmungsraum zurück und reichte Vogel sein Handy.

»Herr Doktor Wagner will kurz mit Ihnen sprechen«.

»Ja, Herr Doktor, nein, aus unserer Sicht spricht überhaupt nichts dagegen … Sicherlich werde ich darüber Stillschweigen bewahren … Es liegt ja auch in meinem Interesse, zumal allem Anschein nach eher ein tragischer Unglücksfall als ein Verbrechen vorliegt … Danke, Herr Doktor«.

Nach einer herzlichen Verabschiedung von dem Staatsanwalt wandte sich Novak an die Inspektoren:

»Meine Herren, ich, und ich glaube auch, meine Frau, schätzen sich glücklich, dass Sie diesen Fall bearbeiten! Denn nur durch Ihr Verständnis können unsere Kinder wieder einmal ein Wochenende mit ihrer Mutter verbringen. Haben Sie vielen Dank dafür, und glauben Sie mir, am meisten leide ich unter den Umständen, weil die eigentliche Ursache für dieses tragische Unglück in meiner grenzenlosen Sturheit zu suchen ist«.

Nachdem er seiner Frau galant in ihr Cape geholfen hatte, legte er zärtlich seinen Arm um ihre Schulter und geleitete sie aus dem Raum.

»So leicht kann man es sich in Österreich machen, wenn man die richtigen Leute kennt«, meinte Vogel, »aber in diesem Falle bin ich ausnahmsweise einmal froh darüber. Die ganze Geschichte ist einfach ein Jammer, aber möglicherweise schafft sie es sogar ganz ohne U-Haft. Zu wünschen wär's ihr.«

»Das kann man so sagen«, erwiderte Walz. »Bevor wir uns jedoch in das hoffentlich erholsame Wochenende begeben, wollte ich dir noch zu deiner gelungenen Vernehmung gratulieren. Ohne diese behutsame Einführung wären wir sicherlich nicht so weit gekommen.«

»Es ist doch immer wieder ein gutes Gefühl, ohne anstehende Arbeit ins Wochenende gehen zu können und dazu noch eine gute Tat vollbracht zu haben«, meinte Walz zufrieden, nachdem sie das Kommissariat verlassen hatten, und blickte kritisch in den nebelverhangenen Himmel. »Und was treibst du am Wochenende? En famille inklusive Trauzeugin?«

Vogel atmete tief durch.

»En famille auf jeden Fall, ich muss wieder einmal die Wogen glätten, und daher ohne Trauzeugin. Allerdings erwartet die Monika von mir, dass wir uns treffen … Was, o du mein Walz, soll ich nur machen?«

»Heute Mittag hattest du die Möglichkeit und die hast du anscheinend versäumt. Das nennt man im Volksmund a bleede G'schicht, denn je länger du wartest, desto schwieriger wird es werden. Weißt du, was ich mir denke? Selbst wenn du es der Monika erklärt hast und sie dich tatsächlich in Ruhe lässt, wird sich deine Martina eines Tages fragen, warum sie so gar nichts mehr von ihrer besten Freundin hört. Und dann wird sie sie möglicherweise anrufen und nach dem Grund fragen …«

Verzweifelt hielt sich Vogel die Ohren zu.

»Hör sofort auf damit! Ich will das gar nicht wissen …«, rief er entsetzt aus.

»Warum hast du es ihr heute Mittag nicht gesagt?«, fragte Walz vorwurfsvoll.

»Ich hab es einfach nicht übers Herz gebracht. Und um der Wahrheit die Ehre zu geben, hat sie mich dermaßen angebraten, dass ich fast schon wieder mit ihr im Bett war. Hättest du nicht angerufen …«

Die Verzweiflung war ihm ins Gesicht geschrieben.

»Also gut, dann müssen wir halt einen Schlachtplan entwerfen«, sagte Walz entschlossen und hängte sich bei seinem Kollegen ein. »Wozu hat man Freunde? Aber die Straße ist wahrhaftig der am wenigsten geeignete Ort dafür. Lass uns rasch ins *Merkur* gehen und genau überlegen, wie du jetzt am besten vorgehen wirst.«

Nachdem sie im dem Szene-Lokal *Tunnel* angeschlossenen *Café Merkur* einen freien Tisch ergattert hatten, entnahm Walz seinem Filofax ein Blatt Papier und legte es vor sich auf den Tisch.

»So, jetzt notieren wir uns einmal, welche Möglichkeiten es gibt, um aus diesem Schlamassel wieder herauszukommen. Dass du mit der Martina darüber sprichst, ist ausgeschlossen, nehme ich an …«

»Völlig ausgeschlossen!«, brummte Vogel, »die reißt mir zuerst den Kopf ab und schmeißt mich dann kopflos aus der Wohnung.«

»Das dachte ich mir. Gut, dann hilft es nichts, du musst der Monika Bescheid sagen, dass es aus ist. Aber dazu scheinst du ja nicht imstande zu sein, wie sich heute Mittag erwiesen hat. In Zeiten wie diesen gibt es aber ein Dienstleistungsunternehmen, das dies für dich übernehmen könnte. Ja, es ist unglaublich, aber das gibt es tatsächlich. Vor einigen Tagen hab ich es zufällig im Internet entdeckt. Da gibt es eine Agentur, die erledigt das für dich. Die schickt einen Angestellten zur Monika, und der erklärt ihr dann, dass du nichts mehr von ihr wissen willst. Es gibt sogar drei Möglichkeiten zur Auswahl: nett, neutral oder böse. Falls du es so machen willst, würde ich dir zur neutralen Variante raten. Allerdings gebe ich zu bedenken, dass du dann deine Telefonnummer ändern musst, sonst gibt es sicherlich Terror.«

Vogel hatte mit wachsendem Erstaunen den Ausführungen seines Freundes gelauscht, um im Endeffekt entschlossen den Kopf zu schütteln.

»Nein, das ist zwar irrsinnig lieb von dir, dass du dir meinen Kopf zerbrichst, aber das ist unmöglich! Wenn, dann muss ich das schon selbst erledigen.«

»Das versteh ich schon. Aber wie man heute gesehen hat, bist du dazu ja anscheinend nicht in der Lage, weil dein Gemächt immer im falschen Augenblick sein Kopferl hebt. Fast hättest du es sogar noch schlimmer gemacht. Persönlich geht es also nicht. Wie sieht es dann mit einer SMS oder einer Mail aus?«

»Ich schreib ihr jetzt eine SMS«, rief Vogel kämpferisch aus, »hilfst du mir dabei?«

Walz nahm den Stift zur Hand.

»Bevor du es eintippst, solltest du dir darüber im Klaren sein, wie du es am besten formulierst. Also machen wir einen Entwurf, du bist eh schon in Übung, Briefe zu schreiben. Es soll nur kurz sein und entschlossen klingen.«

Nach einer Viertelstunde hatten sie sich auf einen Text geeinigt.

»So, das Ganze hört sich jetzt so an«, sagte Walz und kratzte sich am Kopf. »›Liebe Monika, es tut mir wirklich leid, aber wir können uns nicht mehr treffen. Du stehst meiner Familie einfach zu nah. Stell dir doch nur vor, es ist aus zwischen uns, und Martina fragt sich, warum du dich plötzlich nicht mehr bei ihr meldest. Dann ruft sie dich an – und was sagst du ihr dann? Es gibt eben Träume, die kann man sich nicht erfüllen … Und wenn du mich ein bisserl gern hast, dann vergiss bitte, was zwischen uns vorgefallen ist. Bussi Kajetan‹. Das klingt doch ganz gut, finde ich. Wenn sie vernünftig ist, wird sie das einsehen. Und heute Abend drehst du dein Handy einfach ab.«

Walz wollte schon die Bedienung rufen und um die Rechnung bitten, als Vogel seine Hand auf den Arm des Freundes legte.

»Bitte wart noch ein bisserl. Sie wird sicherlich gleich zurückschreiben. Und da kann ich deine Hilfe vielleicht gut gebrauchen.«

Tatsächlich dauerte es nur wenige Minuten, bis sein Handy die Ankunft einer neuen Nachricht ankündigte.

Vogel, der unter der Anspannung sehr blass geworden war, las laut vor:

»›Vergessen kann und will ich das nicht, mein Lieber. Deine SMS ist nur wieder einmal mehr der Beweis dafür, dass ihr Männer ein elend feiges Gesindel seid‹.«

»Na, das klingt doch schon ganz gut«, meinte Walz und schlug seinen Freund aufmunternd auf den Oberarm, »und denk dran: ›Eine Frau die nicht hässlich sein kann, ist nicht schön‹ wie unser unvergleichlicher Karl Kraus zu sagen pflegte.«

»Ich hätte niemals gedacht, dass ich mich einmal über eine solche Schmähung freuen könnte«, bemerkte Vogel, dessen Gesicht langsam wieder eine normale Färbung anzunehmen begann.

Väterlich legte Walz seinen Arm um die Schultern seines Kameraden .

»So, und jetzt fährst du gleich nach Hause und lässt dein Handy übers Wochenende ausgeschaltet. Es ist zwar nicht unbedingt das Wetter, um rauszufahren, aber warum geht's ihr nicht für zwei Tage in eine Therme ins Burgenland nach Lutzmannsburg oder Stegersbach? Das wird euch allen guttun.«

Vogel strahlte übers ganze Gesicht.

»Das ist eine brillante Idee, o du mein Walz, das werd ich gleich der Martina vorschlagen.«

Schwungvoll rief er die Bedienung zu sich und lief, nachdem er für beide bezahlt hatte, rasch zu seinem Auto, um mit einem Kavalierstart und heftig winkend nach Hause zu brausen.

Obwohl Walz eigentlich allen Grund dazu hatte, mit dem Verlauf des Tages zufrieden zu sein, konnte er die Freude über die rasche Lösung des Falles und die vermeintliche Wiederherstellung des häuslichen Friedens seines Freundes nicht ungetrübt genießen, hatte er doch noch einen Anruf mit Sophia zu tätigen, der seinem gänzlichen Wohlgefühl im Wege stand.

Ohnehin nicht mit dem Mut gesegnet, der ihn zu einem unvoreingenommenen Verhältnis mit dem anderen Geschlecht beflügelte, wurde er alleine bei dem Gedanken an ein klärendes Telefonat ziemlich nervös. Denn ihre boshaften Bemerkungen über seinen »Greisenschlaf« und damit ihr völliges Unverständnis gegenüber seiner Müdigkeit am gestrigen Abend hatten ihn doch unangenehm berührt.

Vielleicht sollte er sie einfach vergessen und das kommende Wochenende dazu nutzen, endlich wieder einmal zu lesen.

Wie lange hatte er, der früher ganze Tage damit verbracht hatte, sich bei klassischer Musik in ein gutes Buch zu vertiefen, das schon nicht mehr gemacht.

Doch kaum war er in seiner kalten Wohnung angekommen, erschien ihm die Aussicht auf ein einsames Wochenende mit einem Mal gar nicht mehr so verheißungsvoll, und die Aussicht auf ein Treffen mit Sophia gar nicht mehr so abwegig.

Dafür jedoch musste er zuerst Klarheit schaffen und sie anrufen.

Gerade als er die Verbindungstaste drücken wollte, kam ihm der scheinbar rettende Gedanke: Warum nicht einfach eine SMS schreiben? Zum Ersten konnte er darin besser seine Nervosität bemeistern, außerdem hatte er die Möglichkeit, sich seine Formulierung genau zu überlegen.

Nach einigem Hin und Her schrieb er also:

›Liebes Sopherl, sorry für den gestrigen Abend, aber ich hatte wirklich einen schrecklich anstrengenden Tag hinter mir – ich verspreche hiermit hoch und heilig, es kommt niemals mehr vor! P.s.: Deine Idee, die Frau von der Fotografie ausfindig zu machen, hat sich als goldrichtig erwiesen. Magst nicht doch bei uns anfangen? ;-)‹

Mit sich und der Welt zufrieden nahm er den wunderbaren Kreuzfahrer-Krimi *Das Halsband der Taube* von E. W. Heine zur Hand und begann zu lesen.

Allerdings konnte er sich nicht wirklich auf seine Lektüre konzentrieren, ständig nahm er das Telefon zur Hand, um nachzusehen, ob seine Botschaft nicht schon beantwortet worden war. Denn eines hatte er nicht bedacht: Als er die Kurznachricht abgeschickt hatte, konnte er nicht abschätzen, wann und ob sie diese überhaupt lesen würde. Gleichzeitig war mit der SMS auch noch die Möglichkeit eines klärenden Anrufs völlig zunichte gemacht.

Nachdem er zum dritten Mal hintereinander denselben Satz gelesen hatte, ohne dessen Gehalt zu verstehen, legte er seufzend das Buch beiseite und beschloss, einen Blick ins Fernsehprogramm zu werfen, da im Badezimmer ohnehin ein Berg an zu bügelnder Wäsche seiner Bearbeitung harrte. Angesichts dessen, dass in der Hauptsendezeit Quentin Tarantinos *Pulp Fiction* annonciert war, fiel ihm die Entscheidung zur häuslichen Arbeit nicht allzu schwer.

Kajetan Vogel fuhr unterdessen geradezu beschwingt nach Hause.

Die Idee seines Freundes, das Wochenende mit seiner Familie in einer Therme zu verbringen, fand er geradezu bestechend. Insgeheim hatte er beschlossen, nicht nur sein

Handy in diesem Zeitraum abzuschalten, sondern es überhaupt zu Hause zu »vergessen«.

Doch kurz nachdem er fröhlich rufend seine Wohnung betreten hatte, erstarrte er vor Schreck. Nicht etwa angesichts des fehlenden Echos seiner zweibeinigen Familienmitglieder – die treue Emily hatte ihn schon sehnlichst erwartet und sprang freudig an ihm herauf – sondern aufgrund eines fremden Paars Damenstiefel, das vor der Garderobe stand.

Schon durch die geschlossene Tür hörte er neben der ihm wohl vertrauten Stimme seiner Frau ein ihm bekanntes, etwas glucksendes Lachen, was seiner guten Laune ein jähes Ende bereitete.

Er holte noch einmal tief Luft und trat um Unbefangenheit bemüht in die Wohnküche ein.

»Schau einmal, wer da ist«, begrüßte ihn Martina fröhlich.

»Ja, grüß dich, Monika, das ist aber eine schöne Überraschung«, rief Vogel aus, »dass du dich auch wieder einmal anschauen lässt …«

Zur Begrüßung beugte er sich zu ihr herab und küsste sie auf beide Wangen.

»Ich war gerade in der Gegend und hab mir gedacht, eigentlich könnte ich auf ein Plauscherl bei euch vorbeischauen …«, erwiderte sie routiniert und lächelte ihn an.

»Ich finde, das war eine grandiose Idee von dir, meinst du nicht auch, Kajetan? Sie hat uns in letzter Zeit schon ein bisserl vernachlässigt«, fügte Martina mit gespielter Gekränktheit hinzu.

»Ja, weißt, man sollte meinen, dass man mehr Zeit hat, wenn man geschieden ist, vergisst aber dabei, dass man sich dann ja selbst um seine Gesellschaft kümmern muss.«

Liebevoll berührte Martina sie am Arm.

»Das wird dir ja kaum schwer fallen. Mit deinem Aussehen, und gschamig bist ja auch nicht gerade – das stimmt doch, oder, Kajetan?«

Vogel zog es vor, wortlos zu nicken.

»So einfach ist das auch nicht, wie du glaubst. In unserem Alter ist es halt so, dass, wenn du endlich einmal einen attraktiven Mann gefunden hast, der entweder durch eine Scheidung geschädigt oder durch sein langes Junggesellenleben wunderlich geworden ist ... oder er ist verheiratet.«

Bei ihren letzten Worten betrachtete sie Vogel etwas zu bedeutsam, doch gerade so, dass es Martina in ihrer Arglosigkeit nicht auffiel.

Dieser beeilte sich, die Situation zu entschärfen.

»Entschuldige kurz, Monika, weißt du, Martina, was ich mir überlegt habe? Angesichts der Tatsache, dass wir heute den Fall, an dem sogar das LKA gescheitert ist, bravourös gelöst haben, dachte ich mir, dass wir uns einmal ein tolles gemeinsames Wochenende verdient haben.«

»Was, den Fall mit dem Mädchenhändler?«, fragte seine Ehefrau interessiert.

»Mädchenhändler ...?«, erwiderte Vogel verständnislos.

»Du bist doch vorgestern abends noch einmal weggegangen, weil ihr auf der Jagd nach einem usbekischen Mädchenhändler wart ...«

Peinlich darauf bedacht, dem spöttischen Blick Monikas nicht zu begegnen, schlug sich Vogel mit der flachen Hand mehrmals an die Stirn.

»Den hab ich ja völlig vergessen, nein, der ist dann doch nicht nach Wien gekommen ... Das war ein falscher Alarm gewesen. Deshalb war ich ja auch schon so bald wieder zu Hause. Nein, ich meine den Fall der in ihrer Wohnung erschlagenen Frau, in dem die Kollegen vom LKA nicht weitergekommen sind und uns dann zu Hilfe gerufen haben.«

»Davon hast du mir gar nichts erzählt …«, sagte Martina verwundert.

»Einerseits sagst du, dass ich im Beisein der Laura nichts von meinem Berufsleben erwähnen soll, und dann beschwerst dich wieder, wenn ich dir nicht alles berichte … Die Logik von euch Frauen ist manchmal wirklich schwer zu durchschauen«, bemerkte Vogel und lächelte seine Frau verschmitzt an.

Doch Martina Vogel war niemand, der sich so leicht aus dem Konzept bringen ließ.

»Du hast gerade von einem tollen Wochenende gesprochen – was hast du denn geplant?«

Vogel räusperte sich feierlich.

»Was hieltest du davon, wenn wir drei morgen gemütlich in eine Therme fahren würden und es uns einmal so richtig gut gehen ließen?«

»Ja, das klingt gut«, replizierte Martina und schaute ihren Gatten skeptisch an. »Wohin wolltest du denn fahren?«

»Na, in irgendeine Therme halt, lass uns einfach im Internet nachschauen …«

»In irgendeine Therme will ich nicht, ich hab gelesen, dass es da Riesenunterschiede gibt. Kennst du vielleicht etwas, wo es auch lustig für die Laura ist?«, wandte sie sich nun an ihre Freundin.

»Also, ich war letztens in Stegersbach im *Balance Ressort*, das kann ich nur empfehlen … Dort ist es sehr gepflegt und auch nicht zu teuer, außerdem sind sie dort auch auf Kinder eingestellt.«

»Stegersbach«, wiederholte Martina und runzelte die Stirn, »das ist auch nicht gerade ums Eck, da müssten wir über Nacht bleiben, Kajetan. Ich hab keine Lust, den halben Tag im Auto zu sitzen.«

»Ja, das ist es ja gerade, was ich vorhabe, ein ganzes Wochenende mit meiner Familie!«, rief Vogel euphorisch aus.

»Endlich kommst du auch einmal drauf, dass du eine Familie hast. Aber nicht, dass du, kaum sind wir dort angekommen, plötzlich wieder nach Wien musst! Ich warne dich, Kajetan, dieses Mal darf dir nichts dazwischenkommen, sonst hast du ein echtes Problem. Was machst du eigentlich am Wochenende?«, wandte sich Martina nun an ihre Freundin.

»Ich hab noch nichts geplant …«

»Magst nicht mitfahren? Der Jaguar, den wir jetzt haben, ist viel größer als unser alter Rover, da passt du auch noch rein. Musst dir halt die Rückbank mit der Emily und der Laura teilen.«

Nachdenklich schaute Monika ihre Freundin an, nicht ohne auch Kajetan einen vielsagenden Blick zuzuwerfen.

»Einen Thermenaufenthalt könnte ich wirklich wieder einmal gebrauchen, bei dem Wetter wird man ja völlig trübsinnig. Aber ihr wollt doch sicher auch einmal alleine sein …«, gab sich Monika unentschlossen.

»Was heißt alleine? Glaubst du, die Laura lässt uns in Ruhe? Und mit der Emily muss der Kajetan auch äußerln gehen. Und was mach ich so lang? Da hätte ich wenigstens jemanden zum Plaudern. Wir haben uns doch eh schon so lange nicht mehr gesehen. Och, komm doch mit!«

»Ich weiß nicht recht … Ich hab eine Idee: Der Kajetan soll entscheiden, der hat schließlich den Vorschlag gemacht und wollte einmal ein Wochenende im Kreise seiner Familie verbringen. Ihr habt euch doch eh so wenig. Ich geh auch gerne so lange raus und setz mich zur Laura, dann könnt ihr es in aller Ruhe besprechen.«

Doch Martina schien völlig von ihrer Idee beseelt.

»Ach was, ich bin sicher, Kajetan hat nichts dagegen, schließlich bist du meine Trauzeugin und beste Freundin. Stimmt's, Schatzi?«

Der äußerst seltene Gebrauch eines Kosenamens deutete bei Martina stets darauf hin, dass es tunlichst angebracht war, ihr nicht zu widersprechen, das wusste Vogel ganz genau, obwohl er diese goldene Regel zur Wahrung des Familienfriedens in diesem Falle nur allzu gerne gebrochen hätte.

Eigentlich blieb ihm keine Wahl, wollte er nicht das gesamte Wochenende mit einer schmollenden Ehefrau verbringen, die ihm bei jeder Gelegenheit vorhalten würde, dass es mit der Monika doch viel lustiger gewesen wäre. Zudem musste er in Betracht ziehen, dass auch seine Tochter Partei für ihre Mutter ergreifen würde, denn auch sie hatte Monika besonders gerne.

»Nein, natürlich habe ich nichts dagegen, wenn du es dir wünschst. Schließlich ist es ein Geschenk, und mit dem kann man anfangen, was man will«, beugte sich Vogel schließlich.

»Siehst du, ich hab's ja gewusst«, rief Martina triumphierend aus, »wir werden bestimmt eine Menge Spaß miteinander haben!«

»Na gut, wenn Kajetan wirklich nichts dagegen hat, begleite ich euch, aber ich fahre mit meinem eigenen Auto, sonst wird's doch ein bisserl eng. Außerdem sind wir dann unabhängiger.«

»Gut, dann fahre ich mit dir, dann können wir ungestört plaudern, und Laura kann bei ihrem Papa vorne sitzen. Es ist ohnehin gut, wenn die beiden einmal für sich sind, das hat die Laura eh viel zu selten. Ach, ich freu mich so. Reservierst du gleich im Internet, Kajetan?«

Nachdem ihm Monika den genauen Namen des Hotels aufgeschrieben hatte, zog sich Vogel hinter seinen Computer zurück.

Mit äußerst gemischten Gefühlen, wie wir uns denken können.

Fieberhaft überlegte er, wie er die Situation abwenden könnte, aber bald musste er einsehen, dass jede andere Möglichkeit zum Scheitern verurteilt war. Sein großzügiges Angebot konnte er unmöglich zurücknehmen, selbst ein plötzlicher Einsatz war dieses Mal undenkbar – die Warnung Martinas war eindeutig genug gewesen.

Auch die Möglichkeit, mit Monika zu reden, um sie von dieser Schnapsidee abzubringen, verwarf er sogleich wieder, hätte sie ihm doch in aller Harmlosigkeit erklären können, dass er es schließlich selbst gewesen sei, der sie darauf hingewiesen hatte, dass eine Unterbrechung des üblichen Kontakts zu seiner Frau erst recht ihren Argwohn erweckt hätte.

Eine plötzliche Übelkeit vorzutäuschen wäre wahrscheinlich von ebenso wenig Erfolg getragen, da Martina als gelernte Krankenschwester sehr wohl eine echte von einer eingebildeten Unpässlichkeit hätte unterscheiden können.

So ergab sich Vogel in sein Schicksal und buchte das Hotel für seine Familie inklusive Trauzeugin.

Als er ins Wohnzimmer zurückkehrte, war Monika schon gegangen.

10. KAPITEL (SAMSTAG)

Kajetan Vogel war heute schon außergewöhnlich früh aufgestanden.

Üblicherweise nutzte er einen freien Samstagvormittag dazu, sich von den Strapazen der Woche zu erholen und etwas länger liegen zu bleiben, um dann in aller Gemütlichkeit mit seiner Familie zu frühstücken.

Diesmal jedoch hatte er ausgesprochen schlecht geschlafen, da er ständig von üblen Traumbildern geplagt wurde. Wobei er sich nicht mehr genau daran erinnern konnte, welcher Art der Alb war, in jedem Falle hatte der letzte Traum damit geendet, dass er seine geliebte Tochter hinter einer Glasmauer zurücklassen musste, wo sie ihm verzweifelt hinterherschaute. Das genügte vollkommen, um ihm den weiteren Aufenthalt im Bett zu verleiden.

So stand er bereits um 7 Uhr auf und verließ nach einer gründlichen Morgentoilette leise das Haus, um zur Feier des Tages bei einem nicht allzu nahe gelegenen Bäcker – der tatsächlich noch die Mühe auf sich nahm, seinem Handwerk in alter Tradition nachzugehen – frische Semmeln zu holen, zur großen Freude Emilys, die so in den Genuss eines zu dieser Stunde außergewöhnlich ausgiebigen Spaziergangs kam.

Als er zurückkehrte, waren auch schon die restlichen Familienmitglieder aufgestanden und erwarteten ihn, nicht zuletzt wegen des knusprigen Gebäcks in bester Stimmung.

Überhaupt wirkte sich die bevorstehende Reise außerordentlich belebend auf das häusliche Klima aus. Martina, ohnehin ein Morgenmensch, hatte schon die Taschen gepackt und schimpfte gut gelaunt mit Laura, die wieder einmal viel zu viel mitnehmen wollte.

Selbst Vogel ließ sich von der hektisch-fröhlichen Atmosphäre anstecken und bereitete unterdessen vergnügt das Frühstück. Insgeheim hatte er beschlossen, sich mit den Gegebenheiten einfach abzufinden, in der Hoffnung, dass schon alles glimpflich verlaufen würde.

Alles andere hätte keinen Sinn gehabt.

Hätte er sich von seinen Befürchtungen beeinflussen lassen, wäre Martina erst recht argwöhnisch geworden, und dazu wollte er ihr doch unter den gegebenen Umständen möglichst wenig Anlass geben. Dies zumindest war das Ergebnis seiner Überlegungen, die er während des morgendlichen Spaziergangs angestellt hatte.

Als sie endlich alle am Tisch saßen, strich ihm Martina zärtlich über den Kopf.

»Jetzt siehst du einmal, wie schön es ist, wenn wir etwas zusammen unternehmen. Ich freu mich auch, dass die Monika mitfährt. Weißt du, sie hat keine Familie und hätte das Wochenende womöglich alleine verbringen müssen. Wir sollten uns in Zukunft ohnehin mehr um sie kümmern, solange sie keinen neuen Partner hat, immerhin ist sie meine Trauzeugin und gehört dadurch doch irgendwie auch zur Familie.«

Genüsslich schob sie sich ein Stück ihrer Marmeladesemmel in den Mund, um dann, nachdem sie es mit ihrem Milchkaffee hinuntergespült hatte, in etwas veränderter Tonlage fortzufahren.

»Sie hat sich in letzter Zeit nur deshalb so rar gemacht, weil sie glaubt, dass du sie nicht magst. Das hat sie mir gestern unter dem Siegel der Verschwiegenheit erzählt. Versuch doch einfach einmal, ein bisserl netter zu ihr zu sein.«

Vogel, gerade mit seinem Frühstücksei beschäftigt, verschluckte sich prompt.

»Hat sie das wirklich gesagt?«, fragte er ungläubig, nachdem er sich ausgehustet hatte.

»Ja, gestern hat sie mir ihr Herz ausgeschüttet. Sie hat den Eindruck, dass du es nicht so gern siehst, wenn sie uns besucht. Ich kann das verstehen. Du kannst ja auch manchmal ganz schön abweisend sein. Oder hast du was gegen sie?«

Der Inspektor ging blitzartig alle Möglichkeiten durch, die mit dieser Frage verbunden waren, bevor er antwortete.

»Nein, natürlich hab ich sie gern. Vielleicht redet sie manchmal ein bisserl zu viel …«

Verständnislos schüttelte Martina den Kopf.

»Es kann ja nicht jeder so ein Eigenbrötler sein wie du einer bist. Ich jedenfalls mag sie so, wie sie ist. Immerhin wird es niemals langweilig mit ihr, und du, Laura, hast sie ja auch gern, oder?«, wandte sie sich nun an ihre Tochter, die gerade in ihre Nutella-Semmel gebissen hatte und energisch nickte.

»Na, siehst du, also bemüh dich bitte ein wenig mehr um sie, sie ist eigentlich ein armer Hund, so einsam wie sie ist.«

»Ich kann mir gar nicht vorstellen, dass sie wirklich so einsam ist. Auf mich macht sie einen ganz vergnügten Eindruck«, wagte Vogel einzuwenden.

»Da sieht man wieder einmal, wie wenig ihr Männer von uns Frauen versteht. Gestern hat sie mir alles erzählt. Sie hat es derzeit wirklich nicht leicht. Vor ein paar Tagen hat sie einen verheirateten Mann kennengelernt, und der hat ihr dann, nachdem er bekommen hatte, was er wollte – du weißt schon, was – per SMS mitgeteilt, dass er sie nicht mehr sehen will. Per SMS, das ist doch wirklich das Letzte!«

»Was hat dieser Mann von Monika bekommen?«, mischte sich Laura neugierig ein.

Vogel war erleichtert, durch die Intervention seiner Tochter eines Kommentars enthoben zu sein.

»Ein großes Geschenk, das man nur macht, wenn man sich ganz lieb hat«, entgegnete Martina in dem Tonfall, mit dem man üblicherweise Mädchen eines Alters belehrt, dem Laura schon längst entwachsen war.

»Haben sie miteinander Sex gehabt?«, erkundigte sich die Zehnjährige neugierig.

Hilfesuchend blickte Martina zu ihrem derzeit mit ganz anderen Problemen beschäftigten Ehemann.

Dieser räusperte sich umständlich.

»Sie haben das gemacht, was Erwachsene miteinander tun, wenn sie sich sehr mögen«, erklärte er zögerlich.

»Und der Mann hat sie danach allein gelassen?«, fragte Laura, die sich in ihrer Annahme bestätigt sah.

»Ja«, erwiderte Martina ungeduldig, »es gibt eben auch böse Menschen. Aber bitte, Laura, du darfst zu ihr kein Wort darüber sagen.«

»Warum? Wird sie dann weinen?«

»Ja, weißt du, sie ist sehr traurig darüber. Und wir wollen doch ein fröhliches Wochenende miteinander verbringen, damit sie das vergisst. Und wenn du sie daran erinnerst, wird sie wieder traurig, weil sie dann daran denken muss.«

Diese Auskunft schien Laura zufrieden gestellt zu haben, denn sie wandte sich wieder ihrem Frühstück zu.

»Und du sprichst sie besser auch nicht darauf an«, empfahl Martina ihrem Gatten, dem in Wahrheit nichts ferner lag, als dies zu tun. »Sie hat mir das, wie gesagt, unter dem Siegel der Verschwiegenheit mitgeteilt.«

»Und was war das für ein Typ?«, wollte Vogel nun wissen, der fieberhaft zu erkunden versuchte, wie viel Monika seiner Frau offenbart hatte.

»Wenn du mit deinem Frühstück fertig bist, Laura, dann schau noch einmal, ob du alles eingepackt hast, was du brauchst«, wies Martina ihre Tochter an, ohne auf die Frage ihres Mannes einzugehen.

»Du hast doch eh zusammen mit mir gepackt«, maulte diese verdrossen.

»Ich würde jetzt ganz gerne mit deinem Vater allein sprechen«, erwiderte Martina bestimmt. »Trink deinen Saft aus und dann kannst du noch ein wenig am Computer spielen, die Monika kommt in einer halben Stunde und dann fahren wir ja schon.«

Unwillig beendete Laura ihr Frühstück und verließ den Raum.

Mit verschwörerischer Miene beugte sich Martina zu ihrem Ehemann und raunte ihm zu:

»Sie hat mir erzählt, es sei ein Kollege von dir, von der Mordkommission. Vielleicht kennst du ihn sogar.«

»Hat sie einen Namen genannt?«, fragte Vogel beklommen, Kajetans dürfte es ja nicht allzu viele bei der Wiener Polizei geben.

»Nein, hat sie nicht, aber ich kann sie ja einmal fragen, wenn es dich interessiert.«

Fieberhaft suchte Vogel nach einem Argument, um genau das zu verhindern.

»Lass das lieber, je weniger ich über das Privatleben meiner Kollegen weiß, desto besser ist es für unsere Atmosphäre im Dienst. Stell dir einmal vor, ich arbeite mit dem zusammen und weiß, was er mit der Monika angestellt hat – könnte ich ihm dann noch unvoreingenommen begegnen? In unserem Beruf kommt es ja oft genug zu Situationen, in denen man dem Partner vorbehaltlos vertrauen muss. Und da will ich nicht, dass mich irgendeine Räubergeschichte in meinem Handeln beeinflusst. Mir wäre es andersherum auch nicht recht, wenn die Kollegen alles über mich wüssten.«

Diesen zwar wortreich belegten, wenn auch ausgesprochen lahmen Beweggrund ließ Martina zu Vogels Erleichterung unkommentiert und begann, den Tisch abzuräumen, während er sich in sein Zimmer zurückzog, um seine Reisetasche fertig zu packen.

Wie verabredet, stand Monika um halb zehn vor der Tür.

Nachdem die Autos unter lautem Geschnatter endlich beladen waren – die beiden Reisetaschen der Freundinnen fanden nur knapp in dem engen Kofferraum von Monikas gelbem Mercedes SLK Platz – ging es los.

Laura, die ausnahmsweise vorne sitzen durfte, begann gleich zu plappern und erzählte ihrem Vater lebhaft von der Schule und ihren neu gewonnenen Freundinnen. Als Vogel daran dachte, wie er noch vor wenigen Tagen vergebens versucht hatte, mit ihr ein vernünftiges Gespräch über genau dieses Thema zu führen, schwor er sich, künftig öfters solche Ausflüge mit seiner Familie zu unternehmen.

Doch auch die aufregendsten Schulthemen sind endlich, und da der Weg nach Stegersbach gute 90 Minuten in Anspruch nahm, kam das Gespräch kurz nach Wiener Neustadt zwangsläufig zum Erliegen.

Aber nur kurzfristig, denn wenn die kleine Laura einmal in Plauderlaune war, war sie so schnell nicht zu bremsen.

»Papi, warum magst du eigentlich die Monika nicht?«, wollte sie plötzlich wissen.

»Ich mag sie doch, das habe ich heute Morgen schon deiner Mami erzählt«, antwortete er.

»Aber du hast doch gesagt, dass sie zu viel redet.«

»Sie redet ja wirklich gerne und manchmal wird mir das halt zu viel …«

Laura dachte ein wenig nach.

»Ich finde das nicht. Außerdem musst du Geduld mit ihr haben, es geht ihr ja nicht so gut.«

»Ich glaube das eigentlich nicht, sie war doch sehr fröhlich heut früh.«

»Mami hat es aber doch erzählt, wegen diesem Polizisten, der sie verlassen hat … Kennst du den eigentlich?«

»Hast du etwa an der Tür gelauscht, Laura?«, erkundigte sich Vogel, der sich unversehens mit einer ganz neuen Feindeslinie konfrontiert sah, in warnendem Ton.

»Hab ich nicht! Ihr habt aber so laut gesprochen, dass ich es von draußen gehört habe.«

»Das stimmt doch gar nicht, Laura. Lüg mich nicht an, du weißt ganz genau, dass ich das nicht leiden kann!«, schimpfte Vogel weiter.

»Ich hab dich gar nicht angelogen …«, gab Laura kleinlaut zurück.

Vogel tat so, als müsse er sich auf den Verkehr konzentrieren und fluchte leise über einen unaufmerksamen Autofahrer, der unvermittelt aus seiner Spur scherte und ihn so zum Bremsen zwang.

»Schau dir das an, der fährt einfach raus, ohne zu blinken … Das sind die Leute, die nur am Wochenende fahren, weil sie sich am Werktag nicht auf die Straße trauen!«, rief er erbost aus, in der trügerischen Hoffnung, damit das Gesprächsthema wechseln zu können.

»Papi! Kennst du diesen Polizisten?«, fragte Laura abermals.

»Nein«, gab er etwas heftiger als eigentlich beabsichtigt zurück.

Das Mädchen zog sich schmollend auf dem Beifahrersitz zusammen.

»Entschuldige, mein Liebling, ich hab's nicht so gemeint«, sagte Vogel nach einer Weile und legte seine Hand besänftigend auf ihren Oberschenkel, »weißt du, wenn man sich auf den Verkehr konzentrieren muss, ist es nicht immer ganz einfach, ruhig zu bleiben. Vor allem dann, wenn ein Sonntagsfahrer schon am Samstag freigelassen wird.«

»Gibt es wirklich Menschen, die nur am Sonntag fahren dürfen?«, wunderte sich Laura, womit der Themenwechsel zu Vogels großer Erleichterung endgültig vollzogen war.

Auf dem Hotelparkplatz angekommen, wunderte sich Vogel über die riesigen Dimensionen des mit Holz verschalten Gebäudes, das mitten in die durchaus reizvolle Hügellandschaft geklotzt worden war.

Als Martina aus dem schicken Roadster Monikas stieg und Vogel zu ihr trat, um ihr Gepäck zu übernehmen, schien sie ihm seltsam verändert. Er konnte sich des Eindrucks nicht erwehren, dass sie ihn mit besonderem Argwohn beobachtete, als er ein paar Worte mit Monika wechselte.

Nachdem sie in ihre Räumlichkeiten eingezogen waren – Vogel hatte für sich und seine Lieben ein Familienzimmer gebucht – hätte er nur allzu gerne nachgefragt, ob irgendetwas vorgefallen sei, doch eine völlig außer Rand und Band geratene Laura, die übermütig auf dem Bett herumtollte, nahm die volle Aufmerksamkeit ihrer Mutter in Beschlag.

Bis sich seine Damen eingerichtet hatten, beschloss er

also, mit Emily, die nach der Autofahrt erst einmal spazieren gehen wollte, die Umgebung zu erkunden.

Monika, die praktischerweise das Nebenzimmer bezogen hatte, schloss sich ihm an.

»Es ist herrlich hier, oder?«, fragte sie, als sie den Parkplatz querten, und zeigte mit dem Arm über die Hügellandschaft.

»Ja, das ist es«, entgegnete Vogel einsilbig, während er nach einem geeigneten Spazierweg Ausschau hielt. »Was hast du eigentlich damit bezweckt, dass du Martina die Geschichte mit diesem Polizisten vom LKA erzählt hast?«

»Ach, das ist mir nur so herausgerutscht, verzeih mir bitte«, erwiderte sie harmlos, »ich hab ihr aber nicht gesagt, um wen es sich dabei handelt.«.

»Das wäre ja wohl noch schöner! Diese Aktion war wirklich völlig überflüssig, darf ich dir sagen«, rief Vogel aus, der Mühe hatte, an sich zu halten. »Martina hat schon nachgefragt, ob ich diesen Kollegen, von dem du ihr erzählt hast, vielleicht kenne. Ich verstehe einfach nicht, was du damit erreichen wolltest.«

»Das, mein lieber Kajetan, solltest du eigentlich am besten wissen. Oder glaubst du, dass ich deine SMS von gestern so einfach vergessen habe?«, erwiderte sie mit einem Lächeln, das nichts Gutes verhieß.

»Ach so, ein Racheakt war das also … Das hätte ich mir ja denken können. Eigentlich hattest du mir doch versprochen, dass Martina nichts davon erfährt«, gab er erbost zurück.

»Sie weiß ja auch nichts von uns, ich habe lediglich von einem Polizisten gesprochen, der bei der Mordkommission arbeitet, und davon gibt es in Wien doch etliche … Eigentlich wollte ich dir damit nur demonstrieren, dass es nicht ratsam ist, mich zu verarschen. Zuerst gehst du fast mit mir ins Bett, um mir dann nach ein paar Stunden per SMS mitzuteilen, dass doch nichts zwischen uns ist. So einfach, mein lieber Kajetan, mache ich es dir nicht!«

Woraufhin Vogel in brütendes Schweigen verfiel.

Als sie in einen Feldweg eingebogen waren, unterbrach Monika endlich die spannungsgeladene Stille.

»Bist du mir eigentlich böse, dass ich mitgefahren bin?«, erkundigte sie sich und schaute ihn von der Seite an.

»Ideal ist es nicht, eigentlich hatte ich geplant, mit diesem Ausflug ein bisschen Abstand von dir zu gewinnen«, erwiderte er behutsam, wenn auch nicht ganz wahrheitsgemäß. Der vorangegangene Disput hatte ihn vorsichtig gemacht.

»Es war ja nicht ich, die unbedingt mitkommen wollte. Ich wäre ja gar nicht auf die Idee gekommen – und immerhin hast du zugestimmt …«

Vogel verzog das Gesicht.

»Jedenfalls bist du völlig überraschend zu uns nach Hause gekommen, aus welchem Grund auch immer. Außerdem ließ mir Martina keine andere Wahl …«

»Du bist doch sonst auch nicht so unterwürfig. Gib's doch zu, du freust dich auch ein bisschen, dass ich dabei bin …«, sagte sie und stieß ihn von der Seite an.

»Natürlich freu ich mich. Aber, wie du dir ja denken kannst, ist das ganze Szenario nicht eben angenehm für mich …«, führte er seinen Eiertanz fort.

»Du machst dir viel zu viele Gedanken, Martina hat überhaupt nichts gemerkt, und die Geschichte mit dem Polizisten vergessen wir jetzt genauso, wie wir deine SMS vergessen. Schließlich wollen wir uns hier amüsieren. Wir sind quitt, einverstanden?«

Vogel blieb stehen und wandte sich ihr zu.

»Einverstanden«, räumte er endlich ein und lächelte sie an.

Schweigend gingen sie einige Minuten nebeneinander her.

»… Gehst du nachher mit mir in die Sauna?«, fragte Monika plötzlich.

»Das können wir machen«, antwortete Vogel unbehaglich, wohl wissend, dass Martina diese Art des Körperkults ablehnte, weil sie sich nicht gerne öffentlich nackt zeigte, und Laura noch zu jung dafür war.

»Gut, also nach dem Essen, irgendwann am Nachmittag, wenn Martina mit der Laura schwimmen geht … Du findest mich im Ruheraum.«

»Wer sagt, dass die beiden das am Nachmittag vorhaben?«, wunderte sich Vogel.

»Während einer langen Autofahrt unterhält man sich über so manches … Außerdem werden wir sicherlich beim Mittagessen den Nachmittag planen. Wir sind schließlich hergekommen, um Wellness zu machen«, bemerkte sie augenzwinkernd und ließ ihre Hand wie zufällig über seinen Schritt gleiten.

Als die beiden vom Spaziergang zurückkamen, wurden sie schon sehnlichst erwartet, denn es war höchste Zeit für's Mittagessen. Auf Drängen Vogels gingen sie nicht ins Restaurant, sondern in das so genannte *Wirtshaus*, in dem auch deftigere Kost angeboten wurde.

Wie Monika vorausgeahnt hatte, drehte sich das Gespräch schon bald um die Gestaltung des Nachmittags.

Ihrem manischen Organisationsdrang folgend, hatte Martina schon alles geplant.

»Also, während ihr spazieren wart, hab ich mir zusammen mit der Laura die Einrichtungen angeschaut. Ich würde Folgendes vorschlagen: Nach einem kleinen Mittagsschlaferl gehe ich mit der Laura zum Pool und verbringe dort den ganzen Nachmittag mit Plaudern und Schwimmen. Du könntest ja vielleicht ins Fitness-Studio gehen, Kajetan, das täte dir und deinem Rücken sicherlich gut. Und die Monika wollte in die Sauna. Danach können wir uns ja wieder am Pool treffen. Ich hab mich an der Rezeption erkundigt, ein spezielles Programm für Kinder gibt es leider nur in der Hauptsaison, allerdings sind noch zwei weitere Familien hier, die sind am Nachmittag vielleicht auch am Pool, da hätte die Laura Gesellschaft.«

»Magst du dir nicht eine Massage gönnen?«, fragte Monika ihre Freundin, »ich lade dich dazu ein.«

»Wirklich?«, Martina war freudig überrascht und dachte kurz nach. »Eine Massage wäre natürlich ein Traum.«

»Dann geh doch gleich an die Rezeption und lass dir einen Termin geben.«

»Soll ich für dich auch einen reservieren?«

»Nein, das brauchst du nicht, ich hab in Wien meinen Masseur, und der wäre sicherlich nicht erfreut, wenn sich ein anderer an mir vergreift«, erwiderte Monika augenzwinkernd.

Nach dem Essen trafen sie zufällig eine der anderen Familien, die eine Tochter in Lauras Alter und einen sechsjährigen Sohn hatte. Praktischerweise freundeten sich die Mädchen gleich miteinander an, sodass auch für die Nachmittagsunterhaltung des jüngsten Familienmitglieds der Vogels gesorgt war.

Die Erwachsenen zogen sich unterdessen zum Mittagsschlaf in ihre Zimmer zurück.

»Ich genieße das so, dass wir einmal ein Wochenende zusammen verbringen«, gurrte Martina zufrieden, als sie in ihrem Zimmer angekommen waren und umarmte ihren Ehemann. »Nachdem auch unser Schätzchen untergebracht ist, haben wir endlich einmal ein bisserl Zeit für uns.«.

Sanft zog sie ihn aufs Bett hinab und begann ihn zärtlich zu küssen.

Der arme Vogel fand sich unversehens in einer wenig beneidenswerten Situation wieder: Von zwei Frauen begehrt, die beide glaubten, ein Recht auf seine körperliche Zuwendung zu haben.

Eines stand für ihn, der immerhin schon Mitte der 40 war, fest: Gab er der einen, immerhin rechtmäßigen, nach, hatte er sein Pulver für die andere wahrscheinlich verschossen, und welche Folgen das zeitigen könnte, das wollte er sich gar nicht vorstellen.

Denn letztlich lag sein Schicksal in Monikas Händen.

Wenn er sich andererseits jetzt seiner Frau verweigerte, wäre das Wochenende gelaufen und gleichzeitig möglicherweise ihr Argwohn geweckt. Und das wollte er keinesfalls riskieren. Immerhin hätte er damit eine mehr als stichhaltige Ausrede, um sich Monika zu entziehen, was ja durchaus in seinem Sinne lag. Nur, wie würde sie dies aufnehmen, die die finanziellen Härten eines Massagetermins für seine Frau auf sich genommen hatte, um eine Stunde mit ihm ungestört sein zu können?

All diese Gedanken beschäftigten Vogel, während seine Frau liebevoll darauf hinarbeitete, dass er seinen ehelichen Pflichten nachkam.

Was er letztlich auch tat.

Als Vogel aus dem postkoitalen Schlaf erwachte, war das Bett neben ihm verwaist, was ihn panisch nach seiner auf dem Nachtkästchen liegenden Armbanduhr greifen ließ. Das, was er sah, hätte die Lösung seiner prekären Lage darstellen können, wenn es nicht in dem Moment energisch an seiner Tür geklopft hätte.

Hektisch schlüpfte er in seinen bereitliegenden Bademantel und eilte zur Tür.

»Hast du unser Date vergessen, Kajetan?«, flüsterte eine offensichtlich verärgerte Monika, die ebenfalls im Bademantel vor seiner Tür stand.

Rasch ließ er sie eintreten.

Nachdem er sorgsam abgesperrt hatte, machte er eine verlegene Geste.

»Es tut mir wirklich leid, Monika, aber ich habe verschlafen, das Mittagessen war doch etwas üppig …«, entgegnete er hilflos.

»Ist ja nicht so schlimm … Kommst du gleich mit rüber? Ich glaube kaum, dass du in deinem Ehebett dieselbige zu brechen gedenkst …«, sagte sie, während ihre Hand unter seinen Mantel glitt und ihm zärtlich über die Brust strich.

»Die Massage von Martina ist in einer halbe Stunde vorüber, glaubst du nicht, dass sie uns danach suchen wird?«, wandte Vogel ein.

»In meinem Zimmer wird sie wohl kaum nachschauen. Außerdem können wir ihr ja sagen, dass wir zusammen sauniert haben. Der Bereich ist vor ihr sicher. Also, komm jetzt, je länger wir hier noch herumstehen, desto weniger Zeit haben wir für uns.«

Vogel, der sich einem solchen Ansturm nicht gewachsen sah, ging willenlos mit ins Nebenzimmer.

Als er nach einer kurzen Dusche, während der er ein

Stoßgebet zum heiligen Priapos gesendet hatte, einigermaßen erfrischt ihr Schlafzimmer betrat, lag sie schon splitternackt und anzüglich grinsend auf ihrem Bett.

»Na, hält wohl noch seinen Verdauungsschlaf, dein Kleiner«, stellte sie mit Kinderstimme fest und griff sogleich nach seinem Gemächt, das sie fachkundig zu massieren begann, um nach einigen Bemühungen befriedigt festzustellen: »Siehst du, jetzt ist er aufgewacht. Ist halt doch ein Braver!«

Vogel bedauerte einmal mehr, dass bei der Erziehung junger Burschen üblicherweise die Fähigkeit dazu vernachlässigt wird, ein weibliches Begehren abschlägig zu bescheiden, und fügte sich in sein Schicksal, immerhin dankbar darüber, dass sein Stoßgebet erhört worden war, gibt es doch für einen Mann nichts Demütigenderes als ein scheinbar verständnisvolles Lächeln, mit dem seine körperliche Unfähigkeit kommentiert wird.

Als sie um 16:30 Uhr im Ruheraum ankamen, trafen sie eine völlig entspannte Martina im Gespräch mit der Mutter der Spielgefährtin Lauras.

»Da seid ihr ja!«, begrüßte sie die beiden fröhlich. »Ich bin dir so dankbar für die Massage, Monika, ich fühl mich wie ein neuer Mensch! Das war einfach herrlich.«

»Wenn es dir so gut getan hat, dann geh doch morgen einfach noch einmal, du hast eh bald Geburtstag …«, erwiderte Monika, während sie Kajetan einen leichten Rippenstoß versetzte.

»Nein, das kann ich unmöglich annehmen, die eine Massage war schon ein großzügiges Geschenk! Und, was habt's ihr getrieben?«

»Ich finde, dass du dir morgen Vormittag ruhig noch

eine Massage gönnen könntest, und wenn du es nicht von mir annimmst, dann wird dich sicherlich dein lieber Mann dazu einladen«, beharrte Monika, die in diesem Falle durchaus zweideutige Frage Martinas geflissentlich übergehend, und schaute Kajetan auffordernd an.

»Natürlich, Martina, geh doch morgen noch einmal, wenn es dir so gefallen hat«, stotterte Vogel, dem die Tragweite dieser Aussage durchaus bewusst war.

»Wenn mein Mann mich dazu einlädt, gerne!«, gab Martina strahlend zu, »ich lass mir gleich nachher noch einen Termin geben.«

»Na, siehst du, du sollst dich doch einmal richtig erholen hier. Also, ich geh jetzt eine Runde schwimmen«, kündigte Monika an. »Kommt ihr mit?«

»Nein, ich nicht, ich bin jetzt so richtig wohlig müde und mag nur hier herumliegen und ein wenig mit Julia plaudern. Aber du, Kajetan, kannst ja mitgehen, wenn du willst.«

»Ich würde gerne, aber ich hab leider meine Badehose zu Hause vergessen«, log Vogel, dem diese ständige Fremdbestimmung zunehmend auf die Nerven ging. »Ich erkunde jetzt ein bisserl den Fitnessraum.«

»Ja, wo warst du denn vorhin?«, wunderte sich Martina.

»Mit der Monika in der Sauna.«

»Ach so? Ich hab nach der Massage dort nachgeschaut, aber da wart ihr nicht.«

»Dann waren wir wahrscheinlich gerade unter der Dusche«, mischte sich nun Monika ein, denn Kajetan zögerte einen Moment zu lange mit seiner Antwort.

»Die Dusche habe ich natürlich nicht überprüft«, sagte Martina lachend.

Als sie sich zum Abendessen trafen, trat Monika mit einem etwa 40-jährigen, sehr gepflegten und durchaus sportiv wirkenden Mann an den Tisch.

»Und das hier sind meine Freunde Martina und Kajetan, darf ich vorstellen, das ist Florian, der auch aus Wien gekommen ist. Habt ihr etwas dagegen, wenn er uns beim Abendessen ein wenig Gesellschaft leistet? Er ist nämlich alleine hier.«

»Nein, überhaupt nicht«, zeigte sich Martina begeistert, während ihn Kajetan argwöhnisch musterte, »bitte kommen Sie ruhig. Wir haben eh einen Platz frei, da unsere Tochter bei ihrer neuen Freundin zu Abend isst.«

»Das ist zu freundlich. Florian Brunner«, stellte sich der Gast mit einer leichten Verbeugung vor und setzte sich auf den ihm zugewiesenen Sessel.

»Kennen Sie sich schon länger?«, fragte Martina neugierig.

»Nein, wir sind uns vorhin zum ersten Mal begegnet«, erläuterte Monika vergnügt. »Wenn man so zu zweit im Pool seine Runden zieht, kommt man halt irgendwann miteinander ins Gespräch. Dabei hat sich herausgestellt, dass er alleine hier ist, und da hab ich ihn gefragt, ob er heute Abend nicht mit uns essen möchte.«

Brunner nickte freundlich dazu.

»Das war eine gute Idee von dir, Monika. Alleine ist's doch nur halb so lustig, nicht wahr? Kommen Sie öfter hierher?«, erkundigte sich Martina.

»Ja, gelegentlich verbringe ich mein Wochenende in einer Therme, um mich vom Alltag zu erholen. Hier bin ich allerdings erst das zweite Mal.«

In seiner ungezwungenen Jungenhaftigkeit schien er ausgesprochen sympathisch auf Martina zu wirken, die ihn geradezu anstrahlte.

»Und was macht Ihren Alltag so anstrengend?«, erkundigte sich Vogel, der sich einen spitzen Unterton nicht verkneifen konnte.

»Ich bin in der Werbebranche tätig«, antwortete Brunner freundlich.

»Ah, etwas Kreatives also … Da verstehe ich schon, dass Sie sich erholen müssen«, erwiderte Vogel mit spöttischem Grinsen.

Zum Bedauern des Inspektors schien sein Gegenüber von dieser Replik völlig unbeeindruckt.

Stattdessen ergriff Monika das Wort.

»Was Florian mir so erzählt hat … In der Branche scheint tatsächlich ein beinharter Wettbewerb zu herrschen.«

»Und was machen Sie da genau?«, erkundigte sich nun Martina neugierig, an der die etwas angespannte Stimmung anscheinend völlig vorüberging.

»Ich entwerfe unter anderem Texte und Slogans, die das Produkt unverwechselbar machen sollen«, erläuterte er.

»Ach, so wie bei *Red Bull – verleiht Flügel*?«, fragte Martina enthusiastisch.

»Ja, so in dieser Richtung«, erwiderte Brunner einsilbig.

»Stammt der vielleicht gar von Ihnen?«

»Nein, leider nicht. Das ist übrigens ein besonders gelungenes Beispiel für einen Werbeslogan, da er sich in alle Sprachen übersetzen lässt, ohne etwas von seiner Griffigkeit einzubüßen.«

»Interessant. Und welcher Spruch stammt zum Beispiel von Ihnen?«

»Der Letzte, den ich gemacht habe, war: *Hyundai, mehr als nur vier Räder*.«

»Aha«, sagte Martina etwas ratlos, »in Automarken bin

ich leider nicht so bewandert. Aber mein Mann müsste ihn kennen.«

»Den hab ich noch nie gehört …«, meinte er trocken.

»Können Sie auch nicht. Dieser Slogan wird erst im nächsten Frühjahr die neue Modellreihe begleiten.«

»Das ist ja spannend. Und wie fällt Ihnen so etwas ein?«, wollte Martina begeistert wissen.

»Das ist ganz unterschiedlich. Die Kreativität hat leider ihre eigenen Regeln. Sie kommt nicht, wenn man sie braucht, sondern erst, wenn sie will«, erwiderte er lächelnd. »Und manchmal in den unmöglichsten Situationen. Der Hyundai-Slogan ist mir zum Beispiel beim Einschlafen eingefallen.«

»Den Seinen gibt's der Herr im Schlaf«, brummte Vogel vor sich hin, was sogleich einen strafenden Blick seiner Frau nach sich zog.

»Das ist ja lustig«, setzte sie rasch nach. »Darf man fragen, wie viele solcher Slogans Sie im Jahr entwerfen?«

»Das kommt ganz auf die Wirtschaftslage an. Sie müssen sich das so vorstellen: In unserer Agentur sind wir ein Team von fünf Leuten. Und wenn ein Auftrag reinkommt, zieht sich jeder zuerst einmal in seine vier Wände zurück und überlegt sich die besten Slogans. Nach einiger Zeit kommen wir dann zusammen und veranstalten ein Brainstorming, bei dem jeder seine Ergebnisse präsentiert. Da schlagen manchmal die Wellen hoch, weil natürlich jeder sein Baby verteidigt. Schließlich geht es dabei um viel Geld. Nach endlosen Diskussionen werden am Ende die Resultate dem Chef präsentiert, der dann die besten Sprüche aussucht, die dann wiederum der Werbeabteilung des Auftraggebers mitgeteilt werden. Wenn wir Glück haben, wird einer unserer Vorschläge akzeptiert, und ein neuer Slogan ist geboren.«

»Und davon kann man leben?«, mischte sich nun wieder Vogel ein.

»Wie in jedem kreativen Beruf setzt sich letztlich auch bei uns die Qualität durch«, antwortete Brunner etwas zu selbstgefällig und blickte an sich herab, während er seine Arme ein wenig ausbreitete. »Und ich kann mich nicht beschweren …«

Wie zufällig hatte er durch das Hinaufschieben seines linken Sakkoärmels den Blick auf seine Armbanduhr freigegeben, und einer goldenen *Rolex Daytona* hatte selbst der kritische Vogel nichts entgegenzusetzen.

Der peinlichen Stille, die sich nun auszubreiten drohte, bereitete wieder die neugierige Martina ein Ende.

»Und, darf ich fragen, haben Sie Familie?«

Brunner wirkte amüsiert.

»Nein, bis jetzt hat mich noch keine gewollt«, erwiderte er mit einem Schmunzeln, das eine Mischung aus gespielter Bescheidenheit und schlecht verhohlener Überheblichkeit widerspiegelte. Solches mochte vielleicht bei den Frauen gut ankommen, Vogel indes, der dieses Lächeln später Walz gegenüber als »aasig« bezeichnen sollte, zeigte sich davon richtiggehend abgestoßen.

»Ach, Sie«, lachte Martina und schlug ihm scherzhaft auf den Oberarm, »ich bin sicher, ein Mann Ihres Aussehens und Ihrer Position kann sich über mangelnden Zulauf nicht beklagen.«

In ihrer Naivität war sie manchmal geradezu rührend.

»Also, ich finde, jetzt habt ihr den Florian genügend ausgefragt«, rief Monika vergnügt und strahlte ihren neuen Begleiter an. »Du musst wissen, Kajetan ist ein veritabler Kriminalinspektor und daher von Natur aus jedem gegenüber misstrauisch.«

»Ach, jetzt verstehe ich«, sagte Brunner und blickte seinen Widerpart scheinbar erleichtert an. »Es muss schwer sein, einem Fremden unvoreingenommen zu begegnen, wenn man den ganzen Tag mit Verbrechern zu tun hat. Obwohl ich zugeben muss, dass auch mir das nicht unbekannt ist. Ich erwische mich immer wieder dabei, dass ich jedes Bonmot, das am Tisch fällt, abwäge, ob es sich nicht auch für Werbezwecke nutzen ließe. Aber ich kann Sie beruhigen, bis auf ein paar Strafzettel bin ich noch nicht aktenkundig geworden.«

»Das ist mir eigentlich ziemlich egal«, erwiderte Vogel ungerührt, »denn das heißt noch gar nichts. Wie Sie sich denken können, wird nicht jeder, der etwas anstellt, von uns erwischt, sonst würden wir ja in einem Paradies leben.«

Langsam schienen die ständigen Sticheleien Vogels bei Brunner Wirkung zu zeigen, denn an seiner Stirn wurde die Ader sichtbar, deren Schwellung selten Gutes verheißt.

»Wenn das so ist und Sie a priori jedermann verdächtigen, dann beneide ich Sie nicht um Ihren Beruf. Da zerbrech ich mir lieber meinen Kopf, wie ein neu entwickeltes Joghurt am besten zu vermarkten ist.«

In seiner lässigen Überheblichkeit wirkte dieser Florian auf Vogel ungemein provokant, sodass er seine entspannte Haltung, mit der er bislang am Tisch gelümmelt hatte, aufgab und angriffslustig sein Kreuz durchdrückte.

»Aber so moralisch unbedenklich, wie Sie tun, ist Ihre Arbeit ja auch nicht. Es kommt doch bestimmt vor, dass Sie ein Joghurt als gesund bewerben müssen, obwohl Sie genau wissen, dass es das gar nicht ist, etwa weil es viel zu viel Zucker enthält. Wie gehen Sie dann damit um?«

Gönnerhaft lächelte der Werbefachmann sein Gegenüber an.

»Schauen Sie, wir wissen doch alle, dass die Werbung lügt. Die Übertreibung, und damit die Lüge, gehört nun einmal zum Geschäft, und das ist ja jedem vernünftig denkenden Menschen bekannt. Das Joghurt, dem zu wenig Zucker oder zu geringe Mengen an Geschmacksverstärker beigemischt werden, schmeckt heute niemandem mehr, da können Sie so viel Werbung dafür machen, wie Sie wollen. Und was niemandem schmeckt, wird auch nicht gekauft, selbst wenn es noch so gesund ist. Wenn ich so etwas haben will, geh ich in die Apotheke. Da ess ich doch lieber das ungesunde aber gut schmeckende Joghurt, das darüber hinaus noch billiger ist und habe dabei sogar noch ein gutes Gewissen, weil es mir die Werbung suggeriert. Das ist die Lebensqualität, die wir zu vermitteln haben. Nicht mehr und nicht weniger. Oder wollen Sie zu jedem Steak, das Sie genussvoll verzehren, ein kleines Video anschauen müssen, wie das arme Tier gehalten wurde und wie sehr es vor seiner Schlachtung gelitten hat? Nein, natürlich wollen Sie das nicht, denn Sie wollen ja Ihr Steak genießen! Daher blenden Sie die Entstehung dieses Stückes Fleisch aus. Sie belügen sich also selbst, indem Sie nicht darüber nachdenken wollen. Genau wie Sie bei Ihrem Steak, interessiert die Leute beim Konsum des überzuckerten Joghurts lediglich der Geschmack. Und dass das so bleibt, darin liegt die Aufgabe der Werbung!«

Vogel brummte unwillig.

»Das würde, auf meinen Beruf umgelegt, also bedeuten: Jeder Supermarkt rechnet mit einem Schwund durch Diebstahl von, sagen wir einmal, zehn Prozent, die automatisch auf den Preis aufgeschlagen werden. Warum, so frage ich mich, soll ich zehn Prozent mehr bezahlen und selbst nicht dann und wann für einen gerechten Ausgleich sorgen, indem ich selbst etwas mitgehen lasse? Auch das erhöht meine Lebensqualität. Also ist es genau dasselbe wie bei Ihnen, der eine lügt, weil alle es erwarten, der andere stiehlt, weil alle es erwarten, allein um der Lebensqualität willen. Dächten wir alle so, würden wir zuerst in der Anarchie und danach letztlich in einem Polizeistaat enden …«

Brunner nickte nachdenklich.

»Da muss ich Ihnen recht geben. Da die Kirche nicht mehr über die Macht verfügt und ihren Schäfchen suggerieren kann, dass Gott alles sieht, und sie, wenn sie sich nicht nach den Geboten richten, in der Hölle enden, besteht die Motivation, ein Verbrechen nicht zu begehen, heute in erster Linie darin, dass man dabei erwischt werden könnte, und es deshalb unterlässt. Mit anderen Worten: Ihr Polizisten seid die neuen Götter!«

Vogel musste lächeln.

»Doch leider sind wir nicht so effizient wie die Kirche es war … Also, ich würde sagen, prinzipiell sind wir eh einer Meinung, und daher schlage ich vor, dass das gegenseitige Abtasten hiermit ein Ende finden sollte und wir uns jetzt endlich ein Bier bestellen …«

Doch dazu war Brunner offensichtlich noch nicht bereit, zu sehr hatten ihn die fortgesetzten Sticheleien seines Gegenübers gereizt. Immerhin waren zwei Damen anwesend, die dem Wortwechsel gespannt folgten – und die Position des Platzhirschs war noch nicht eindeutig festgelegt.

»Das können wir gerne tun, aber eine Bemerkung habe ich dazu schon noch zu machen. Schließlich haben Sie als Erstes die Moralkeule ausgepackt. Wie geht es Ihnen eigentlich, wenn Sie eine bestens in die Gesellschaft integrierte weißrussische Familie abschieben müssen, weil unsere Frau Innenministerin befindet, dass diese unseren Sozialstaat ausnützt? Zwar sind Sie im Recht, aber trotzdem ist es eine bodenlose Ungerechtigkeit. Und Sie lassen sich damit doch genauso zum Handlanger des Unrechts machen wie ich in meiner Werbeagentur. Allerdings muss ich gestehen, dass ich lieber Lügen über ein Joghurt verbreite, als Menschen mit Gewalt in ihren sicheren Tod zu verfrachten …«

Diese in scharfem Ton vorgetragenen Vorwürfe erzürnten Vogel erstaunlicherweise gar nicht.

Ruhig antwortete er:

»Wir können uns unsere Arbeitgeber leider nicht aussuchen. Ich bin absolut Ihrer Meinung, dass auch in den Reihen der Polizei viel zu viel Unrecht geschieht, doch leider sind wir in den von Ihnen genannten Fällen weisungsgebunden. Natürlich kommt es auch bei uns immer wieder zu unerwünschten Übergriffen, aber schwarze Schafe wird es ja wohl auch bei Ihnen geben. Angenommen, Ihre Agentur erteilt Ihnen den Auftrag, Werbung für Kleidung zu machen, von der Sie wissen, dass sie in Bangladesch von Kindern unter so erbarmungswürdigen Bedingungen hergestellt wird, dass sie gesundheitlich irreparable Schäden davontragen und schon bald elend zugrunde gehen. Würden Sie das auch dem Begriff der »Lebensqualität« unterordnen?«

Brunners Stirnader schwoll wieder beträchtlich an.

»Das zu beurteilen liegt nicht in meinem Aufgabenbereich. Meine Berufsanforderung besteht lediglich darin, dem Kunden durch meine Tätigkeit möglichst viele Käufer zu verschaffen, nicht mehr und nicht weniger. Wenn ich den moralischen Gehalt des Produkts jedes Mal hinterfragen würde, dann müsste ich meinen Beruf aufgeben«, entgegnete Brunner, während er Monika ein triumphierendes Lächeln zuwarf.

»Damit wäre das auch geklärt«, entgegnete Vogel scharf, dem dieser Seitenblick nicht entgangen war, »lassen Sie mir also mein Misstrauen, ich lass Ihnen dafür Ihre Skrupellosigkeit! Wobei ich noch hinzufügen möchte, dass mir mein Misstrauen erheblich lieber ist.«

Unvermittelt sprang Brunner auf.

»Scheinbar bin ich hier doch unerwünscht. Schade, ich habe mich eigentlich auf einen netten Abend gefreut, aber unter diesen Umständen ziehe ich es vor, alleine zu speisen. Schließlich bin ich hierhergekommen, um mich zu erholen. Vielen Dank für Ihre Gastfreundschaft!«

Als er sich mit einer knappen Verbeugung entfernen wollte, versuchte ihn Monika noch zurückzuhalten, doch er machte sich mit einem flüchtigen Lächeln von ihr los.

Zuerst zögerte sie noch ein wenig, doch dann maß sie Vogel mit einem zornigen Blick und erhob sich ebenfalls, um sich ihrem neuen Bekannten anzuschließen.

»Da siehst du, was du wieder angestellt hast«, warf ihm Martina nach einer Schrecksekunde vor. »Dieser nette Mann … und Monika hast du auch verärgert!«

Vogel machte eine begütigende Handbewegung.

»Es tut mir leid, aber ich halte so einen schnöseligen Schwitzer einfach nicht aus. So ein Typ geht über Leichen, wenn er damit nur seinen neuen Porsche finanzieren kann. Aber das Ganze hat ja auch sein Gutes: Monika braucht jetzt keinen Vorwand mehr, um mit diesem Florian einen Abend zu zweit zu verbringen und kann nun in aller Ruhe angebraten werden. Wir hätten sie doch nur dabei gestört …«

»Wie du immer redest, ›anbraten‹ …«, erwiderte Martina schon ein wenig versöhnt, »aber du warst wirklich nicht nett zu diesem Florian.«

»Er war ja auch nicht nett zu mir … Morgen rede ich mit Monika und Schwamm drüber! Ist das ein Angebot?«

EPILOG

Obwohl Kajetan Vogel neben den ohnehin anfallenden Hotelkosten noch die finanzielle Einbuße einer Massage für seine Frau in Kauf nehmen musste, konnte er mit dem Ausgang dieses Wochenendes durchaus zufrieden sein, hatte sich dieser familienbedrohende Aufenthalt in der Therme doch aufs Beste gelöst.

Zwar sollte Monika seinen Versöhnungsversuch nach dem Frühstück nur halbherzig annehmen, zumal ihr neuer Partner Florian Brunner sich als ausgesprochen nachtragender Charakter erwies, doch dies nahm Vogel als einen zu vernachlässigenden Kollateralschaden gerne in Kauf.

Und was widerfuhr eigentlich seinem Kollegen Alfons Walz mit seiner Sophia?

Seine SMS wurde erst am nächsten Tag von ihr beantwortet, mit einem reichlich nichtssagenden Inhalt, der ein weiteres Treffen in eine nicht näher definierte Zukunft verlegte.

So musste er die schmerzliche Erfahrung machen, dass jede mögliche Beziehung ein Zeitfenster hatte, das sich unwiderruflich schloss, falls man es nicht pünktlich durchschritt.

Aber immerhin hatte er dadurch ein freies Wochenende gewonnen, das er unter anderem zum Verfassen eines geharnischten Briefs an den Rektor der *Angewandten* nutzte, in dem er die Lehrmethoden des Professors für Art and Science anprangerte, verbunden mit der Warnung, dass er diesen Missstand in einem Leserbrief in der *Wie-*

ner Tagespost öffentlich machen werde, falls man diesem Treiben nicht sofort Einhalt gebieten würde. Das Projekt von Lanzenbergs *suprasozialem Dialogs* wurde daraufhin gestoppt. Der Professor wurde mit einer Abmahnung verwarnt, die im Wiederholungsfalle zur sofortigen Kündigung führen würde.

Iris Novak übrigens kam durch einen wohlmeinenden Richter, der sich der geschickten Verteidigungslinie ihres Gatten vollinhaltlich anschloss, mit einer bedingten Strafe wegen fahrlässiger schwerer Körperverletzung mit Todesfolge davon. Pflichtgemäß legte die Staatsanwaltschaft gegen dieses in ihren Augen »allzu milde« Urteil Berufung ein, jedoch stehen die Chancen Iris Novaks sehr gut, ohne unbedingte Haftstrafe davonzukommen. Im schlimmsten Fall muss sie mit einer Fußfessel rechnen, die ihr jedoch den Verbleib in ihrer Familie ermöglichen würde.

NACHBEMERKUNG

Manchem Leser mag der Inhalt dieser Geschichte unwahrscheinlich vorkommen.

Mir ginge es nicht anders, wenn ich sie nicht selbst erlebt hätte …

Als ich von der Existenz einer Seitensprungagentur erstmals durch eine Titelgeschichte in einem österreichischen Nachrichtenmagazin erfuhr, hatte ich gleich einen Plot vor Augen, den ich schließlich dem armen Chefinspektor Vogel umhängte. Denn diese Idee, ursprünglich als Haupthandlung geplant, wurde binnen Kurzem von der Realität übertroffen.

Aus Recherchegründen meldete ich mich, mit dem Wissen und zum großen Amüsement meiner ach so langmütigen Frau, bei einer solchen Agentur an und nahm schon bald mit einer Dame Kontakt auf, deren Bild mir ausnehmend gut gefiel. Wenn ich schon arbeiten muss, so sagte ich mir, sollte dies doch wenigstens mit dem größtmöglichen Vergnügen sein.

Und tatsächlich entspann sich zwischen uns ein recht amüsanter Briefwechsel, der eigentlich in einem Treffen gipfeln sollte. Doch kurz vor dem geplanten Rendezvous teilte mir die Dame genau das mit, was Brigitte Neuberger ihren Kavalieren geschrieben hatte – mit derselben Begründung, die ich wörtlich übernommen habe.

Unser geplanter Kaffeeplausch kam dann zwar nicht zustande, aber der neue Plot war geboren …

DANKSAGUNG

Wie stets habe ich zwei kritischen Damen zu danken:

Zum ersten meiner langmütigen Lektorin Claudia Senghaas, die mir hoffentlich all meine stilistischen Auswüchse verziehen hat.

Und dann wäre noch meine wunderbare Frau, weniger langmütig, aber genauso kritisch. Was täte ich ohne sie …

Weitere Krimis finden Sie auf den folgenden Seiten und im Internet:

WWW.GMEINER-SPANNUNG.DE

RUPERT SCHÖTTLE
Hausmaestro

978-3-8392-1392-6 (Paperback)
978-3-8392-4105-9 (pdf)
978-3-8392-4104-2 (epub)

»Die Bezirksinspektoren Vogel und Walz untersuchen den mysterösen Mord an einem Star-Dirigenten.«

Aufregung in der Wiener Opernszene: Magnus Maurer, ein junger österreichischer Dirigent, der bereits als Nachfolger von Herbert von Karajan gefeiert wird, hat kurzfristig die Leitung der Premiere der »La Traviata« an der Staatsoper übernommen. Doch kurz nach der sensationellen Meldung wird er erdrosselt in seinem Bett aufgefunden. Die Inspektoren Kajetan Vogel und Alfons Walz stehen vor einem schier unlösbaren Fall, denn die Zahl der Verdächtigen ist groß …

GMEINER SPANNUNG

WWW.GMEINER-VERLAG.DE
Wir machen's spannend

RUPERT SCHÖTTLE
Damenschneider

978-3-8392-1177-9 (Paperback)
978-3-8392-3731-1 (pdf)
978-3-8392-3730-4 (epub)

»Eine hinreißende Kriminalgeschichte.«
Wiener Zeitung

Ein schwerer Motorradunfall gibt der Wiener Polizei schon seit Längerem ein Rätsel auf. Erst als die Inspektoren Kajetan Vogel und Alfons Walz in einer Zeitung auf ein anonymes Leserfoto des Unglücks stoßen, kommt Bewegung in die Sache: Sie besuchen das Unfallopfer im Krankenhaus, um Näheres herauszufinden. Dabei lernen sie den serbischen Krankenpfleger Bojan Bilovic kennen, der behauptet, früher Chirurg in Belgrad gewesen zu sein. Als er tags darauf tot in seiner Wohnung aufgefunden wird und das Gerücht aufkommt, Bilovic habe illegale Schönheitsoperationen durchgeführt, nimmt der Fall eine dramatische Wendung.

OSKAR FEIFAR
Zwergenaufstand

978-3-8392-1669-9 (Paperback)
978-3-8392-4615-3 (pdf)
978-3-8392-4614-6 (epub)

»Tratschen in Angst und Schrecken!«

150 Jahre Tratschen. Das muss gefeiert werden! Die Vorbereitungen laufen auf Hochtouren und wie bestellt kommt ein Wanderzirkus in den Ort. Alles scheint perfekt, bis ein Unwetter losbricht und alles gehörig durcheinanderwürfelt. Ein toter Zirkusdirektor, dessen Leiche verschwindet, mehrere Kleinwüchsige, die behaupten den Mann ermordet zu haben, eine Gruppe verschwundener Kinder und ein entlaufener Löwe verlangen Bezirksinspektor Strobel einiges ab.

SIGRID NEUREITER
Dolomitenrot

978-3-8392-1680-4 (Paperback)
978-3-8392-4637-5 (pdf)
978-3-8392-4636-8 (epub)

»Der 3. Fall um die PR-Beraterin Jenny Sommer führt sie in den Naturpark Schlern-Rosengarten.«

PR-Beraterin Jenny Sommer und ihr Freund Lenz Hofer suchen in den Dolomiten nach Spuren der Sagenfigur König Laurin. Bei einer Touristenattraktion im Naturpark Schlern-Rosengarten entdecken sie eine Leiche. Als ein Verwandter von Lenz des Mordes verdächtigt wird, beginnt das Paar zu ermitteln. Zusammen kommen sie der Lösung des Falles Schritt für Schritt näher. Doch immer, wenn sie meinen, den Mörder entlarvt zu haben, eröffnet sich eine neue Perspektive, die ihre jeweilige Theorie ins Wanken bringt.

J. J. PREYER
Hassmord

978-3-8392-1681-1 (Paperback)
978-3-8392-4639-9 (pdf)
978-3-8392-4638-2 (epub)

»Ein psychologischer Kriminalroman voll Spannung und Tiefgang, der, auf der Jagd nach dem Mörder, tiefe Einblicke in das Seelenleben der beiden Ermittler gewährt.«

Norbert Schlader, der pensionierte Magistratsdirektor und dessen Geliebte werden in seinem Wochenendhaus erschossen. Christian Wolf und Chefinspektor Viktor Grimm verdächtigen anfangs den betrogenen Ehemann der Ermordeten. Doch die Ermittlungen geraten ins Stocken, als Wolf lebensgefährlich erkrankt und nur knapp überlebt. Sein Denken und Fühlen verändern sich durch diesen Einschnitt in sein Leben. Wolf sieht von da an die Welt und vor allem den Fall mit völlig neuen Augen …

GMEINER SPANNUNG

WWW.GMEINER-VERLAG.DE
Wir machen's spannend